琼瑶 著

梅花英雄梦

5 生死传奇

作家出版社

前言

这部《梅花英雄梦》,是小说,而不是历史。它更不是历史小说。

我的父亲是一位历史学家,他采众家之言,博览群书,写出了一部《中华通史》。把中国的二十四史,用现代的白话文再诠释了一遍。父亲告诉我,即使是历史,在其中,也有一些不真实的部分,更有一些隐讳而杜撰出来的东西。写历史,有曲笔,有隐笔,有伏笔……如果秉笔直书,那就是"在齐太史简,在晋董狐笔"了。古往今来,像齐太史、晋董狐、司马迁的史官史家,能有几人?

父亲是一位真正做学问的人。而我,是一个写小说的人。我过去写小说,总觉得我受到很多拘束。这些拘束,常常是我的障碍,让我无法尽情、尽兴、尽力去发挥。写小说,需要很大的想象力。我的想象力,却常常被抑制着。写现代小说,要忌讳政治、道德、法律、地点和各种思想上的问题。写古代小说,那就更加困难了！我多羡慕吴承恩，他的《西游记》，充满了各种作者的幻想，孙悟空大闹天宫、女儿国、牛魔王、火焰山、红孩儿……真是应有尽有。尽管没有任何历史依据，却好看得让人着迷！

那么，写一部以古代为背景的小说，是否一定要忠于历史呢？小说里的人物、情节是否一定要在历史中有所依据呢？所以，我去研究中外的小说，希望能够找到答案。

中国的古代小说中，最著名、最脍炙人口的《三国演义》，其中的"借东风""草船借箭""三气周瑜"……在历史中都找不到依据。貂蝉这位女子，在历史中也找不到。

《水浒传》，源自《大宋宣和遗事》。宣和遗事本身，在历史中，也找不到依据。宋江之名，不在《大宋宣和遗事》中。七十二地煞星之名，也不载于《大宋宣和遗事》中。

《红楼梦》家喻户晓，尽管众多"红学家"研究它的背景，研究人物是否影射前人，但是都没有定案。至于那位进宫的娘娘"元春"，到底是哪个皇帝的妃子？没人知道。

抛开中国的著名小说，谈谈西方的小说。法国大仲马的《三剑客》《基督山恩仇记》，雨果的《钟楼怪人》《孤星泪》，俄国托尔斯泰的《战争与和平》，鲍里斯·帕斯捷尔纳克的《日瓦戈医生》，美国马克·吐温的《乞丐王子》，玛格丽特·米切尔的《飘》……不胜枚举。它们有的有时代背景，有的根本没有。至于其中的人物、情节、故事发展……都是作者杜撰的，在历史中，也找不到依据。

但是，这些中外小说，实在"好看得要命"！虽然没有依据，不能"考据",却完全不影响它们成为好小说,成为很多读者一看再看的名著!

经过这番研究,我觉得我终于可以放下"历史依据"了!我要在有生之年,写一部"好看"的小说!除了"好看"以外,是小说的"主题",是我要表达的"思想"!

所以,这部《梅花英雄梦》,我抛开了一切细节拘束,放开我的思想,让我可以天马行空地杜撰它。请我的读者们,不要研究其中的历史依据。故事是我杜撰的,连年代朝代,我都刻意模糊了。故事里的人物,也是我创造的,不用去找寻我有没有依据。至于小说里的官制、称谓、地名、礼仪、传奇、武术……都有真有假有我的混合搭配。我曾说过,小说是写给现代人看的,只要这部小说能打动你,我就没有浪费我的时间(虽然,我还是在考据和逻辑上,下了很多功夫,相信你们看了就会明白)。

这部长达八十万字、经过七年才完成的小说,我绞尽脑汁的,是情节的布局、人物的刻画、爱情的深度和英雄的境界!至于其中的各种发展,喜怒哀乐、悲欢离合、生死相许、忠孝仁义、沙场征战……都发挥到我的极致。或者,它和我其他的小说不太相似,可是,我认为这是一部很好看的小说。因为,在陆续写它的时候,它曾感动过我,曾安慰过我千疮百孔的心。我希望,我的读者,它也能感动你,也能疗愈你曾经受创的心!

琼瑶

写于可园

2019年9月7日

七十九

兰馨大睁着双眼,震撼于这种感情,又心碎,又焦急,忍不住冲上前去喊:

"皓祯不要糊涂了,她不是什么白狐,她是人生父母养的,是大将军的嫡亲女儿,怎么会是只狐狸呢?过去都是我不能面对现实,所以把她跟白狐硬扣在一起,现在我明白过来了,你怎么反而傻了呢?"

皓祯面无表情,无动于衷地与兰馨擦身而去,到了门口,一声呼啸,"追风"立刻出现。皓祯抱着吟霜,一跃上马,把吟霜抱在身前,让她坐好。他拥着她,她那无力的身子,依靠在他的怀中,好像两人亲切地依偎着。"追风"冲出大门,向前飞奔。寄南心急如焚地回身冲到柏凯、雪如面前:

"他真的走了,你们都不阻止他吗?就这样由着他,带着吟霜的尸体,不知道要上哪儿去?"

柏凯、雪如着了魔似的,双眼直直瞪着。雪如喃喃地,心神恍惚地说：

"回归山林，飘然远去，那样也好，那样也好……生而为人，不如化而为狐……"

兰馨、太子等人慌乱四顾，袁家人皆悲凄着、木然着。灵儿痛喊：

"皓祯……"拔脚追去，"皓祯……你究竟要去哪里？你什么时候回来？皓祯……你不能一句话都不说就走了呀！皓祯……"用力喊："你还有我们，还有你爹娘，还有没了的责任，你不能一走了之啊！"

太子大叫：

"皓祯你别失魂落魄，你给我回来！我好不容易救下了你，你敢去山里当狐狸？我从来没有用太子的身份命令你，现在我命令你回来！"

皓祯充耳不闻，策马绝尘而去。

寄南喊道：

"马！赶快去马厩，皓祯去哪儿，我们也去哪儿！"

猛儿在天空盘旋，然后向山林深处飞去。皓祯搂着吟霜，骑着马，听到猛儿的啼声，抬头看看猛儿。皓祯神志迷惘地说：

"猛儿！你在带路吗？你知道吟霜的家乡在哪儿吗？我跟着你走！"

皓祯跟着猛儿，走着走着，来到一个风景如画的地方。只见猛儿停在树梢，不飞了。皓祯看看四周，但见眼前一条瀑布飞泻而下，瀑布下是小溪，小溪两岸绿草如茵，开满黄色红色的花朵，几棵不知名的大树，树叶茂盛地生长着。还有几株桃花，正在盛开。小溪中，有着石头点缀，像小桥般可以通到对岸。对岸有树木浓荫，一片苍翠。轻风徐徐，白云淡淡，绿水盈盈。

"好地方！吟霜，你到家了！我抱你下来！"

皓祯抱着吟霜下马，又横抱着她，走向溪边。皓祯把吟霜放在溪水旁的草地上，从她身上，拿起一朵梅花，簪在她的发际。皓祯就掬了水，淋在吟霜苍白的嘴唇上。

"吟霜，现在，我们的约定要如何进行下去？你知道的，你走了我也不能独活，你是白狐，就赶快变成狐狸吧！记得把我也变成狐狸，别又变错了！"

吟霜安详的脸庞，好像睡着一样。

皓祯仔细看她，用手指拨弄着她的睫毛：

"你只是睡着了，对不对？"皓祯沉思，忽然想到什么，从脖子上拉出了红绳子绑住的小瓷壶，大发现地喊道，"吟霜！这是你爹的神药，那颗制了一半的神药！我差点把它忘了！原来，这是有意义的……你爹早就知道有今天……"

皓祯就急忙打开瓷壶，深吸口气。

"你闻到了吗？好香啊！你爹用了多少药材制了这颗药丸？"皓祯掬了水，俯身把瓷壶里的药，倒进吟霜嘴中，用手中的水注入她嘴中，祈求地说，"不管有用没用，你吃下去！请你为我做最后一件事，吃下去！"

吟霜嘴边，水溢了出来，她一无动静。

"你会气功，我也会气功！让我用气功把这颗药吹进你肚子里！"

皓祯就用嘴对着嘴，对吟霜吐气。药丸随着清冽的溪水，随着皓祯深情的、近乎绝望的真气，滑入她的咽喉，吟霜依旧没有动静。片刻，皓祯凄然抬头。

"看样子，你不肯醒来了？"一叹，说道，"此时此刻，我宁愿你是白狐，不愿你是人，因为狐仙是不会死的！"

吟霜的面颊，渐渐恢复红润，悠悠醒转。她的睫毛颤动着，忽然迷迷糊糊地，回应着皓祯的话：

"此时此刻，我只愿做人，能够和你一起年轻，一起变老，一起死去！"

皓祯不敢相信地看着吟霜，颤声问道：

"你活了？你活了？刚刚是你在回答我吗？"

吟霜睁开眼睛，看着皓祯，神思缥缈地说道：

"皓祯，我梦到我们到了一个仙境，有瀑布、有小溪、有绿地、有小花……"

皓祯喜极痛喊道：

"我们就在这仙境里啊！猛儿带我来的，你能坐起来吗？你看看四周，刑场和画梅轩，还在飘雪，这儿青山绿水，却像春天！"

吟霜真的醒来了，不禁坐起身子。

"刑场？"吟霜忽然想了起来，惊问，"你没有被砍头？还是我们已经在天上相会了？这儿是人间吗？"

皓祯一把抱住她，混乱地说：

"我也不知道啊！你是不是真的活了？皇上赦免了我，我没死，可是你躺在梅花树下……"颤声地说，"证明给我看，你是不是真的活了？"

4

吟霜推开他,深深地看他,顿时想起一切。

"原来你被赦免了?你没死?"凝视着他,眼中含泪了,"我却吃了……"瞪着他,又哭又笑地说:"下次你再失约迟到,恐怕就真的失去我了!"

猛儿突然飞过来,在他们两人头上盘旋飞舞,快乐啼叫,乱扇翅膀。

皓祯顿时有了真实感,跳起身子,把吟霜拉了起来:

"你能走吗?你能动吗?我把你爹的神药,都灌进你嘴里去了!"

吟霜就站起身来,四面张望,又伸手伸脚,活动着筋骨,忽然觉得快乐无比。

"我还活着,皓祯,你也还活着!猛儿在唱歌跳舞……皓祯,我现在想跑想跳,我全身都是活力……你呢你呢?来来来,来追我!"

吟霜说着,就脱下披风,丢在草地上。拉着裙子,在水边飞奔。皓祯大喜,追着她飞奔,喊道:

"你慢一点,刚刚才死而复生,不要再摔到水里去!"

吟霜跑着,笑着:

"我现在才知道,那假死药丸,根本不会让人死,我爹不会做让人死去的药丸!时辰到了,就会醒来的!原来,活着的感觉这么好!"伸手给皓祯,"牵着我的手,让我们在这草地上,狂奔一下如何?"

皓祯注视着这样的吟霜,大悲之后,竟是大喜,喊道:

"好!让我们牵手狂奔!经过了死亡,还有什么比牵着你的手狂奔,更有意义的事呢?"

两人就在如诗如画的草地上,牵着手飞奔。

伴着他们的,是飞舞的猛儿和昂首的马儿。

阳光,是那么灿烂温暖,天,是那么澄澈蔚蓝,云,是那样洁白无瑕,草,是那样青翠动人……溪水清澈、流水潺潺,瀑布哗笑地宣泄着。陌上点点的野花,灿烂地盛开着,微笑地看着这一切。

经过生死,失而复得。和心爱的人,相知相守,生命是如此曲折、如此美好!

吟霜太快乐了,把鞋子也脱了,赤着脚,在水里沿着岸边,笑着飞奔,溅起无数水花,在阳光下形成光点。光点又洒在吟霜身上,让她像个闪亮的仙子。皓祯从来没有看到吟霜这个样子,喜悦到无以复加。他紧追着她,笑着喊:

"你居然把鞋子都脱掉了,这样飞跑,很不吟霜耶!看起来像个野丫头!喂喂!你的脚不冰吗?停下来停下来……我对你的身体还很不放心……"

吟霜跑着,笑着,快乐着:

"我才停不下来!你没死,我也没死,太阳那么亮,生命那么好,我这一阵子掉了好多眼泪,我要把我失去的笑容都找回来!"

皓祯笑着,追着,快乐着:

"好吧!那我就陪你痛痛快快跑,陪你笑!如果你跑累了,一定要告诉我……"

两人在水边追追跑跑。皓祯忽然一个飞跃,跃到吟霜的正前方,面对着吟霜张开双手。吟霜刹车不及,就冲进了皓祯怀里。

皓祯抱起她来，就在水中旋转着又跑又跳，把水花溅到四面八方。皓祯笑着问：

"你怎么跑到我怀里来了？"

"就是嘛！自从碰到你，我就着了魔！你才是妖，你蛊惑了我！"吟霜说。

皓祯把她放下，让她站在小溪里，就去呵她痒。

"让我来教训你，居然敢说我是妖！"

吟霜弯腰，笑着对皓祯泼水，皓祯立刻还击，两人嘻嘻哈哈地打起水仗来。

这时，太子、寄南、灵儿、兰馨、汉阳、柏凯、皓祥、鲁超骑着马赶到，大家看到眼前的景象，全体呆住了。吟霜和皓祯，浑然不觉柏凯等人的到来，打了半天水仗，又跑到岸上追追跑跑，洒落了满山谷的笑声。

柏凯困惑已极地问：

"鲁超，不是我眼花了吧？吟霜……她又活了？"

"大将军，你没看错，吟霜夫人活了！"鲁超屏息肃穆地说。

灵儿眨着眼睛：

"吟霜没死？她在和皓祯打水仗，怎么可能？"

"恐怕……白狐之说，还是真的！"皓祥瞪大眼睛。

兰馨怒瞪皓祥：

"不要再说白狐白狐！吟霜是人，不是白狐！"

皓祥瞪回兰馨：

"公主，说她是狐的也是你，说她不是的也是你！反正随你怎么说，我们现在看到的情形，就是不正常！"

"不管我们看到的是什么情形,眼前这个景致,实在让人感动!"汉阳由衷地说,"两个刚刚逃过死亡的人,快乐地追逐在阳光下,太不容易!"

"当初吟霜把淹进沼泽里的我救活,后来又把中蛊的皓祯救活,她怎会救不活自己呢?皓祯不死,吟霜也不会死呀!"太子快乐地说道。

寄南坐在马背上,抱着双手,兴味盎然地看着:

"原来,吟霜活过来,也能这么活泼!跟他们两个在一起,要学会的,就是见怪不怪!"忽然跃起,抱着灵儿就跳下地,"裘儿,我们加入他们,一起飞跑吧!"

"飞跑?"灵儿笑着开始跑,边跑边回头,"我们的喜怒哀乐,会不会变化得太快呀!王爷,本小厮今天又哭又怕又伤心的,现在脚没力气,跑不动!"

"跑不动?本王爷背你!"

寄南说着,把灵儿背在背上,飞跑起来。

"死而复生,让所有人的本性都冒出来了吗?"柏凯惊愕地说,"汉阳,你们宰相府对这'断袖病',显然完全没有起到治疗效果!"

汉阳沉吟地深思,眼中带着笑意:

"他们两个吗?本官看来是病入膏肓,没救了!"

兰馨看着始终没被众人惊动,径自追逐奔跑着的皓祯和吟霜,眼神暗了一下,突然一拉马缰说:

"本公主看够了!砍头的没砍,自尽的没死,算皆大欢喜吧!本公主打道回宫!"转身就狂奔而去,"驾!驾!驾⋯⋯"

汉阳急忙说道：

"本官护送公主回宫！"也一拉马缰追去，"驾！驾！驾！"

柏凯见两人快马奔走了，惊觉地说：

"鲁超，皓祥，我们三个赶紧回去向夫人报告好消息，这儿，就让他们四个去跟马儿鸟儿玩吧！太子，你呢？"

"我舍不得这个画面！你们先回去，我要找皓祯算账！"太子笑着说道。

三人便抛下太子，也掉头飞骑而去。

太子就从马背上跃起，飞扑到皓祯、吟霜面前，双手一拦，拦住二人。太子喊着：

"皓祯，你欠我和兰馨两个特赦，还欠我一堆的心惊胆战，你如何还我？"

皓祯笑着，快乐地说：

"用我们的一生协助太子，建立一个像此刻这样的世外桃源，让所有的百姓，只有笑容，没有眼泪！只有快乐，没有忧愁！只有希望，没有绝望！只有生的喜悦，没有死的威胁！"

太子大喜地喊道：

"说得太好，皓祯，一言为定！这将是我们'三人同心，无坚不摧'的座右铭！"

八十

皓祯在断头台被太子和兰馨救下,伍震荣气得快要发疯了。也不管合适不合适,立刻进宫,在密室里见到气呼呼的皇后。伍震荣情绪失控地对皇后大喊:

"真是气死我了!气死我了!我们好不容易走到这一步,法场也布下了天罗地网,想不到居然杀出了两个特赦令?殿下怎么没有防范到兰馨和太子呢?"

"你这是在责怪本宫吗?"皇后也气愤难平,"会发生这样的结果,本宫怎么能预料?兰馨回宫之后才正常了几天,谁知道精神好了,就来扯我们后腿!那太子本来就跟皓祯是一党!最后时刻拿到尚方御牌,本宫又不是未卜先知,怎会防备?"

伍震荣毫不客气地责骂:

"兰馨向来无法控制,你就该派人好好监督她、守着她,甚至就不应该让她离开她的寝宫半步,今天这个疏忽,就是殿下最大的失误!太子也是!"

皇后气坏了，大吼：

"伍震荣！你休想把所有责任推到本宫身上！过去多少机会可以铲除袁皓祯，结果你一次一次地败北！"气得发抖，"你要钱、要兵马，本宫哪一次少给了？啊！结果呢？你们父子自己办事不力，现在居然胆敢顶撞本宫，对本宫如此傲慢无礼，你是吃了熊心豹子胆了吗？"

伍震荣气得不分尊卑，抓痛了皇后的手，怒瞪着皇后：

"是！我是吃了豹子胆，明明今天灭了袁家，李氏江山也就唾手可得，谁知你的疏忽，又纵虎归山，枉费我伍家死了那么多人！你若继续放任那愚蠢的皇上破坏我们的大业，你就自己在这儿做你的登基大梦吧！"想想，口不择言地怒道，"而且，我看你那个窝囊的皇帝，恐怕不是真笨，笨的是你！哼！"

伍震荣说完，甩开皇后的手，毫不怜惜地拂袖而去。

皇后气得满脸通红！将桌上的茶盘杯子用大袖子一扫，扫了一地，疯狂喊着：

"反了！反了！都反了！"

这"两个特赦"，救回皓祯，让皇后和伍震荣几乎反目。却让兰馨和汉阳别有滋味在心头，感触良多。两人慢慢地骑着马，在天黑时分才回到皇宫。汉阳把马儿交给卫士和兰馨一起踏着夜色，走进御花园。两人手里还握着马鞭，兰馨说道：

"真是惊天动地、有生有死、有笑有泪的一天，精彩！"

"一路陪着公主策马归来，也还没有机会向公主说一声谢谢！"汉阳深深看着兰馨说道，眼中闪耀着两簇小火焰。

11

"谢我什么？谢我听你的'晓以大义'？谢我在最后一刻抢救了那位英雄？"

汉阳一笑，那笑容配合着眼里的光彩，非常温暖，说道：

"谢公主的善良，谢公主的正义，谢公主的宽大！更谢谢公主，摆脱了对皓祯和吟霜的怨恨，让自己重新活过来！"

兰馨歪着头想了想：

"其实，今天看到皓祯和吟霜死里逃生，然后在水边追追跑跑，又看到那个疯疯癫癫的靖威王，背着他的小厮在那儿又跳又叫，不知怎么，忽然觉得很感动！这份感动，让我自己都很惊讶！"

汉阳心有戚戚焉地接口：

"那一刻，下官也很感动！不过，现在听到公主的话，才更让下官感动！他们在水边追跑，是完全释放了自我！在这人世间，能让人深深感动的，只有真挚的爱！"

兰馨不由自主想着，重复着汉阳的话：

"真挚的爱？"

"是的！"汉阳说，"爱这个字很广大，爱国、爱君、爱民、爱亲人，和男女间最不可思议的两心相许！"

兰馨看向汉阳，似笑非笑地问：

"汉阳也有两心相许的人吗？"

汉阳一愣，苦笑着说：

"似乎，好像……下官有过'一厢情愿'的人，至于'两心相许'，没有！"

兰馨深思着，两人已经走到兰馨寝宫前。兰馨忽然对汉阳说道：

"本公主现在命令你！以后在和本公主说话的时候，不要再下官下官地说话了，你、我、他，都准你说！"

汉阳心中一动，直觉地接口：

"下官遵命！"

兰馨一瞪眼想纠正，汉阳赶紧说：

"就让我今夜说最后一次吧！"

两人笑着互视着。那种神秘的、温暖的感动情绪，悄然地在两人之间漫延。兰馨忽然想起寄南分别带汉阳和皓祯进宫，跟她闹了两出戏。皓祯和汉阳，当时是截然不同的两种反应。此时，她突然有了全新的领悟，自言自语地说道：

"原来，看到我就'紧张'的人，才是在乎我的人！看到我就'嚣张'的人，是不在乎我的人！我笨！"

兰馨说完，走进寝宫去了。留下汉阳，苦思着兰馨这几句话。

在那人间仙境，皓祯、吟霜、寄南、灵儿，加上一个太子，疯疯癫癫闹到黄昏，大家才依依不舍地分手回家。寄南、灵儿回到宰相府，一跨进院子，采文就急匆匆地迎来，显然已经等了很久。采文激动含泪，声音颤抖着：

"你们可总算回来了！我一直在等你们呢！"急问，"皓祯大难不死，现在好吗？是不是平安回到将军府了？"没见到汉阳，"咦！汉阳没跟你们一起回来吗？"

"汉阳送公主回宫去了！"寄南声音轻快地说，浑身上下，还沾染着仙境的阳光。

灵儿热情地急急接口：

"夫人都听说了是吧？可惜夫人今天没有去刑场，错过了那特赦来临的瞬间，哎呀！简直是太震撼、太激动人心了！我就说有奇迹，果然真有奇迹！"

采文拭去落下的泪，激动之情，溢于言表：

"是啊是啊！其实我也在人群里，只是被卫士拉回来了！皓祯死里逃生，真是谢天谢地、谢菩萨、谢皇上、谢公主、谢太子，我……我……"说不下去，不住拭泪。

灵儿被采文突然的感性感动了，睁着大眼看着采文。寄南忍不住接口：

"夫人都不知道，救了皓祯，差点又失去了吟霜，真是惊心动魄！但是现在都没事了！大家都活下来了！皓祯跟吟霜，还有我跟裘儿，都开心得手舞足蹈呢！"

灵儿兴奋地笑着：

"还有那只通灵的鸟儿，跟着我们一起疯，翅膀扇了我又去扇吟霜，还去撩拨几匹马儿，我们在那个仙境里，都快要疯了！"

采文喜悦的眼泪又落下，急问：

"吟霜怎么了？什么仙境？什么通灵的鸟儿？"拍拍胸口，勉强平定自己，"唉！我知道你们现在一定又累又饿，看我语无伦次，都忘了……我先去厨房招呼厨娘帮你们做些好菜，再听你们慢慢说！一定要好好地说给我听，什么都别漏掉！"

采文说完，擦着眼泪转身，走向厨房。

寄南和灵儿看着采文的背影，兀自陷在兴奋和感动里。

"没想到这位宰相夫人，也会为皓祯的事，激动到这个地步！"灵儿说。

"这就叫'性情中人',才会生出汉阳那样的儿子!即使是伍家人马,照样为皓祯伸出援手!我感动!"

灵儿靠进寄南怀里说:

"我也感动!"

寄南情不自禁地搂住灵儿,两人依偎着往室内走去。

这晚,采文虔诚上香,又跪在祖宗牌位前,痛哭跪拜谢恩:

"谢谢方家的列祖列宗,谢谢娘!一定是你们在暗中保佑,让皓祯逃过一劫,大难不死!"擦泪,哽咽地说,"可是,娘啊!那皓祯离我们,只有几条街,我多想去抱住他大哭一场!但是,我不能去啊!皓祯不认我,世廷不知情,我现在比去过牢里以后,心里更痛更痛了!娘,皓祯……皓祯……他牵引着我的心……"握拳捶着胸口:"我当初怎会放手,这么优秀的儿子啊……"

采文正在哭泣,世廷一脚跨进祠堂,看着泣不成声的采文大惊。

"采文!你在干吗?什么事哭成这样?到处都找不到你,你这么晚在祠堂里哭,发生什么事情了?"

采文慌忙起身,用帕子慌乱地擦着泪水,掩饰地说:

"没有没有!只是来谢谢祖先的保佑……最近朝廷多事,谢谢祖先没让……没让……汉阳成为监斩官,不想汉阳做那事,幸好皇上特赦了!"

世廷眼睛一瞪,不满地说道:

"你为这个来向祖宗谢恩?还哭成这样?皇上特赦,是皇上的恩典!但是那袁皓祯来历不明,冒充袁家少将军娶公主,就是欺君大罪！他又屡屡和荣王作对，是乱党的嫌疑分子，就算现在死里逃生，后患还多着呢！"

采文张口结舌，泪眼看着世廷，内心又大受冲击，颤声地问：

"后患，后患……后患是什么？"

"你最近很奇怪，动不动就眼泪汪汪！你如果要向列祖列宗祈求保佑，最好请他们保佑汉阳远远避开皓祯，那皓祯逃过这次，逃不过下次；逃得过皇上，逃不过荣王；逃得过荣王，也逃不过皇后，迟早会送命的！"

采文脸色惨变，泪盈眼眶，努力忍着，不让眼泪掉下来，心里在疯狂地祈求着：

"不会的！不会的！祖宗啊！娘啊……哪有亲生的爹，这样咒儿子死？别听世廷的，保佑皓祯，一定要保佑皓祯……"

太子也从仙境回到人间了。一进门，佩儿就飞扑着奔向太子，太子赶紧把他抱起。

"爹！娘和青萝她们，今天都怪怪的！"佩儿说。

太子心情良好地问：

"怎么怪怪的？"

佩儿贴着太子耳朵说道：

"她们说悄悄话，还跟佩儿生气！"

"好个佩儿，这么小就学会告状了！"太子妃笑道。

太子看向太子妃和青萝：

"怎么了？你们欺负佩儿了？为什么跟他生气？"

"宫里闹得天翻地覆，听说太子几乎和皇上拼命，长安城里乱成一片，差点斩了太子的兄弟，两个特赦同时到，救了多少英雄人物！这么轰轰烈烈的事，太子妃才听我们说几句，佩儿就插嘴，所以挨骂啦！"青萝笑着说。

太子笑着过去，握起太子妃的手：

"原来如此！佩儿冤枉啊！做爹的不依，太子妃赶快告诉佩儿，他没错，是爹娘的错！"

"怎么是爹娘的错？你有何错？我又有何错？"太子妃问。

"在宫里的那个我，和在刑场的那个我，心里都只有皓祯的生死，忘了佩儿和太子妃的生死，这是我的错！太子妃心里急，却乱怪佩儿，这是太子妃的错！"太子微笑着说。

太子妃抬眼看太子：

"那么，下次太子要铤而走险时，或者要和兄弟共存亡时，能不能想一想佩儿和他的娘？"

太子想了想答道：

"是！不过'知易行难'！到时候我又会原形毕露的！"

"太子妃，狮子不会变成猫的！"青萝笑着说。

太子把佩儿交给太子妃，想着什么，说道：

"这皓祯的事，总算惊险过关！还有更大的事，急于处理！狮子不会变成猫，豺狼也不会变成小白兔！"

太子不敢耽误，这天，把皓祯、寄南、汉阳都带到旭阳峰顶的一个亭子里。亭子里有张石桌，石桌上摊开了一张地图，太子、皓祯、寄南、汉阳都在看。邓勇和鲁超带着几个卫士，四面八方地防备着。太子说：

"皓祯,你仔细看这张图!上次为了这张图,汉阳差点被刺客行刺!"

"那你还要把我们叫到这个亭子里来看,就应该去你府里的密室!"皓祯说。

"密室哪有这样崇山峻岭的风景和气势?看看图,看看风景,人才能神清气爽!"

"这张图,我是第二次看,皓祯有过目不忘的本领,为了安全起见,皓祯,你赶快把它背下来!"寄南说。

汉阳慢条斯理地说道:

"过目不忘?这本领我也有!这图我看了不下十次,早就会背了!"

"既然你会背了,怎么还不把它毁掉?"太子惊看汉阳。

"留着给你们看呀!皓祯,你看清楚了吗?"汉阳问。

皓祯想着汉阳是自己兄弟,又都有"过目不忘"的本领,心里怪怪的:

"嗯,我看过了!我也背下了!"脸色严肃,"如果这张图不是一个陷阱,我们面对的就是个天大的问题!"

太子点头说:

"伍震荣要叛变!"

"而且是兵变!"皓祯说。

寄南愤愤地说:

"我早就知道这个混账东西不安好心!当初他和四王拥护皇上登基,而没有拥护义王登基,一定是认为皇上比较容易操控,那时就有篡位之心!"

"我也这样想！"太子点头，"不料四王忠心耿耿，完全支持父皇，而且那时人心都倒向父皇，军权也在忠王建议下，分散在各个将军手中，中央十六卫各有将军，边防各有都督府，父皇又架空了他的兵权，他这篡位之心只能压下，并且和皇后联手，皇后被他利用了！可是，直到现在，他的目的还是没有达到！"

"所以有了这张图，有了这么大的计划，而且，这个计划应该已经进行了好几年，眼看就到收割的时候了！"皓祯接口。

"那么，我们要怎么办？"寄南问。

"当务之急，就是找到他们的大本营！"汉阳说。

"好！从现在开始，要通知天元通宝的兄弟们，大家都要注意伍家每个人的行踪，随时跟踪他们，这么大的目标，不会找不到！"

"可是我们天元通宝那位木鸢兄，谁都见不到，怎么让他知道发生了这样的大事？怎样通知他发动兄弟们？"皓祯深思地问。

"这还不简单！"

寄南说着，就从武器袋里，拔出一把锋利的小刀，把那张图左刺右刺，瞬间做成一个鸟形木鸢，然后从武器袋中掏出绳子，绑住木鸢，把木鸢往空中放去。

木鸢越飞越高，越飞越远。寄南就喊道：

"木鸢木鸢兮高飞，木鸢木鸢兮难追，木鸢木鸢兮何处？木鸢木鸢兮知是谁？木鸢木鸢兮胡不归？木鸢木鸢兮莫徘徊……"

众人都惊讶地看着寄南，又看向天际的木鸢，不知道寄南葫芦里卖的是什么药。

忽然，有一支利箭，射向那木鸢。

寄南大惊，急忙拉线，线断了，木鸢往远处地面掉落。太子大喊：

"不好！虽然只是一部分的图，落到有心人手里，依旧会破坏我们的大事！赶快去抢回来！"

众人全部对着木鸢掉落处奔去。鲁超、邓勇和卫士们也跟着跑。

大家运用武功轻功，跑的、跳的、跃的、飞的……冲往木鸢掉落处。汉阳吃力地跟在众人后面，气喘吁吁。皓祯不忍，回头拉着汉阳的胳膊，就把他拎着似的往前奔，心里不由自主地想着：

"宰相夫人留给我的影响还真不小，居然没办法不照顾汉阳！"

大家奔到一个山谷中。只见冷烈坐在一块石头上，拿着被箭射下的风筝把玩着，脸上毫无表情，嘴里念着：

"木鸢木鸢兮高飞，木鸢木鸢兮难追，木鸢木鸢兮何处？木鸢木鸢兮知是谁？"回头看太子等人，"你们在找这只木鸢？"

太子惊喜地喊：

"冷烈！好久不见！没想到在这儿又见到了你！劫金大战，谢谢你仗义解围！"

皓祯忍不住惊呼：

"冷烈？玉面郎君冷烈！谢谢你几次相救之情，岩石林之战，更是我最感恩的一次！那也是我们第一次见面吧？"

寄南更是又惊又喜，热烈地说道：

"冷烈少侠，久闻大名，又几次承蒙相救，早就把你视为同路之人，只知道你的暗器一流，原来你射箭也如此高明，你这个朋友我交定了！"

汉阳注视冷烈，彬彬有礼地说道：

"原来你就是江湖中传言的玉面郎君冷烈？来无影，去无踪的冷烈？汉阳有幸相见，已有相见恨晚的感觉！"

大家你一言，我一语，冷烈却只是看着众人，依旧面无表情。太子礼贤下士地说：

"没料到这只木鸢，把我们再度拉到一处，也是有缘！"

冷烈终于开口，冷冷地说道：

"螳螂捕蝉，黄雀在后！"

太子等人一惊，急忙回头，看到鲁超、邓勇和卫士们已经在和几个突然出现的红衣人激烈交战。鲁超喊着：

"公子！这儿我们对付，你们继续去观赏风景吧！"

邓勇一面打一面喊着：

"来者是谁？居然敢在我们几个面前动手！"

只见红衣人中的一个，突然撇下和他交战的卫士，直扑冷烈，要抢冷烈手中的木鸢。太子大喊：

"冷烈！他们的目标是那只木鸢，别被他们抢去！"一面喊，一面回头加入战团。

皓祯冲上前去和抢木鸢的人过招，一面有所不安地喊着：

"汉阳！你退到安全的地方去！打架时没人可以帮你！"

"岂有此理！还真的来抢木鸢！"寄南大骂，也跟红衣人打了起来。

众人打成一团。只有汉阳站在一边观望。

只见冷烈好整以暇地站起身来,用箭镞穿过木鸢,像耍把戏一般地让木鸢在箭尖上旋转飞绕,瞬间,木鸢已经变成千百张碎纸,像花瓣般随风飞去。

冷烈面无表情地念着:

"木鸢木鸢兮高飞,木鸢木鸢兮难追!"

冷烈说完,猝然拔身而起,迅速地消失在山谷之中。

红衣人见木鸢已成碎纸,顿时全部撤退无踪。剩下太子等人面面相觑。半晌,太子才一拳打在寄南身上,问道:

"你把那张图做成木鸢,目的何在?"

寄南嬉皮笑脸地说道:

"好玩而已!想呼叫一下木鸢试试看!反正有两个'过目不忘'已经把图记住了!虽然没把木鸢叫来,可是又见识了冷烈的功夫,也还值得!"

众人啼笑皆非地瞪着寄南。

汉阳深思地说:

"这个神龙见首不见尾的冷烈,确实是个谜!我们大家这样对他示好,他依旧冷冰冰,太不近人情!"

太子有点沉不住气:

"我们身边的谜,又岂止这一个?那呼之不应、高高在上的木鸢,不也是一个谜吗?大家历经风风雨雨、生生死死,他为什么还不肯在我们面前露面?现在,我们面对伍家的大阴谋,来日大战,恐怕无法避免!他预备一直这样隐身在后面吗?"

"或者,他在考验我们!或者,他的身份实在不宜曝光!不管如何,我们要像往日一样生活,不要打草惊蛇,然后步步为营,处处留心!"皓祯说。

太子、寄南、汉阳都脸色凝重地点头。

八十一

寄南在铺着地铺。灵儿趴在床沿,看着他,说道:

"今晚,我睡地铺,你睡床吧!"

"为什么?"寄南抬头看她,"如果你真的心疼我一直睡地铺,你就让我跟你一起睡床榻吧!反正那张床榻那么大,我又不会挤到你!"

"什么?你想跟我同床?"灵儿怪叫,"你不要以为经过山洞上那夜,你就可以对我不规矩!我又不是你的那些老相好,我还是黄花大闺女,你少动我歪脑筋!"

"什么不规矩、歪脑筋?"寄南坐在地铺上,气呼呼地说,"让我告诉你,本王爷碰到你以后就倒了霉,家里金窝银窝那么舒服,什么时候睡过地铺?自从跟你进了宰相府,居然沦落到睡地铺!睡地铺也就算了,你睡在那张床上,睡没睡相,被子也盖不牢,害我常常起来帮你盖被子,盖完被子还能睡吗?又不敢吵醒你,只好对着你的脸蛋发呆……你却睡得像死人一样……"

"什么?"灵儿大惊,"你常常起来帮我盖被子?还对着我发呆?那……我有没有被你看光?"抓了一个枕头,对他打去,"原来你早就对我动歪脑筋了!你看着我的脸蛋想什么?"

寄南跳起身子,往床上一坐,把灵儿一把抱入怀。

"想什么?就想这样把你抱住,免得你被方汉阳拐跑!"

灵儿转转眼珠,想着念头:

"是啊!我都忘了汉阳大人,他对我挺好的!其实……这男人嘛,就像一个篮子里有好多鸡蛋,不必认定一个,要慢慢挑……"

灵儿话没说完,寄南一个忍不住,又打了她的头:

"你是老天派来气我的吗?汉阳已经出局了好不好?"

灵儿被寄南抱在怀里,羞红了脸,用力一推寄南跳下地:

"你又打我的头!而且对我不规不矩!我说了我还是黄花大闺女,你离我远一点,不许占我便宜!"

"老天啊!"寄南抱头大叫,"亲都亲过了,还不让我抱!穿那么少又在我面前跳来跳去,你是在考验我吗?"也跳下地说:"为了保护你不被我占便宜,我干脆出去睡亭子吧!"抱了一床被,往门外走。

"回来!"灵儿喊,"刚下过雪,外面那么冷,你要去睡亭子?"烦恼地:"算了算了!你是王爷,你睡床榻,我睡地铺!"

灵儿就抱着被子,躺上地铺。寄南看了她一会儿,把她温柔抱上床。

"还是你睡床榻我睡地铺吧!"寄南柔声地说,"我保证不占你便宜,要占,早就占了!我最尊重的女人,大概就是你了!虽

25

然你出身江湖，你这份傻乎乎的清纯，确实让我不敢侵犯！或者，这也是我会喜欢上你的原因吧！"

灵儿听到寄南如此温柔的声音，眼睛就变得雾蒙蒙地看着他。寄南迎视着灵儿这样的目光，抓了一卷书，猝然又打了她的头：

"本王爷去睡觉了！要不然，我一定会冒犯你！"

寄南说完，就躺到地铺，用棉被把自己连头带脑地蒙住。

灵儿呆呆地坐在床榻上，眼光迷蒙地摸摸自己被打的头，傻笑起来。

这天，柏凯从宫里回家，喜滋滋地踏入客厅，对雪如、皓祯众家人报喜：

"真是天大的好消息，今天我进宫向皇上请罪，谁知皇上那天不仅特赦了皓祯，今天又恢复了咱们将军府的一切官职和爵位。这真是咱们祖上有德，上苍保佑啊！"

"真的吗？那真是太好了！"雪如喜悦地说道，"这阵子我们袁家人的际遇，简直像是一场梦，惊涛骇浪，上天下地，我这老命都快去了一半，已经折腾不起了！"

"哈！"皓祥讽刺地说，"袁家人？我和我娘，还真不清楚我们是不是袁家的人。你们这人可以死而复生，官职丢了可以再捡回来，如果我是袁家的人，请问我的好爹爹，能把我独子的地位，还给我吗？"

柏凯一听气得又要发怒，被雪如抓住阻止，柏凯甩袖气得无语。

皓祯难堪又尴尬，紧握着吟霜的手，吟霜回应着他，用鼓励和安慰的眼神凝视他。

雪如看看皓祯,再看皓祥,低声下气地说:

"皓祥,我知道我当年犯的错,让你受了委屈,现在我们家好不容易躲过了大难,让我们恢复往日的平静好吗?大娘愿意用未来的岁月,好好地弥补你!"

翩翩忽然怒吼起来:

"你能弥补什么?我和皓祥的命运就是被你给毁的!就是你不知从何处抱来的杂种,污染了袁家的血脉,袁家唯一的儿子是皓祥!是皓祥!"

皓祥被翩翩一刺激,立即发难,抓住皓祯胸前的衣服:

"对!我娘说得好!是你抢了我的地位,玷污了袁家!现在真相大白,你为什么还不滚出袁家?"手指用力,抓得更紧,"你把我独子的地位还给我!还给我!"

皓祯因对皓祥充满歉意,不想还击,任由皓祥发泄,脖子被抓得呼吸困难。吟霜着急地上去拉着皓祥喊:

"皓祥,请不要这样,皓祯确实对不起你,但是他又不是故意的!他不知情呀!"

皓祥一脚对吟霜踢了过去:

"这儿没有你这只白狐说话的余地!"

皓祯见皓祥踢了吟霜,再也控制不住,把皓祥一把甩开,喊道:

"你要怎样?独子还给你!好,我就还给你,从此我不姓袁,行了吗?你再敢动吟霜,我就用外人的态度来对付你!"

皓祥怪叫,扑过去打皓祯:

"你本来就是外人，是杂种……"

柏凯暴怒，用力拉开了皓祥，一个探掌，直拍皓祥胸前，重重地将皓祥推倒，皓祥倒地，脑袋又撞上了桌角，立刻冒出血。柏凯喊道：

"你这没出息的东西！哪有一丁点的地方比得上你哥！我就是要认皓祯！谁再说'杂种'两个字，我就割了他的舌头！"

皓祥捂着伤口，看到自己流血，起身暴怒地大喊：

"我没有哥！皓祯和那个狐狸精一样，都是假的！什么梅花烙，那都是骗人的东西！"指着吟霜怒问，"你是人吗？你根本是妖！你可以死而复生，可以变出蝎子又让伍项魁蟒蛇缠身，还不能把自己肩上变个梅花印记出来吗？你们这一对狗男女，通通是假的！"

一时之间，柏凯竟哑口无言。围观的仆人、奴婢，都低声讨论着。雪如义正词严：

"梅花烙是我亲手烙上的，这还有什么好质疑的？皓祥，好歹你从小到大，我也对你视如己出，请你不要在我们母女伤口上撒盐了！吟霜是你同父异母的亲姊姊！"

皓祥眼前，蓦然闪过皓祯猎白狐时，徒手抓箭，手心滴血的画面。皓祥大发现地说道：

"那个印记真的是梅花烙吗？我想起来了，猎白狐那天，白狐也在肩上受伤，说不定那是箭伤而不是梅花烙！袁家箭尖不正好是五条箭棱组合的梅花箭吗？"

此时丫头、仆人听着皓祥言语，更是在一旁议论不止。翩翩立刻喊道：

"袁忠！去把梅花箭拿来！我倒要在众人面前好好比对比对！说不定比对之下，才有真相！"

皓祯终于忍不住，大声说道：

"皓祥！你闹够了没有？就算你对我有恨，你也不该迁怒和你同一个血脉的吟霜，你让她在众人面前露肩，到底将她的尊严置于何地？"

"哟！露个肩膀就没了尊严？有这么严重吗？"翩翩轻蔑地说，"本朝的女子，服装向来开放，露胸都不稀奇！"瞪着吟霜，"只有吟霜，这儿也不敢露，那儿也不敢露！是不是怕狐狸尾巴露出来？"

吟霜眼见自己又成话题，无奈地走到屋里的正中央，拉开自己的衣襟，露出肩头：

"皓祥和二娘想比对，就比对吧！"

袁忠拿来了梅花箭，柏凯接过了箭，直接在吟霜的梅花烙上比对。但是，箭尖是尖的，和吟霜皮肤上梅花印记无法对比。直也不对，横也不对。雪如说：

"这明明是梅花簪的烙印，怎么会变成箭伤呢？除非再射一箭，等伤口好了，才知道对不对？"

"不用那么麻烦！"翩翩喊，"袁忠、秦妈，去厨房拿许多揉过的面粉团来，我们去练武场，在面粉团上射箭，看看射出来的痕迹是什么样子？"

皓祯和吟霜一怔，雪如和柏凯无奈，仆人、卫士、丫头们却个个露出好奇的神情。

为了要皓祥、翩翩心服口服，为了要结束袁家吵闹不休的白狐传言，于是，大家都去了练武场。皓祥立刻命令卫士、家仆布置一切，十个箭靶竖立在练武场的院子里，箭靶上都贴着揉过的湿面团。

皓祥及其他九名将军府内的神箭手，个个拿着箭，箭尖涂上红色的胭脂粉。

刹那间，包含皓祥的十名弓箭手，就一排箭射击在面粉团上。皓祯、吟霜、柏凯、雪如、翩翩和众奴仆、卫士都在围观着。皓祥指挥：

"好了！大家行动快一点，去把那些面粉团都拿下来！"

奴仆们把面粉团拿来了，果然，十个白色面团上，都有梅花箭留下的红色印子，看来都很近似梅花的轮廓。皓祯瞪着皓祥说：

"你的意思是要吟霜再度褪下衣服，给你一个个比对是吗？如果都不对，你就再去射几百个面团，直到你射出满意的图形来，是吗？"

"正是！"皓祥大声说，"或者爹来射箭，那天的箭是爹射的，爹的力道可能比我和弓箭手的正确！不过，你还得伸手抓一把才行！"

"太荒唐了！"皓祯忍无可忍，"我不许！吟霜是我的妻子，她没有必要一再褪下衣服，给你当试验品来比对！"

"你不敢面对真相吗？你怕这样会现出狐狸尾巴吗？"皓祥挑衅地问。

"皓祥，你太过分了！不只皓祯不许，我也不许！"柏凯也恼怒起来。

翩翩看着柏凯说道：

"柏凯,这么多家人、卫士围着,你是一家之主,你要让大家心服口服!如果大姐那个梅花烙的故事,都能让人相信,这梅花箭的故事,难道不能成立吗?如果不试,怎会知道真相?这个白吟霜到底是人是狐,总要弄清楚呀!"

吟霜生怕大家再打起来,叹口气,往众人面前一站,背对众人,拉开衣服:

"大家不要吵了,我站在这儿,要比对就快点比对吧!风很大呢!"

皓祯立刻上前,用一件披风遮着吟霜,只露出那朵梅花,郁怒地说:

"要比对就快!一个个来!"

于是,面粉团一个一个地送了上来,比对着吟霜的梅花烙。左也不对,右也不对。但是,皓祥不肯停止,不断地命令弓箭手继续射箭。一批又一批面粉团送了过来,一次又一次地比对。皓祯的眼神越来越恼怒,雪如的眼神越来越心痛,柏凯的眼神越来越不耐。不知道比对了几百次,忽然,皓祥发出一声欢呼:

"比对出来了!大家看,这个梅花箭的痕迹,不是跟这梅花烙差不多吗?"

大家看过去,只见面团上的梅花印记,和吟霜肩上的梅花印记,确实依稀仿佛。

雪如上去看着,又急又气地说:

"不要闹了!这梅花烙的印记,过了这么多年,总有一些变形,有点相像是可能的,但是,我肯定吟霜肩上是梅花烙!烙印是烫伤,是会凸出来的,箭伤是凹下去的!怎会一样呢?只有轮廓有点像而已，都是袁家的梅花家徽呀！"

翩翩也上去看，言之凿凿、振振有词地大叫：

"哈！大姐，你不要自圆其说了！这明明是梅花箭的箭伤，才不是梅花烙！"

众人全部围上去看，连仆人、卫士、丫头、仆妇，都各有意见，议论纷纷。此时，吟霜不堪寒风吹袭，打了一个喷嚏。皓祯立刻把吟霜用披风遮得严严密密，恼怒地说：

"明明就不是箭伤！这箭有箭尖，梅花是花瓣，怎么会差不多呢？"

"到此为止！"柏凯大吼，"我看就是梅花簪烙上的，它就是梅花烙！"

皓祥得理不饶人，大喊：

"吟霜就是白狐！梅花箭就是证据，哈哈哈！你们谁还能狡辩！"挥舞着手里的梅花箭，"让我告诉你们这是怎么回事吧！大娘当初把女儿换成皓祯，那女儿不知道是不是死了？接着皓祯放了有箭伤的白狐，这白狐当然知道梅花烙的故事，就替代了吟霜的位置，幻化成白吟霜，一路混进将军府！"

皓祯把吟霜一揽，悲愤地瞪着皓祥：

"原来，你还有编故事的能耐！如果吟霜是白狐，还会站在寒风里给你比对吗？早就把你变成箭靶和面粉团了！"深吸口气，"狐也好，人也好！吟霜就是吟霜！是我袁皓祯唯一的妻子！"

皓祯说完，便带着吟霜离开。皓祥仍然气焰嚣张，追在皓祯身后，愤恨地喊着：

"袁皓祯！你最好弄弄清楚！你到底姓什么？"

这晚，吟霜因为在冬日寒风中的比对，终于受了风寒生病了。吟霜咳着，又是眼泪又是鼻涕的，鼻头红红的，一脸狼狈，喝着药。

皓祯走过去凝视她，带着怜惜和落寞说：

"跟你认识以来，这是第一次看到你受凉！原因居然是要用梅花箭，比对你是不是白狐！早知道，我就别去招惹那只白狐！现在让你永远洗不清这白狐的罪名！"

吟霜放下了药碗，转身抱住了皓祯的腰，因为一个站着，一个坐着，她的头依偎在他的腰际。吟霜热情奔放地说道：

"皓祯，不要受皓祥的影响！你已经当了爹娘二十一年的儿子，你就放开胸怀去爱他们吧！你姓什么，有什么重要呢？我是人是狐，又有什么重要呢？最重要的，是我们拥有彼此，还拥有爹娘的爱！"

皓祯用手紧紧搂着吟霜的头，叹息地说：

"只有你，能够看出我的落寞！我以为我掩饰得很好！"低头看着吟霜，"你知道吗？当他们拼命想证明你是白狐的时候，我充满不平，觉得他们在侮辱你……我压抑着，才没有对皓祥打过去！"

"我知道，我知道！你那时握着我的肩膀，手都在发抖！"

皓祯痛楚地一叹：

"还有，当皓祥指着我问我姓什么的时候，我真的有无地自容的感觉！"就低头看着仰头的吟霜，"你认为……怎样的父母，会抛弃了我？"

"不要去想这问题，放弃了这么优秀可爱的你，一定是走投无路的人，一定是可怜人，一定是无可奈何的人！但是，换个角度想……"又咳了起来，"喀喀喀……"

皓祯赶紧拿起药碗，坐到吟霜面前，接着吟霜的话说：

"但是……换个角度想，如果不是这样，我们拥有的爱，就太普通、太平凡了！我们都遇到了两对不是亲生的父母，爱我们胜过亲生！不是吗？人生，得失之间，很难定论！"吹了吹药，"现在，别说话，把这碗药喝下去！跟你谈谈，我心里舒服多了！"

吟霜就用双手，托住皓祯的双手，一面吃药，一面深情地看着他，咽下一口药，深刻地说道：

"我们都有身世之谜，我们也都经过了生死的考验。我最近忽然有了全新的体验，即使我站在寒风中，被皓祥用面团一次一次地比对，我都没有生气！皓祯，如果你面对挫败和沮丧的时候，可以放空自己，可以放松自己，可以放纵自己，就是不要放弃自己！因为一旦放弃了，我们就无法重新站起来！"

"好一个'可以放空自己，可以放松自己，可以放纵自己，就是不要放弃自己！'吟霜，你不只是个神医，你还是个良师！"皓祯说着，深深看着她，"所以，你以后不会从三仙崖上跳下去，不会把整罐假死药丸吞下去是不是？"

"看情况！"吟霜笑了，"只要你和我同在！"

"所以，你这几句话，还是有条件的？"

"只有一个字的条件，'你'！"

说完，她就低下头，专心地喝完那碗药。皓祯把空药碗拿开，放在桌上，蹲下身子，握着她的双手，看着她说道：

"你没有大爱，只有小爱？"

"我是小女子，小爱足矣！你不同，你是大男人，大局为重！"

两人对视，皓祯不能不折服在她深刻的眼光里。这个小女子，是人？是狐？是神？是仙？

吟霜和皓祯又在袁家受辱受难，寄南和灵儿完全不知道。这日，两人漫步在长安城的街上。寄南东张西望，跟踪着一个目标。走着走着，寄南突然停止脚步，拉住了灵儿说：

"喂！我问你，咱们现在正走在哪里？"

"你脑子糊涂了？这不就是长安大街吗？"

"既然你知道这是长安大街，那你有没有想起什么事？"寄南笑着问。

"我们在长安大街干过的事情那么多，我怎么知道你说哪一件事啊？"

"你自己曾经以长安大街之名，跟我打过赌的事情，你忘记了吗？"寄南得意扬扬地说，"是谁说如果看上本王爷，就要在长安城的大街上，打滚个三天三夜的？"

灵儿一怔，突然停下脚步，想起自己曾经的戏言，后悔极了。她转头避着寄南的脸，懊恼地想着：

"我这笨蛋！当时干吗打这种赌呀！三天三夜？本灵儿滚三圈都办不到啊！"一咬牙，抵赖，"我有说……我看上你了吗？"

寄南收住笑容，变脸：

"嘿！你这丫头是怎么回事啊！到现在还在跟我打马虎眼，本王爷都认定你了，你还要赖！"

"你认定是你的事，我又没有认定你！"灵儿狡辩，往前疾走。

"你这混蛋，天天就会想法子惹我生气！"寄南追来，拉住灵儿，"你给我站住，我们现在就在长安大街上说个清楚！"情急大吼，"你心里到底有没有我？"

寄南这一大吼，路上行人听得清清楚楚，众人惊讶地围观。大家看着寄南和灵儿两个男人说话露骨，惊愕地指指点点，灵儿尴尬得无地自容，对寄南胸膛一拳捶去：

"你疯了啊！在这大街上胡言乱语，真是丢脸死了，我的脸真被你丢光了！"顺手捡起墙边的扫帚就想打寄南，"我打死你这疯子！"

寄南好身手，边跑边躲着灵儿挥舞的扫帚，喊着：

"住手！你住手呀！我就说我倒霉嘛！看上你这小冤家，人家是棒打薄情郎，你这是棒打有情人，你不心疼呀！"

"心疼个鬼，你再继续到处胡说八道！我就棒打你这'斗牛犬'！"

"你这赖皮鬼，打赌输了不打滚也就算了，居然故意声东击西乱打人！你真是天下第一大无赖！"

"我就无赖！你能怎么样！"灵儿继续追打。

灵儿和寄南两人，就这样在街上边跑边斗嘴边打架。寄南突然看到追踪的目标，紧急抓住灵儿往墙角一躲：

"别动别动！我看到他了，那个我跟踪的人！"

灵儿茫然地随着寄南的眼光望去。只见对面街上，伍项麒神秘地和一个胡人打扮的商人，鬼鬼祟祟地坐上马车。

"赶快！我们得弄两匹马！"寄南说，疾走了一段，才看到路边有个马厩，就进去一阵交涉，带了两匹马出来，"还好，我们长安马厩多，连上朝都要骑马！快！上马追踪去！"

灵儿和寄南上了马，伍项麒的马车早已不见踪影。寄南看看四周，分析了一下状况，说道：

"胡人都出没在西市，我们向西边追去！"

两人便策马往西市的方向走，果然，走了一段，就发现前面伍项麒的马车。寄南对灵儿悄悄叮嘱：

"我们看看这个伍家人要干什么就好，千万不要暴露身份，也别打架！这个人的行踪可能和一件大事有关！"

"知道了！"灵儿低声回答，"别把我当成傻瓜行不行？这利害我明白的！"

寄南和灵儿就骑着马儿默默跟踪着。两方人马保持着适当距离往前行。走着走着，伍项麒的马车走进一座热闹的胡人市集里，摊商都穿着西域服装。伍项麒下马车和胡人一起走进一间茶栈里。寄南和灵儿远远牵着马儿走在市集里，一边监视茶栈，一边假装逛摊商。灵儿疑惑地说：

"我们一路跟到城外，跑了十几里路，姓伍的不会就是来找胡人买东西吧？"

"没那么简单，伍项麒要什么东西，直接派人送到驸马府就好，何须自己亲自来这儿？"寄南眼观六路，耳听八方。

"那好吧！你盯着人，我看看这儿有什么西域来的好东西，买回去送给吟霜。"

"你就只会不务正业，一刻都不能闲着，去去去！"寄南转眼

37

紧盯着茶栈。

灵儿走到摊上东看西看，拿起一个花瓶把玩，才放下桌，突然桌上一排瓶瓶罐罐的陶器品，莫名其妙地打翻，碎了一地。摊商生气地抓着灵儿：

"你怎么打翻了我的东西，这是从波斯国来的，很珍贵呀！你要赔我！赔我！"

"哎哎哎！你放手！放手！"灵儿拉扯，"不是我打翻的，我连碰都没碰一下，人这么多，你别想讹诈我！放手！"

寄南紧盯着茶栈，听到灵儿和人争吵，无奈地摇头赶到灵儿身边。寄南拉开抓灵儿的摊商，着急地说：

"好啦！好啦！打翻了东西我们认赔，你说要赔多少？"

"不许赔！"灵儿坚持立场，"东西不是我打翻的！他们故意要诈，这是市场上的老把戏了，专门骗老实人，我才不上当！这是他们的诈术！"

胡人摊商一串胡语开骂，更多胡人包围了寄南和灵儿纠缠不清。

茶栈里伍项麒和胡人走出，仆人牵来了一匹骏马，伍项麒立刻登上马背。寄南发现伍项麒要离开，急忙想脱身，却被胡人抓住拉扯。寄南喊：

"让开！让开！别挡我路呀！"突然混乱人群中，有人对着寄南肚子一拳打去，寄南大怒，"哎！还真动手！你们真吃了熊胆，不给一点颜色，还以为本王是孬种了！"

寄南一脚踹去，就踢翻了整个摊子，再一拳打去，把那个冤灵儿的摊贩打得飞了老远。摊贩们全部围了过来，和寄南大打出手。灵儿哪里肯闲着,流星锤舞得虎虎生风,到处挥打。

骑在马上的伍项麒,得意地回头看向寄南,冷笑:

"哈哈哈!想跟踪我,门儿都没有!"策马扬着沙尘,飞奔远去。

混战中的寄南,一边迎战,一边眼睁睁地看着伍项麒远去,暗自叹气。

伍项麒摆脱了寄南的跟踪。伍项魁却直奔荣王府,对伍震荣急急问道:

"爹!听说我们那张重要的'战略图'弄丢了?"

伍震荣生气地说:

"我们养了一群废物,东西怎么弄丢的也说不清楚,让他们去抢回来,居然没到手!那图画得隐晦,料想看到的人也不见得能看懂!可是,前两天,我们的武士居然回报我,那张图被毁成碎片了!"

"这不是太好了吗?不管图是被偷了还是抢走了,都没用了!"项魁说。

"好什么好?连我都还没弄清楚那战略图的战术,计划了两年,才画出这张图,就莫名其妙地弄丢了!派了好几组人马,都没追回来!现在告诉我毁了!"

"到底是谁把它毁了呢?毁了总比落到敌人手里好吧?"

"据说是一个年纪轻轻面无表情的人!江湖上称他'玉面郎君冷烈'!"

"难道就是那个暗器高手?"项魁大惊,"孩儿就是被他的如意珠，打得全身洞，差点被他打死！他为什么要帮我们毁掉那张图呢？"

"问得好，本王也想问呢！"

伍震荣困惑地深思着。

八十二

灰头土脸的寄南，在太子府的密室里愤愤地述说：

"事情经过就是这样，气死我了！"看向灵儿，"都是你！已经跟你说了，安分一点，你还要去买东西，吟霜在将军府，什么好东西没见过，还要你去买胡人的破铜烂铁送给她？"

"你负责盯着人，人给跑了你还怪我？"灵儿捶着寄南。

仆人端来脸盆和帕子，青萝接手端到寄南和灵儿面前。太子笑着说：

"你们两个连洗脸的工夫都没有，就这么狼狈地跑来太子府，快先洗把脸吧！"思索着，"这伍项麒到胡人的部落，又和打铁场会有什么关联呢？"

青萝疑惑地说：

"寄南王爷说的是城外二十里，锯齿山山脚下的胡人部落吗？"

"正是！就是锯齿山山脚下的贼窝，青萝姑娘知道这个部落和伍项麒的关系吗？"寄南赶紧问道。

"以前驸马爷每个月,总有几天乔装出城,有次押着我们几个歌舞伎,去跳舞娱乐那些胡人,他们似乎在密商什么,说着我们听不懂的各种胡语,挺神秘的。"青萝说。

"难道是把打铁场的武器卖给西域的胡人?"太子分析着,"给胡人增加兵器有何企图?难道要帮助胡人进攻本朝?"

"想想那张图!说不定是荣王勾结胡人,想要夺取政权!"寄南说。

"没错!这个动机最合理。"太子说,"近来长安城的胡人越来越多,和百姓的纠纷也不少。但荣王的企图,必须要有实质证据,才能强而有力地说服父皇处置荣王!我们必须一点一点地将他们谋反的线索往上追。"翻开京畿的大地图,指着某点,"锯齿山,也许真相就在这儿!"

"如果真相在那儿,等皓祯来的时候,一起讨论,我们再行动!"寄南警告太子说,"记住'三人同心,无坚不摧'!那锯齿山没有腿,跑不掉的!"

太子怎能等?知道吟霜受了风寒生病,想那皓祯全心都在吟霜身上,不忍惊动他。思前想后按捺着性子,等了三天,就再也沉不住气。

这天,太子一身武术劲装,带着邓勇等二十多名卫士高手,乔装来到锯齿山的丛林找寻线索。邓勇对太子说道:

"这就是锯齿山的山口了,到处树林密布,山头像锯齿,一座连一座,看来非常凶险,真的不要通知皓祯少将军和寄南王爷吗?"

"皓祯家里还是不太平静,寄南来了一定会反对,先让他们缓缓吧！反正今天我们只是探探锯齿山到底藏着什么秘密，又不需要作战，若有状况，大伙儿就撤！"

"是！遵命！"邓勇回答。

太子和卫士高手们，或跳或攀，或压低身子穿越大树林、小树林、大丛林、小丛林、大岩石、小岩石……往前行进。当太子等人来到一处树林间，突然地上埋伏着三四张捕兽网，若干卫士同时被网子擒获，高吊在树上。太子紧急一喊：

"小心！有陷阱！"

太子一面说，一面联合邓勇和其他卫士，眼明手快，拔剑一跃，将网子一一斩断，卫士全部翻身落地获救。邓勇看看网子说：

"这帮胡人在森林里捕猛兽吗？还设下陷阱？"

"恐怕这陷阱是对人，不是对猛兽。大家要小心脚下，继续前进！"太子说

太子和卫士们继续前进，不久又一个个踩空，掉下地上插着锐利竹扦的地穴。太子踩空跌落，正要被锐利尖刺所伤之际，他用未出鞘的长剑，在尖刺中的地上一点，就借力腾空飞跃而起，跳出地穴，说道：

"利用你们的长剑点地支撑，地穴不深，用轻功跳出！千万别被尖刺所伤！"

邓勇和卫士们，也在千钧一发间飞跃而出，可惜仍有两三位卫士猝不及防受伤。太子振作士气，说道：

"看来这山路非常凶险，伤兵暂时留在原地，其他人提高警惕，走！"

太子话才落音，远处草丛间，躲着一个胡人吹起陶笛，奏

43

出特殊的声音。突然间，大量的毒蛇从草丛里冒出，爬向太子等人。太子和众卫士跳上树干，但毒蛇也追上树。太子和卫士拔剑斩蛇，但越斩，陶笛声越吹，毒蛇也越来越多。

太子斩不完毒蛇又无处可躲，泄气地说：

"今天探敌失败！我们撤！"

太子带着卫士们，跳跃在树丛间远去。

皓祯和寄南知道太子竟然只身去探锯齿山，两人赶到太子府，进了密室，寄南对着太子就一拳打去。

"跟你说过锯齿山没腿，你这有腿的太子，比锯齿山还危险！"

"别打架，别打架！"皓祯说，"他去都去了，打他有何用？还是讨论一下这座山比较要紧！"就问太子，"锯齿山面积很大，占地很广，你从哪儿进去的？"

"那儿有个登山入口，我们就从入口进去的！谁知遍地都是陷阱，这座山里绝对藏着不可告人的秘密！"

"这山离长安不过二十里，如果和那张图有关的话，这伍震荣也太大胆了吧？"寄南说着，摇摇头不敢相信。

"总之，再探锯齿山，是一定要做的事！你们大家，还是照常过日子，免得打草惊蛇！过几天，我带着我的武士，会再去一趟！"

皓祯一巴掌拍在太子右肩上，又一拳打在太子肚子上，喊道：

"刚刚才阻止寄南打你，看样子，你不打还不行！你还敢私下去闯锯齿山？你知道你的身份是太子吗？只身进入险境，居然不通知我？你要气死我？何况这锯齿山以险峻著名，平常都没人敢去，怎会有胡人在里面呢？你一见情况不对就该退出！"

寄南见皓祯出手，就一巴掌打在太子左肩上。

"你不告诉我和皓祯，是不是认为我们两个没用？虽然皓祯现在和家人的情况还很紧绷，但是，我和裘儿可以帮忙呀！这是何等大事，你怎么如此轻率？万一你有个三长两短，本朝除了你还有谁能当太子？"

"哎哎！寄南，你这说的是什么话？跟灵儿处久了，把灵儿的口没遮拦全部学会了！"皓祯就严肃地看着太子，"启望、我和寄南，要行动就一起行动！以后谁也不可以单独涉险！尤其是太子你！"

"好了好了！"太子挣开两人喊，"干吗生这么大的气？知道你们都担心我的安全，以后，绝对不单独行动，行吗？再探锯齿山，也等你们都有空的时候！"看皓祯："听说你又被皓祥气着了？还害吟霜受凉？"

"别提了！"皓祯一叹，"跟锯齿山的事比起来，实在是小事一桩！吟霜也看开了，都不会生气了！"看着太子，深思说道："套用吟霜的话，启望哥！你可以探险，你可以冒险，你可以历险，就是不能涉险！"

"疯了，你们这些人，寄南说话变灵儿，皓祯说话变吟霜……好吧！你们说，下次什么时候去再探锯齿山？我等你们两个就是！"

"回去安排一下，马上给你回音！我那小厮，一定闹着要跟随！"寄南说。

"吟霜也会闹着随行，就怕我们受伤，她那神医技术，还真有用！"皓祯说。

"那你们就赶快回去，找灵儿的找灵儿，找吟霜的找吟霜！本太子是没什么耐心的，反正每次都履险如夷，也不怕千难万险，山高水险，我就想以身试险！管他是不是铤而走险。"

皓祯和寄南惊看太子。皓祯纳闷地说：

"举一反三！这个厉害！"

"威胁力十足！这个厉害！"寄南说，"皓祯！我们赶紧回将军府，看看吟霜和灵儿在干吗？"

画梅轩的卧室里，吟霜笑着让灵儿站在房间正中，说道：

"灵儿，看到寄南总是追着个小厮跑，我实在看不下去了！昨天，娘又给我送了好几套新衣服来，我要把你打扮一下！让你恢复女儿身，打扮得美美的去让寄南惊艳一下！"

灵儿顿时兴奋起来：

"好呀！在这画梅轩，我什么顾忌都没有！好久没穿漂亮的女儿装了，赶快给我看看那些衣服！挑一件最漂亮的，还要美美地涂点胭脂，梳个头才好！簪环发饰都要！"

吟霜就打开抽屉，拿出一堆漂亮的衣裳来。

灵儿看得眼睛都亮了。吟霜再拿出簪环首饰来，灵儿眼珠都快掉出来了。

"哇！"灵儿喊着，"女儿装！女儿装！还我女儿装！"

当寄南和皓祯赶回画梅轩的时候，双双被拦在大厅里。香绮说，吟霜和灵儿有要事在谈，让两位爷先喝茶聊天，少安毋躁！谈完她们自然会出来。

寄南拿着茶杯，喝着茶说道：

"她们两个关着门讲悄悄话，裘儿一定在说我坏话，她就会欺负我……"

"我怎么觉得是你在欺负她呢？哪有一天到晚打人家脑袋，骂人家笨的？"皓祯说。

"她就常常说些莫名其妙的话，跟我抬杠上瘾了，对汉阳还有点三心二意的，气死我了！"寄南睁大眼说。

皓祯想到汉阳，心中仍然痛了一下，惊愕地问：

"汉阳？不会吧？"

正说着，房门一开。吟霜喊着：

"裘灵儿驾到！两位看清楚了！"

吟霜扶着千娇百媚的灵儿走出来。只见灵儿穿着一件粉红色绣花的正式服装，梳着漂亮的发髻，簪着精致脱俗的发簪，除去了男装的肤色，还原为原来的白皙，脸上涂着淡淡的胭脂，唇上涂了淡淡的唇红，眉毛恢复了原来的柳眉，灵动的眼神，带着浅浅的笑，真是"美目盼兮，巧笑倩兮"，整个人艳光四射。

寄南一眼看到漂亮妆容的灵儿，惊讶得顿时滑落了茶杯，洒了一身水。

在门口偷看的小乐和香绮，笑得合不拢嘴。香绮对小乐低语：

"这个窦王爷就有个毛病，一遇到灵儿姑娘的事，茶杯就握不牢！以前在常妈那儿就是这样！"

寄南目瞪口呆地看着灵儿，咽着口水。灵儿走到他面前，转了个圈子，用原来的女儿声音，故意娇滴滴地说道：

"窦王爷，裘儿恢复本来面目，你还习惯吗？"

47

寄南目不转睛地瞪着她：

"本王爷真庆幸你在宰相府都是男装，要不然，肯定被汉阳抢走了！"就大喜地冲上前去抱住她，"你还是女装漂亮！看到你这样子，我才觉得我窦寄南三生有幸！"

灵儿一推，就从他怀抱里闪身而出。

"跟你的'三生'有什么关系？我不过是没办法，当了你临时的小厮而已！"

寄南抓起一个卷轴，就想打灵儿：

"你换了女装，就不是我的小厮了？"

灵儿对着他甜笑，他这卷轴就举在空中，再也舍不得打下去。皓祯和吟霜相视而笑。

"我觉得，灵儿应该恢复女儿身了！你看她现在这样子，说不定以前见过她的人，都不会记得她！"

"是吗？"皓祯仔细看，"真的，被你这样一打扮，她像个千金大小姐。以前，她是个杂技班的小妞，实在差很多！"忽然想起，对寄南喊道："寄南，我们不是一直说，要进宫去谢兰馨的吗？趁太子又有行动以前，把这事办了吧！裘儿！赶快换回你的小厮服装，跟我们一起去！"

"换回小厮服装？"灵儿一瞪眼，"我不要！难得漂亮一次，马上就要我变丑，我不要！如果进宫，我就穿这一身去！"

"不可以！"皓祯、寄南、吟霜都喊。

灵儿嫣然一笑，恳求地说：

"寄南对皇宫那么熟悉，我们就跟着寄南从后花园进去，不会碰到熟人的！何况，这次进宫谢兰馨，不是要和兰馨真心相对吗？让她知道我是个女的，也是一种坦白！这样，她对那个总是和她打架的裘儿，就不会再生气了！裘儿我……不……是灵儿我，现在对那个公主，已经心服口服了！"

"不可以！你还是当小厮我比较放心！"寄南说。

"本灵儿姑娘，今天就要用'姑娘本色'去见那位公主！"灵儿坚决地说。

"咱们带一件男装的披风，万一碰到熟人，尤其是敌人，就把灵儿用披风给披上，戴上帽子，寄南遮掩着她溜走！"吟霜建议。

"就这么办！坦白面对公主，灵儿这句话说到了重点！是我们和兰馨交心的时候了！"皓祯点头了。

皓祯等人进宫谢公主的时候，太子也到了宫里，两路人马都不知道彼此进宫。

太子是在御书房里，把那面尚方御牌，从桌面推到皇上面前。

"父皇！启望特地来归还这面尚方御牌，谢谢父皇那天借这御牌给儿臣，救下皓祯！儿臣对父皇的特赦，没齿难忘！"

皇上握起御牌，审视着，看着太子宠爱地一笑：

"应该是朕要谢谢你吧！一直记得你提醒朕的那句话，皓祯脑袋一掉，多少英雄会揭竿而起！真是一言惊醒梦中人！不过，以后再也不可以用生命威胁朕，朕虽然是皇帝，对自己的子女，也是舍不得的！不要以为前朝多少父子争皇位而彼此伤害，就把朕想成那种人！"

"儿臣知错了！当时已经快到午时，实在心急，就口不择言!"太子赶紧说道。

"你和寄南、皓祯三个的兄弟情谊,是你这一生用不尽的宝藏,你一定要好好珍惜!"皇上一叹,"朕身边,就缺这种兄弟!"

"以前四王就是这样的兄弟!现在,父皇身边还有我们三个,为了父皇,我们个个可以拼命!父皇,你绝不会孤独,只是,要小心恶虎和豺狼!"

皇上落寞一笑,把御牌还给太子:

"这御牌,你就留在身边吧!万一朕又想错杀谁,你还可以挽救!对于贪官污吏,也大大有用!"

"父皇要送我一面尚方御牌?孩儿不敢收啊!"太子惊喜。

皇上走近太子,指着御牌说道:

"这御牌也有两种,这面是正式御牌,右下角刻着一个'御'字,另外还有两面御牌,是朕送给爱妃当信物的!一面右下角刻着个'凤'字,是给窦妃的。另外一面,右下角刻着一个'苑'字,是给皇后的!其实,真正有力量的,只有刻'御'字的!没有'御'字,只是纪念品而已!"

"所以,这有作用的御牌,父皇给了孩儿?那……大臣们能够分辨两种不同的御牌吗?"太子惊喜地接过御牌。

"这就是朕担心的问题……"难过地,"窦妃的御牌,跟她一起殉葬了,皇后的御牌……"眼前闪过皇后拿出御牌威胁他的画面:"还在她手上……一旦拿出来,只怕大臣不察……"皱皱眉头,带着隐忧,拍拍太子的肩:"不要随便拿出御牌,多用就不稀奇了!这真正的御牌,一共只有三面,这面给了你,朕保留一面,还有一面,在朕最信任的一位重臣手中!"

"孩儿能知道那位重臣是谁吗？"太子好奇地问。

"将来你会知道的，现在时机未到！"皇上说，叮嘱道，"好好保护这御牌！"

"是！儿臣谢父皇恩典！定不会辜负父皇，让这面御牌蒙羞！"太子感动至深地说道，心里却有点担忧。那第三面御牌，到底在谁手里呢？重臣？不会是伍震荣吧？想到这儿，有点不寒而栗。随后一想，如果伍震荣手中有御牌，可以先斩后奏，恐怕皓祯、寄南的人头早就落地了，还需要他三番两次地行刺设局吗？这样一想，又豁然开朗。在这朝廷上，还有一位皇上最信任的人，这是好消息，说不定是木鸢呢！

太子在御书房的时候，寄南带着皓祯、吟霜、灵儿来到兰馨的寝宫。

兰馨惊奇地看着皓祯等人：

"你们前几天，不是才进宫谢过父皇？怎么今天又来了？"

"公主！皓祯和吟霜，觉得谢谢皇上以外，最该谢谢的一个人，是公主！以前我们有许多冲突和误会，造成太多伤害！我们再来一次，让公主更深入地认识，你挽救的是怎样一个人！"皓祯诚挚地说道。

"看来大家都有很多话想说，那么大家就请坐吧！不要拘束了！"兰馨大方地说。

灵儿女装，遮遮掩掩地跟在寄南身后。兰馨猝然从桌上拿起她的鞭子，一鞭子抽向灵儿，怒喊：

"你们夹带了一个鬼鬼祟祟的姑娘进门，是要干什么？"

寄南一跃，伸手一捞，立刻抓住了鞭子喊道：

"兰馨！你仔细看看，这是裘儿！也是灵儿！"

灵儿就笑着上前，对兰馨请安，俏皮地说道：

"裘灵儿叩见兰馨公主，公主金安银安万万安！"

"裘儿？"兰馨大惊，仔细一看，"你不是寄南的小厮吗？原来你不是小厮，是个姑娘？为什么一直扮成小厮呢？"

"那故事就长了，都是伍项魁那混账东西，要抢她去当小老婆，她被我们救出来以后，生怕被认出来，只好女扮男装，掩人耳目！"寄南说。

"皓祯说，我们今天来见公主，都要用最坦白真实的态度，所以我也冒险用本来面目进宫谢公主！"灵儿说。

"哦！"兰馨不禁感动，看看皓祯，又看看吟霜。

吟霜就排开众人，对兰馨跪下了，真挚地说道：

"公主，我知道这段日子以来，我们每个人都经历了各种冲击，有些伤痕也可能成为我们终身无法磨灭的痛，但可贵的是公主有一颗宽恕的心，宽恕了我们无心之过！让我们有机会活着跟公主道谢！救下皓祯，我必须给你磕头！"

吟霜感恩地磕下头去。兰馨看着吟霜，不胜感慨，拉起了她：

"过去那个我，也曾经糊涂疯狂过，做了许多自己都不相信的事，现在才如梦初醒。宽恕实际也等于是放过自己，救了袁家一家，也等于是给我自己一条生路。你们都不用再记挂这件事情了！何况救皓祯，太子的功劳比我大！"

皓祯注视兰馨，突然说道：

"如果公主方便的话，我是不是可以和公主单独地谈一谈？"

看寄南,"你们先去御花园等我吧!"

于是,吟霜、寄南、灵儿退出了兰馨的寝宫,三人走在御花园里。寄南四面看着,把那件男性披风披在灵儿身上。寄南说:

"帽子戴起来,把你漂亮的小脸蛋遮住!"

"干吗?这儿都是宫女,又没人注意我们,你让我美美地不可以吗?"灵儿说。

吟霜也四面看看:

"寄南不要太紧张,万一碰到皇上或是皇后,我们就大大方方地请安,坦白地说是进宫看公主就好了!"

"吟霜你别那么善良天真,碰到皇上还好,万一碰到皇后……"寄南低语,"她不把你撕碎了才怪!在她心里,你还是那个害兰馨失去驸马的狐狸精,你懂不懂?"

"那么,有没有什么地方,让我们可以躲一躲的呢?"吟霜有点怯场了。

寄南拉着灵儿,说道:

"跟我来!那边有一堆假山,我们去假山后面避一避吧!"

三人就向假山的方向,低调地走去。

皓祯留在兰馨那儿,深深地看着兰馨,从口袋里掏出一张写着字的信笺来,说道:

"很多心里的话,都不知道如何说出口!在我们的婚姻里,几乎都是冲突和仇恨,尤其我,做了许多不可原谅的事!再也想不到,最后救我一命的居然是你和太子!谢谢两个字,实在太渺小,怎能代表我对你的心情?"

皓祯就把手里的信笺递给兰馨。兰馨惊愕地接过来，打开一看。

信笺上面是用九宫格的方式，写着满信笺的九个"心"字。

"还记得你曾经送我一样礼物，是'一点一点又一点，轻舟一叶水平流'！我还给你的，却是撕碎的半颗心！现在回想，我实在太狠了！但是，那时，我真的给不起你完整的心！现在，这儿有九颗完整的心，是我们袁家每人一颗，送给你的！其中还包括了鲁超、小乐和香绮的！"

兰馨握着那张信笺看着，眼里蒙上一层淡淡的雾气，微笑地问：

"没有秦妈的吗？我看这样吧！把翩翩和皓祥那两颗拿掉，本公主相信他们两个并不感激我，加上秦妈和袁忠，九颗真正爱你的心，不是爱我的心！"就珍惜地收起信笺，"总之，我收了！"凝视他，"好一份大礼！"

"现在还会做噩梦吗？还会害怕吗？"皓祯真正关心地问道，"身体是不是全好了？心里是不是完全舒坦了？"

兰馨愣了愣，坦率地回答：

"我想还需要一段时间恢复，可是，我已经不恨你了！也终于明白，你一直想让我明白的事，你是我从来没有见过的那种男人，那么死心眼只认一个女人！走到现在，我对这样坚持的你，也有点佩服！"

"我有预感，你也会遇到一个和我一样'死心眼'的男人！"皓祯说，"或者那男人早就出现在你生命里，却被你忽略了！"他想起汉阳，如果汉阳真是他的哥哥，命运是故意在捉弄他们兄弟两个吗?

兰馨寻思着,眼前也飘过汉阳和她四目相对的情形,一笑说道:

"是吗?我等等看吧!"再凝视皓祯,"我也明白了,娶我,你是为了护国大业!你现在欠我更多了,你欠我救你的这条命,你就用这条命,好好报答社稷和百姓吧!"

"遵命!公主!"皓祯诚挚地说道。

两人眼神深深相对,了解和欣赏都在彼此眼底。此时此刻,以前的伤痛和折磨,都化为云烟,飘然而去。剩下的,是最纯粹的友谊和像家人的亲情。好险!皓祯想着,他总算保持了兰馨的玉洁冰清,让她可以拥有一份完整美好的未来!

吟霜、灵儿、寄南穿梭在假山丛中,一面等待皓祯,一面聊着。吟霜关心地问:

"寄南,你和灵儿的事,你爹娘知道吗?"

"不知道!还没跟他们说过!"寄南摇头。

"你是个王爷,灵儿只是个跑江湖卖艺的姑娘,你爹和你娘会不会嫌弃灵儿?你有没有考虑过这问题?"吟霜再问。

"我爹娘对我早就放弃了!反正我拈花惹草,声名狼藉不说,然后又有断袖之癖,行为不检,还被送到宰相府去管训,他们觉得太丢人,恨死我了。我上次回家一趟,他们叫我和裘儿一刀两断,否则就别回家!"

"哦!这么严重!"灵儿听了,顿时翻脸,"所以,你那金窝银窝,只是一个势利窝!你爹娘那么看不起我,要你跟我一刀两断，你这个王爷有什么了不起？你家我也不想进去……"

"喂喂！人家爹娘不满意的是裘儿！"吟霜啼笑皆非地说。

"我就是裘儿呀！"灵儿大声说。

寄南对着灵儿的头敲了一下说：

"你是裘灵儿！不是裘儿，扮假小子扮得自己都糊涂了！穿了女装还说是裘儿，你是我要带回家去炫耀的裘灵儿！"

三人叽叽喳喳中，完全没有注意到，伍项魁正悄悄而来，听着三人的谈话。听到裘灵儿三字，脸色大变。猛然间，伍项魁的脸出现在三人面前，大叫：

"裘灵儿在哪里？"

三人大惊，寄南一把就把灵儿拉到身后。灵儿急忙用帽子遮住脸，退向假山中间。寄南怒喊：

"伍项魁，这是皇宫，你少在这儿撒野！"

"又是你这个芝麻绿豆王！"项魁瞪着寄南，眼光搜寻着吟霜和灵儿，对吟霜大喊，"还有你这只白狐，居然在皇宫出现了！"指着灵儿的背影喊，"那个人！你给本官站住！转过头来让本官看看！"

寄南一看情况不妙，一招"日正当中"出手，一拳就对项魁打去。项魁猛不防，鼻子上挨了一拳，大喊：

"来人呀！来人呀！赶紧把这个疯狂的窦寄南抓起来！"

项魁的卫士立刻围了过来，和寄南大打出手。项魁就绕过去找灵儿，灵儿穿着披风戴着帽子，在假山石中兜圈子，项魁也在假山石中兜圈子。突然间，两人一个面对面。

灵儿叫了一声，闪电般挥出一拳，转身就跑出假山。项魁又挨了一拳，大怒，追上灵儿，抓住灵儿的披风，就用力一掀。披风连带帽子，抛散在空中。同时，灵儿一个转身，漂亮的面孔和转身的身影有如粉蝶翩飞。

正在打架的寄南，蓦然回头，看到如此美丽的灵儿，竟然呆住了。卫士抓住机会，就对寄南上中下三路，一阵猛攻，寄南被打得好惨。忽然，太子出现，一见这种局面，飞身过来，一把拉出寄南，接着出手，把卫士们打得七零八落。太子大喝：

"本太子在此，还不退下！怎可打靖威王？你们都不要命了？幸好我在宫里，亲眼看到你们的嚣张恶行！"

寄南看到太子，抚着被打得发晕的头，说道：

"启望，赶紧抓住那个蛤蟆王，帮吟霜的父亲报仇！帮囚禁的灵儿报仇！还有那什么山，帮中了陷阱的兄弟报仇！"

项魁兀自瞪眼望着灵儿，惊呼：

"裘灵儿？你果然就是那个把本官耍得团团转的裘灵儿？你不是死了吗？不是丢到乱葬岗了吗？"

太子飞蹿过去，对着项魁的鼻子，一招"推窗望月"，又是一拳，同时发掌一推，把项魁打到灵儿面前。太子喊：

"灵儿！接招！"

灵儿对着项魁大喊：

"是啊！我是裘灵儿，我现在还魂了！要向你讨命！"

灵儿一面说，再对项魁打了过去。项魁又被打到寄南面前。太子大喊：

"寄南！接招！有冤报冤，有仇报仇！"

寄南立刻出招，"皓月当空"，一拳过去，正中项魁的鼻子，同时运掌一送，把项魁再打到太子面前：

"太子！这混账东西交给你！还要为青萝报仇！"

太子推窗再度望月，又一拳，把项魁打给灵儿：

"裘儿，这蛤蟆王是你的了！"

灵儿掏出流星锤，对着项魁一阵挥舞。项魁躲进了卫士群中，鼻子鲜血直流、眼中金星直冒，被打得惨兮兮。项魁这才恍然大悟：

"裘儿？原来你就是裘儿！难怪本官每次看你就特别眼熟，你这狡猾的贱人居然没死？"抬眼看向吟霜，"是会法术的白狐救了你是吧？"突然大喊，"来人啊！抓刺客！有奸细！抓白狐！捉妖怪呀！"

宫中羽林军和高手通通围攻过来。太子大喊：

"羽林军！谁敢乱动？把那个伍项魁抓起来！宫里的妖怪就是他！"

羽林军一见太子，全部后退，赶紧行礼。

"太子金安！太子威武！"

"还有我靖威王在此！什么人敢妖魔鬼怪地乱喊？"寄南厉声说道。

项魁跳到一块假山上，大喊：

"这个靖威王是假的！这些人都是妖怪，这个灵儿丢到乱葬岗还会活过来，那个白吟霜更是法力强大的妖狐！这窦寄南大概也是狐妖变的，都是假的，快拿下……"

就在这时，皓祯赶到。只见皓祯飞身过来，跳到假山上，一招"风卷残云"，横腿一扫，就把项魁扫到了假山下。皓祯大喊：

"我袁皓祯在此，羽林军通通给我退下！"

"岂止少将军！太子也在此！羽林军弄清楚敌人是谁了吗？"太子大喊。

"岂止太子，我靖威王也在此！"寄南大喊，"羽林军还不行礼？"

羽林军急忙住手后退，面对太子等三人，个个行军礼，齐声喊道：

"太子威武！靖威王威武！少将军威武！"

项魁爬起身子，暴跳如雷，更是大喊：

"假的！假的！都是假的！你们不是人，是妖怪，是刺客！大家赶快把他们抓起来！刺客！刺客……妖怪！妖怪……"

这样一喊，更多的羽林军闻声而来，七嘴八舌大喊着：

"刺客在哪儿？妖怪在哪儿……"

八十三

当御花园闹成一团时,皇后正在密室中幽会伍震荣。她板着脸生闷气,坐在躺椅上,偏着头不看伍震荣。伍震荣脱去外衣,就主动去拥抱皇后,低声下气,甜言蜜语:

"好了吗!这么多天了还生下官的气?那天我是气疯了,口无遮拦,这不是来向你请罪了吗?别生气了!"

皇后推开伍震荣,烦恼地说:

"叫你来,不是要听你油嘴滑舌的!自从斩皓祯失败,本宫越来越觉得,皇上好像对本宫已经不再宠爱了,以前他跟我都不敢大声的,现在常常摆出皇帝架子,几句话就封了本宫的口!"

伍震荣一怔,着急地说:

"如果你收不了皇上的心,咱们更要提早动作!事不宜迟!上次,皇上对本王不是也说了重话吗?万一皇上……"

伍震荣话没说完,御花园传来此起彼落的呼喊声:

"抓刺客!抓刺客!抓妖怪……抓妖怪……"

"啊！有刺客？怎么会有刺客？"皇后惊愕地说。

"抓妖怪？"伍震荣更惊，"怎么像是我儿子的声音？"

两人慌张地跳起身子，伍震荣急忙整冠穿衣服。

在御花园里，众羽林军不敢行动。但是，项魁的卫士却追着寄南、皓祯打，只是不敢打太子。寄南、皓祯护着吟霜，和卫士缠斗，拳影掌风，肘撞臂架，旋身飞踢，脚勾腿绊，攻防之间，滴水不漏，打得不可开交。卫士们被劈倒、踹倒了一大片！吟霜忍不住喊：

"我不是白狐！不是妖怪！更不是刺客，你们快停手！"

被惊动的伍震荣和皇后赶到，见状大惊。皇后怒喊道：

"住手！住手！这不是寄南和皓祯吗？你们在干吗？"

大家见皇后出现，都住手不打了。羽林军慌忙行礼后退。皇后气冲冲对皓祯说：

"原来是被特赦的、休掉的驸马，你带着你的狐狸精又到宫里来作乱了吗？"

皓祯一股正气地看着皇后说：

"皇后娘娘！皓祯带吟霜进宫，是向兰馨公主道谢的！我们小辈并没有因为种种风波而彼此仇恨，大家化敌为友，看在兰馨公主的病体完全康复分上，请皇后对我们也多多包涵吧！"

"殿下！爹！"项魁赶紧告状，"那个窦寄南的小厮裘儿，根本是个女的，就是我的小老婆，当初大闹爹的寿诞，被丢到乱葬岗的裘灵儿！"

"什么你的小老婆？"寄南一怒，吼道，"就是被你抢去，又被你软禁，最后还差点被你杀死的裘灵儿！"

伍震荣看到吟霜，又看到灵儿，不由分说就帮着自己儿子，大喊：

"皇后娘娘，别听这些人胡说八道，他们造成的灾难还不多吗？明明都是妖怪！"大吼，"羽林军上！通通拿下！"

"什么妖怪？"太子大吼一声，"本太子可以证明，他们绝对不是妖怪！本朝的妖怪很多，还等着他们来收拾呢！"

这样大吵大闹，皇上也被惊动了，在卫士的簇拥下来到御花园，迷糊地问道：

"什么事情闹哄哄的？谁在喊妖怪刺客？这大白天的，怎会有妖怪呢？"忽然看到皇后和伍震荣，一愣，"原来荣王又进宫了？皇后也在这儿？"

众人急忙对皇上行礼如仪，羽林军全部行礼后退。皓祯赶紧禀道：

"陛下！寄南和微臣特地进宫谢公主，在御花园遇到伍大人，见面就动手，还大喊妖怪！吟霜被误会是狐妖的事，早就澄清了！"

"父皇！"太子也气冲冲说道，"儿臣从父皇书房出来，就看到伍项魁带着羽林军，正在追杀靖威王，还乱喊妖怪！"

"谁敢动朕封的靖威王？"皇上震怒。

"陛下，别被他们骗了！"项魁喊道。

项魁冲上前去拉住灵儿的手腕，寄南大怒，打掉项魁的手，把灵儿护在身后。

"陛下！"寄南急喊，"伍项魁仗着荣王撑腰，一再强抢良家妇女，连本王的女人，他也要抢！在这皇宫里面，当着陛下和皇后,都敢如此嚣张来拉我的女人!"就把灵儿拉出来,"灵儿!别怕!见过皇上、皇后!"

灵儿就出来,千娇百媚、仪态万千地对皇上和皇后行礼如仪,说道:

"民女裘灵儿叩见皇上、皇后!愿皇上万岁、万万岁!皇后千岁、千千岁!"

皇上不禁深深地打量灵儿,又看向寄南:

"寄南你这小子,眼光不错嘛!"

"别被她的女装骗住了,她就是窦寄南的小厮裘儿!"项魁急喊。

伍震荣这才恍然地,又急喊:

"陛下!赶紧把这些妖怪通通抓起来!这个裘儿忽男忽女,死了还会活过来,不是妖怪是什么?那个白吟霜,到处作法……"

"大家都住口!什么妖怪、狐妖?朕要破除迷信,在皇宫里,不要胡说八道!"皇上困惑着,"寄南的小厮,原来是个姑娘?就是这个姑娘?让朕弄弄清楚……"

皇后护着伍震荣,又对皓祯等人恨极,突然厉声说道:

"皇上!等你弄清楚,不知要多久,臣妾可以做证,皓祯和寄南的这两个女人,全是妖怪!"就对众羽林军命令道:"羽林军快上去!把那两个妖女先抓起来再说!"

众羽林军已经晕头转向,不知道该听谁的,又一拥而上。吟霜急喊:

"陛下!兰馨公主都知道我是人不是狐,我娘也说清楚了我的身世!灵儿和我,都曾经在东市被伍项魁挟持,是皓祯和寄南救了我们,这才有了我们两对的姻缘……"

伍震荣急喊:

"住口!这儿没有你这个妖女说话的余地!下官现在就奉皇后殿下懿旨,杀了这两个妖女!"从卫士身上拔剑出手,带着人手就冲向吟霜和灵儿。

太子冲出,也抢了卫士的剑,一招"遮风避雨",横剑一拦,紧接着"仙人指路",手腕一旋,长剑一绞,剑身由横变直,剑尖直指伍震荣,大声喝道:

"公然在皇宫行凶!父皇,小心恶虎豺狼!"

"谁敢碰吟霜!"皓祯也拔剑在手。

"谁敢碰灵儿!"寄南同时喊。

羽林军对着皓祯和灵儿冲去,皓祯、寄南和羽林军对峙。皇上急忙喊道:

"住手!朕还没弄清楚,怎么谁都可以对羽林军下令?"

正闹得不可开交,忽然一声娇叱,兰馨持剑直冲而来,声音清脆有力地大喊道:

"羽林军!看清楚了!父皇,你也看清楚了!这皇宫确实有妖怪!白天有,夜里也有!偷鸡摸狗,翻云覆雨……让兰馨来为父皇除害!千万别误杀了忠臣……"

兰馨一边喊着,一招"皓月当空",双眼怒瞪伍震荣,持剑手臂手腕与剑身成一直线,迅如闪电,剑尖直奔伍震荣左胸而去。伍震荣大骇,连退数步,一旋身,险险地躲过了这一剑。皇后变色,皇上急喊:

"兰馨!兰馨!快住手!那刀剑不长眼睛,别伤了荣王!"

伍震荣也急喊，对着兰馨抱拳行礼：

"公主！公主息怒！不抓妖怪了！这儿没妖怪，没妖怪！都是误会一场！"

皇后吓得脸孔都发青了，赶紧去拉住兰馨，跟着伍震荣喊：

"误会！误会！都是误会！羽林军退下去！"

忙碌的羽林军又急忙退后。

兰馨左手背剑，就上前，右手拉着灵儿的手，带到皇上面前，说道：

"父皇！这是裘灵儿，父皇不需要知道她的来龙去脉，只要下个命令，让这个伍项魁，离开她三条街以外，不得靠近！因为伍项魁看到漂亮女人就要抢，害得人家一直女扮男装！"

太子很有默契地接口：

"不只害得灵儿要女扮男装，还害得靖威王背着'断袖之癖'的罪名，有苦说不出！明明是个姑娘，只能扮成小厮！还差点被父皇送给吐蕃王子了！"

皇上看看伍项魁，又看看寄南，再看看灵儿，顿时恍然大悟，就大声命令道：

"朕就依了兰馨公主！反正皓祯他们，和兰馨已经化敌为友了！"看着伍项魁，命令道，"以后你再也不得靠近这个美女！这是圣旨！违旨就把你当妖怪抓起来！关你到老死！"对寄南宠爱地眨眨眼，"原来你没有断袖之癖！小厮是个姑娘，甚好甚好，朕也放心了！"脸色一正，对各路人马大声喝道，"好了！全体回去！吵得朕头昏脑涨！"

兰馨悄悄对着皓祯等人嫣然一笑。皇后、伍震荣、项魁都气得脸色发青。

皓祯等人赶紧对皇上拱手行礼,带着意外之喜,急忙散去。

五人从宫内出来。太子感动欣喜地解释:

"进宫来送还尚方御牌,居然撞到这样一场好戏!"看寄南,"父皇跟你眨眼睛,还说你好眼光,显然是通过了灵儿,可喜可贺!"

皓祯对着灵儿做了个恭喜的手势,说道:

"恭喜!恭喜!大美女,你从此可以用真面目面对天下,裘儿可以消失了!而且,那个伍项魁和伍震荣,都再也不敢碰你了!现在想想,娶了兰馨还是件好事……"搂着吟霜,"只是苦了我的吟霜,肉刷子换来的啊!"

"那些都过去了!"吟霜笑着看灵儿,"你现在没办法赖了,寄南在皇上皇后面前,左一个'我的女人',右一个'我的女人',你现在只能承认是寄南的女人了!从'小厮'变成'女人',算是'身份已定'了吧?"

"寄南真福气,有了这个裘灵儿,是小厮也有了,女人也有了!"太子笑着打趣。

灵儿瞪大眼睛,开始乱打寄南:

"谁叫你说'我的女人',我什么时候变成你的女人?三媒六聘全没有,我爹也没同意,你把我当成什么?你在风月场所认识的那些女人吗?"

"这是大街上!你穿得像女人,怎么动作还像男人?"寄南急呼,闪躲着灵儿的拳头,"当时,我不说你是我的女人说什么?

反正我已经认定你是我的女人……"瞪着她,"你知道多少女人听到我这句话,会开心得满地打滚?"

"又不是猫啊狗啊!还满地打滚?"灵儿嘟着嘴说。

"你就欠我滚个三天三夜,现在,就在太子、皓祯和吟霜面前,完成那个打赌吧!我也舍不得你滚三天三夜,滚三圈就可以了!"

"我就不承认是你的女人,怎么样?除非……"

"除非什么?"寄南急忙凑过去问。

"你在这长安大街上滚三圈!"灵儿笑着刁难。

"对对对!"太子起哄,"要滚,还是寄南滚比较合适!难得灵儿今天穿得这么漂亮,怎能滚得一身灰!"

寄南一呆,然后脱下外衣,往皓祯怀里一丢,就作势要躺到地上去,洒脱地说:

"滚就滚!我滚过了你再赖,我就把你扛回家去!"

寄南说着就要躺地,皓祯一把就拉住了他,笑着说:

"靖威王,注意一下你这王爷的形象!为了深爱的女子,我们男人虽然什么都可以不顾,这男儿本色,还是要把持住!怎能像小狗一样满地打滚呢?"

灵儿和吟霜窃笑着。吟霜忽然想到什么,说道:

"现在,你们两个可以去宰相府,面对宰相和夫人,还有汉阳,表明真实身份,摆脱'断袖病'了!"

"是啊!"寄南大喜,"不用再被管束了,只是……"有所顾忌地:"这宰相府很麻烦的,他们知道真相以后,会不会又有其他的想法……"就拉着太子说道:"你陪我们去一趟宰相府吧!

那宰相看到太子，总会礼让三分！"

"我很想去，但是，我必须回到太子府，我答应了太子妃，回家吃晚膳，我那佩儿，还在等我呢！父子也难得有机会好好相聚！何况后面还有探险历险冒险行动，等着我们去实行呢！"太子笑着说。

寄南就拉着皓祯说道：

"你们两个现在没事，陪我们走一趟吧！"

"好呀！"吟霜欣喜地说，"我正想看看汉阳、宰相和夫人的反应如何！一定是一场好戏！就陪你们走这一趟！"

皓祯却脸色一变，心口被什么东西重重地撞击了，喃喃说道：

"陪你们去见宰相、夫人和汉阳？"

他无法说出口，现在，他最害怕见到的，就是这三个人，尤其是宰相夫人！经过监牢认子，经过法场追囚车，他不知道该如何面对采文。那是他的亲娘吗？那宰相府里的三个人，都是他的至亲吗？他犹豫着，心情复杂混乱，还在矛盾挣扎中，已经被寄南拉扯着，走向了宰相府。

宰相府的院子里，采文和汉阳边走边谈着。采文战战兢兢地问：

"所以，皓祯算是完全没事了？兰馨也真心原谅他了？会不会哪天皇上不高兴，又要摘了他的脑袋呢？"

"皇上又不是暴君，怎么会动不动摘人家的脑袋？可是，皇后就不一定了！"

"那要怎么办？皓祯和皇后的结，解得开吗？"采文急急问。

汉阳还没回答，迎面，看到皓祯等四人走进院子。寄南兴奋地喊：

"夫人！汉阳！我带了一个人来见你们！"

采文一见到皓祯，脸色顿时变得苍白，心中猛地一抽，又是慌乱，又是惊喜，又是痛楚……简直不知心魂何在。汉阳的眼光却落到灵儿身上，一时失神了。汉阳回过神来，赶紧招呼皓祯和吟霜，回头对采文说道：

"娘！皓祯和吟霜，你在将军府都见过的，今天到咱们家，算是稀客！"

皓祯注视了采文一眼，生硬地行礼：

"夫人！我们送寄南和灵儿回来！"

"宰相夫人，我和皓祯不是客，今天的稀客，应该是灵儿吧！"吟霜落落大方地说。

寄南就把灵儿拉到采文和汉阳面前。寄南说：

"让我郑重地介绍，裘灵儿！也就是裘儿，我们私下都喊她灵儿！"

灵儿见采文呆住，汉阳若有所思，就转了一圈，这一圈，翩然潇洒、仪态万千，展示着自信和美丽，转得两人目不转睛，接着对两人请安：

"夫人！汉阳大人！对不起，这么久的日子，都让你们误会了！今天才是我的真面目，我是女儿身，为了避难才乔装成小厮的！"

汉阳打量着灵儿，再看看寄南，眼光又调回灵儿身上：

"哦！原来是这样！欺君大罪会砍头，不知道欺宰相大罪该当如何？"认真地想着，"这本朝律法，只要宰相生气，小民也是逃不掉！至于本官的助手，还没正式上任的姑娘，现在，看灵儿姑娘如此标致，本官也就马马虎虎，用了就是！不管你是裘儿还是灵儿，从今天起，就跟着本官办案吧！"

寄南脸色大变。

"什么？汉阳你这脑筋有没有问题，姑娘家怎么帮你办案？这助手一事，恐怕也要从长计议！"

"干吗从长计议？我就觉得很好！以后我就用本来面目，帮汉阳大人办案！"灵儿笑着对汉阳说，"你看，我可男可女，随时为汉阳大人易容乔装，办案一定胜任！"

吟霜笑着，对寄南说：

"你放心吧！灵儿当了那么久的小厮，扮男人已经得心应手，女人是本来面目，不用乔装，天生丽质！将来说不定会变成女神捕！"

大家谈得热络，采文却失神了，眼光一直在皓祯脸上打转，对灵儿的身份转变似乎没有太注意，皓祯也魂不守舍、心乱如麻，拼命避开采文的注视。汉阳觉得采文有点奇怪，推了采文一下，说道：

"娘！你被灵儿的女装吓住了吗？她是个姑娘，您这个当娘的居然没看出来？"

采文突然被问，惊醒般地看了灵儿一眼，就匆忙地说道：

"皓祯、吟霜，你们留下来用晚膳，我这就去准备！"

皓祯这才急忙说道：

"夫人不要忙，我和吟霜马上告辞！"

采文一急，眼泪都快要飙出来，哀恳地看着皓祯：

"不不不！一定要留下，请你们留下！跟世廷共用晚膳……难得看到你们，请你们留下……我这就去准备！"

采文说着，生怕皓祯回绝，匆匆就往厨房方向走去。采文眼中含泪、心中凄然，脚步踉跄，没注意台阶，一脚踏空，就跌落下去。皓祯的眼光追着采文，一见她要跌倒，闪电般飞跃过来，一把扶住了她。采文抬头，痴痴地看着皓祯，满眼泪水与哀恳。皓祯面对采文这样的眼神，眼眶也湿了，脸上却依旧维持着冷漠。

两人瞬间交换眼神，一个心碎祈谅的母亲，一个痛苦逃避的儿子。

皓祯背着众人，对采文低声警告地说：

"你的那个故事，永远不要说出来！"

采文背对着众人，眼泪滚落，顺从地说：

"是！"

这晚，大家都聚在宰相府宴客厅，享受着夫人特别安排的菜色。宴客厅里放着一张张餐桌椅，很正式的一人一桌。皓祯世廷等人都坐在各自的餐桌前，采文显得魂不守舍。世廷冷峻地列席，冷眼地看着众人，嘴里埋怨地说着：

"真没想到裘儿居然是女儿身，你们怎么能隐瞒本官这么久呢？"不可思议地，"而且你们……你们还同床共枕？这……这简直比'断袖'还荒唐！"

寄南赔笑脸，说道：

"宰相大人，若不瞒着你，我们能混到今天吗？大人也不要再对我们吹胡子瞪眼啦！"看着灵儿，"灵儿快！咱俩小辈向大人敬酒，赔个礼！"

"是是是！"灵儿赶紧举杯，"不过，本姑娘从来没有和窦王爷'同床共枕'过！我睡床榻，他睡地铺，就这样将就了这么久！虽然灵儿出身江湖，闺女的本分还是明白的！请宰相不要误会！"

汉阳不禁好奇，深深看灵儿一眼，再看寄南说：

"是吗？你面对佳人，还能坐怀不乱？这么说……灵儿还是清清白白未嫁之身？"看灵儿，"本官对你更加佩服了！"

寄南紧张，对汉阳说道：

"你别佩服她，坏毛病一大堆，绝对不能惹的姑娘！"转向世廷说道，"现在真相大白，往后还请大人多多关照！"

"关照什么？"世廷疑惑地问，"既然你们没有断袖之癖，宰相府也不再需要管束你们了！你们应该各回各处去吧？"

采文眼光围绕着皓祯转，心中祈求着世廷多看皓祯几眼，多跟皓祯讲几句话，听到世廷一直在谈寄南和灵儿，忍不住哑声说：

"哎！大人！皓祯死里逃生，和吟霜难得来我们家做客，在餐桌上大家和和气气吃个饭，不要再追究灵儿是男是女的问题了！"

"因为灵儿的爹远游未归，如果大人不介意的话，就让灵儿回到我们将军府吧！"吟霜赶紧建议。

皓祯点头，积极地说：

"灵儿一向和吟霜有如亲姊妹，现在以她的身份再住在宰相府，实在有欠妥当，还是由我们将军府来照顾她吧！"

"其实也不用那么麻烦，灵儿既然是我的助手，我们宰相府还照顾得起,就让灵儿继续住在我们宰相府。至于寄南,就回你的王府去吧!这么久睡地铺辛苦了!"汉阳说,眼光一直欣赏地看着灵儿。

寄南看汉阳那副"惊艳"的样子,冲口而出地说:

"你们都不用为灵儿的事情烦恼了,灵儿已经是我的人了,她自然跟我回到靖威王府,大家就不要再讨论了!"举着酒杯,"喝酒!喝酒!"

"谁要跟你回靖威王府?"灵儿瞪了寄南一眼,"人家夫人都说了我是未出嫁的姑娘,我怎么能上你家去?何况你爹娘也不见得接受我啊!我才不去!不去!"

就在这时,仆人送来一盅盅鸡汤,采文立即忘形地起身,来到皓祯身边,从仆人手中接过鸡汤,亲自递上鸡汤给皓祯。她压抑心中的忐忑,战战兢兢地捧着汤,对皓祯卑微祈谅地说道:

"皓祯,这是我们宰相府厨娘最拿手的一品鸡汤,你快尝尝!"真情流露地说,"这阵子你受了不少苦,该补补身体!"

采文这样一个突兀的举动,惊得皓祯跳起身子。

"夫人!您请坐,皓祯不敢当!"

皓祯这样直跳起来,又惊得采文手一颤,皓祯的手就撞上了采文的手。这一撞立即打翻了鸡汤,滚烫的鸡汤泼洒到采文和皓祯两人手上。皓祯甩着手,惨叫:

"哎呀!好烫!好烫!"紧张地看采文,"夫人,您是不是也烫着了?"狼狈地后退,求救地喊:"吟霜,赶快帮夫人看看!"

吟霜立刻起身,去抓着采文的手察看,再去抓起皓祯的手察看,着急地说道:

"夫人还好，皓祯比较严重！"

采文惊慌，痛楚地看皓祯：

"对不起！对不起！我太不小心了！"急出眼泪，"烫到哪儿了？严重到什么程度？"就要去抓皓祯的手察看。

皓祯急忙闪开，躲着采文喊：

"没关系！没关系！夫人您请坐……"

汉阳惊愕着，对仆人大喊：

"来人！快拿烫伤药来！快！"

"不不不，水井在哪里？"吟霜喊，"皓祯和夫人都必须赶紧泡冷水！"

整个宴会厅，都被这突如其来的事撼动了，仆人、丫头跑来跑去，提井水的提井水，端水盆的端水盆，拿药罐的拿药罐。汉阳惊奇地看着采文，如此失态，是他从来没有见过的。世廷的眼光，更加阴冷，对皓祯、吟霜这两个不速之客，引起的骚乱，困惑不解而郁怒着。寄南、灵儿睁大眼睛，显然灵儿的女儿身，不敌皓祯这稀客的魅力，两人都惊愕而迷糊着。

晚膳过后，皓祯、吟霜、寄南、灵儿都告辞了。对方世廷来说，总算摆脱了寄南和灵儿这两个头痛人物。但是，采文竟把这餐晚膳，弄得一塌糊涂，实在让世廷生气。回到房间，他立刻对采文怒冲冲大声说道：

"你是怎么了？会突然留皓祯夫妻在这儿用晚膳，居然亲自帮皓祯上汤，搞得乌烟瘴气！你难道不知道那个袁皓祯是荣王的死对头吗？那吟霜是人是狐都弄不清楚，这袁家虽然逃掉了死罪活罪,毕竟和我们家是对立的,你不明白吗?"

采文哀恳地看着他,怯怯地说道:

"你没仔细看看皓祯,他能文能武,一表人才!吟霜长得那么端庄清秀,怎么会是狐呢?他们绝对不是坏人,你应该仔细看看他们……"

世廷抓住采文的胳臂,警告地说:

"收起你妇人之仁的心情!你给我听着,我们宰相家,和他们将军府,是各走各的路!你千万别糊涂,现在总算摆脱了寄南这个大包袱,可以给皇上一个交代!你别再亲近袁家,给我们招来不必要的麻烦!"

采文看着烫伤的手指,轻声说道:

"汉阳……也挺喜欢皓祯的!他们年纪差不多,都走得很近,让汉阳多一个……兄弟不好吗?"

世廷沉重地看采文,大声说:

"不好!这皓祯根本不是袁柏凯的儿子,从哪儿来的都不知道!皇后恨死了他们,我们要跟他们保持距离!保持最远的距离!听到了吗?"

采文悄悄转开头去,眼泪夺眶而出。便纵有,千般无奈、万缕痛悔,更与何人说?心碎是什么感觉,她在二十一年前让牙婆抱走婴儿时,就已经知道了!那是锥心刺骨的痛,足足痛到今天!但是,听到世廷严厉命令她,跟皓祯保持最远的距离时,她再次心碎了!锥心刺骨的滋味,她也再次尝到了。

八十四

皓祯、吟霜、灵儿、寄南四人，从宰相府回来，倒是个个快乐的，皓祯身经百战，手上那点小烫伤，根本没有什么要紧。能够走出宰相府，不再面对紧张失态的采文，让他松了口气。灵儿还在卖弄她的女儿装，寄南欢喜地看着她，眼光离不开她。吟霜和皓祯、寄南商量了一下，立刻带着灵儿到大厅，面对袁家众人。皓祯说道：

"爹娘！今天是灵儿'大亮相'的日子，在宫里，已经用她的真面目见过了皇上、皇后和兰馨，还和伍家父子对质，接着去了宰相府，解除了'断袖病'的冤狱，现在，要回到将军府，见袁家的各位！"

寄南就拉着女装的灵儿上前：

"伯父、伯母，让我再介绍一次！裘灵儿！"

灵儿笑嘻嘻对着柏凯夫妇行礼，用原来的女儿声音说道：

"将军夫人！吟霜把她的新衣服借给我穿，让我恢复了本来面目！我不是裘儿了，我是灵儿了！"

柏凯惊愕着，一时还绕不过来：

"不是裘儿，是灵儿，这是什么意思？"

"男装时，她是寄南的小厮裘儿！女装时，她是我的好姊妹灵儿！"吟霜笑着说。

"原来如此！"雪如恍然大悟地说，"我一直就觉得不对，这裘儿实在漂亮，怎么看都像姑娘！原来真的是姑娘！"

皓祥上前一步，仔细一看，惊喊：

"裘灵儿？难道是伍项魁的裘灵儿？大闹荣王府的裘灵儿？刺客裘灵儿？丢到乱葬岗的裘灵儿？"

"对！"寄南对皓祥有力地说，"就是那个鼎鼎大名的裘灵儿！今天，皇上已经下旨，命令那伍项魁不得接近灵儿半步，否则关进大牢！请你也尊重一下灵儿，她不是伍项魁的裘灵儿，她是我窦寄南的裘灵儿！"

翩翩惊愕至极，喊道：

"柏凯！自从吟霜进门，我们家真是开荤了，各种怪事都有！死的可以变活的，男的可以变女的！下次，大概就轮到吟霜变成狐狸什么的，来见袁家人了！"

皓祯变色，对翩翩正色地说：

"二娘！请留一点口德！"

"你要怎样？"皓祥立刻怒喊，"箭伤都证明了，狐狸就是狐狸！搞不好这个灵儿也是只狐狸，所以是吟霜的姊妹！现在狐狸姊妹在一起了，有本领就用法术，从我身上变出蝎子蟒蛇来看看！"

柏凯冲上前来，抓住皓祥的双肩，一阵摇晃，痛喊道：

"皓祥！你是我亲生的儿子，到了今天，我不求你出类拔萃，只希望你有一颗善良的心！证明你是我的儿子吧！别再用攻击皓祯和吟霜来凸显自己！做个顶天立地的大男人吧！"

翩翩上去想拉开柏凯的手，叫道：

"放手放手！你又要打皓祥吗？"

"我不打他，打他会把他打醒吗？"柏凯颓然放手、痛心疾首，"何况家里有客！"就看向皓祯、吟霜说道："皓祯，好好安排寄南和灵儿吧！"

皓祯一拉吟霜的手，对寄南和灵儿使了个眼色说：

"我们去画梅轩！"

四人行礼退下，只见秦妈、袁忠和众丫头、仆人，都对灵儿充满好奇和友善地议论着。秦妈笑着说道：

"灵儿姑娘！这样打扮好，比当小厮漂亮多了，欢迎欢迎！"

灵儿得意地昂首阔步，还像小厮般走路。吟霜拉了她一把，她才醒悟过来，赶紧收敛，娉娉婷婷、摇曳生姿地走着，这"摇曳生姿"又走得太夸张了，变得像在跳水袖舞。寄南看着她，又是好笑，又是欢喜。

四人到了画梅轩大厅。寄南想到皓祥，有气地说：

"这个皓祥实在让人生气……"对皓祯问道，"会不会他才是抱来的儿子，你是亲生的？我看来看去，有伯父那种气概的，是你不是皓祥！"

"别谈这个话题了，谈谈你们吧！"皓祯逃避地岔开话题。

吟霜拿着药膏，帮皓祯上烫伤药，一面说道：

"寄南，从现在开始，请把灵儿当个姑娘家看待，该男女有别的,还是保持距离的好!不要动手动脚,也别敲她脑袋!"

"要我把她当姑娘家,那也得她要像个姑娘呀!你看她那个坐相,有人家姑娘端庄贤淑的样子吗?"寄南瞪着灵儿。

灵儿戴了整天头饰,正在把头饰一个个卸下。寄南抓到把柄,又叫:

"你们看!你们看!连个头饰都戴不住!啧啧啧!她是个姑娘家吗?"

"是啦!"灵儿气得跳脚,"我就不像姑娘家怎么样!那你还到处跟人说我是你的女人,我分辩也不是,不分辩也不是!当了一天女人,就这件事最怄!"

"好了!你们别吵了,天色不早了,寄南你也该回家去了吧!"

寄南有点迟疑。皓祯拍拍他的肩说:

"灵儿在我们将军府,总比在宰相府,有汉阳那位翩翩公子的威胁好吧?放心地回去,多为灵儿的名节着想!"

"好啦!好啦!"寄南无奈地说,"反正你们说得都对!"瞪向灵儿交代:"你在这儿规矩点啊!不要给皓祯、吟霜添麻烦懂吗?"

"你管好自己吧!快滚!"灵儿对他比着拳头。吟霜喊着:

"香绮、小乐,快去打扫客房,好让灵儿安心地住下来!"

"我送寄南出去!"皓祯说。

皓祯就陪着寄南,走到将军府门口,谁知寄南不出门,却突然停住脚步,热情地搭着皓祯的肩膀说:

"皓祯!我俩从小就是最好最好的兄弟是吧?"

皓祯拨开寄南的手:

"少来了！你又想打什么主意？想灌我迷汤？这招对我没用！"

"哎呀！"寄南赖皮地说，"谁灌你迷汤了，我俩本来就是好兄弟！兄弟有难你不帮忙？"

"你会有什么难呀？你的难会有我多吗？"

寄南嬉皮笑脸：

"好啦！好啦！你的难我比不上，不过，你有难的时候，我可是赴汤蹈火，万死不辞！言归正传，你让我今晚住在将军府！"

"啊？"皓祯一怔，"你想住在我家？"无法置信地笑起来："原来，你已经离不开灵儿？你已经喜欢她到这地步？"

"你少废话，帮帮我行吗？"寄南说，"我不求什么大厢房，就让我去和小乐、鲁超挤一挤都行！灵儿那傻子，没有我守着，肯定又会出问题，你就收留收留我吧！"

"你真让我大开眼界！堂堂一个潇洒靖威王，居然甘心卑微到这地步？"皓祯摇头笑，随即感慨地看着寄南，脸色一正，"说实话，你现在不该要求我收留你，而是该回家去面对你的爹娘，坦白告诉他们你和灵儿的感情！灵儿今天有句话说得最对！"

"灵儿还有句话说得最对？哪一句话？"寄南惊讶。

"你不能到处跟人说，灵儿是你的女人，如果你真喜欢灵儿，像我喜欢吟霜一样，你应该对人说，灵儿是你的妻子！靖威王爷，有这样的决心吗？"

寄南愣住了，有如当头棒喝。他想了想，就重重地拍了拍皓祯的肩。

"兄弟，你是对的！不能委屈了灵儿，我这就回家去面对我的爹娘！"

寄南剑及履及、说做就做，也不管是深更半夜的，就直冲到爹娘的住处，寄南的爹，是窦妃的哥哥，早就被皇上封为"钦王"，也是"亲王"的谐音。总之是因为姻亲的关系封王，并没有功勋建树。所以这个"钦王"为人平和，与世无争，过着自己的小日子。膝下有五个儿子，寄南是最小的，也是唯一封王的，更是一匹脱缰野马，完全无法控制。好在他成年后就有了自己的王府，并没有和钦王爷一起住。这夜，他突然回到钦王府，把爹娘两人从床上叫醒，确实吓了老王爷和夫人一大跳。

在大厅内，钦王和夫人，听了半天，还是一知半解。钦王爷大致明白了，就啪的一声，拍桌起立，大惊地瞪着寄南：

"你半夜三更把我和你娘吵醒，告诉我们，你要娶你的断袖小厮当老婆？你你你……你知不知道你是个王爷，是皇上、皇上宠爱的窦寄南！怎么可以胡来？"

"她不是小厮，我说了半天，你们还是不懂！她是灵儿，不是裘儿，她是个姑娘，我根本没有断袖病，这些日子在宰相府，她都是女扮男装跟着我……"

"女扮男装跟着你，总之就是每天跟着你！"夫人打断，"你不用说了，家世没家世，人品没人品，乱七八糟，不男不女，你居然要娶她当老婆？不可以！"

"家世没家世是真的，人品可是一等一，就算大家闺秀也没她好！"寄南着急地说，"跟我在宰相府住在同一间厢房里，从来都不让我碰……"

"那你碰过她没有呢？"钦王爷问。

"当然在峭壁那山洞里是碰过的啦，那是生死关头……"寄南说也说不清。

"那么，她还是让你碰过了！"夫人打断，大骂，"你就是不规不矩，是不是把人家肚子搞大了，被人家爹娘胁迫着你要娶她？"

"什么话！我们连肌肤之亲都没有，肚子怎么大？她娘已经死了，她爹不在长安，怎么胁迫我？连她自己都没给我一句承诺，要不要嫁我她还在考虑呢！如果我连你们这关都过不了，她肯定会被别人抢走的！"寄南喊着说。

"别说了！你这事只有两个字，免谈！你的婚事，要皇上做主！"钦王厉声说。

"对！皇上做主，要门当户对，不是名门千金，也是王公贵族！"夫人坚决。

寄南再也控制不了，跳起身子，挥着袖子，就对爹娘坚定地说道：

"爹、娘！我娶灵儿已经娶定了，什么门当户对、媒妁之言对我都没用！你们答应，我娶她！你们不答应，我还是娶她！反正我放浪形骸已经出名，从来没有按你们的要求做过事！你们如果不接受灵儿，就是不接受我！那么，寄南告辞！从此和爹娘永别了！"寄南说完，转身就走。

钦王大惊失色，急喊：

"什么永别了？来人呀！把房门拦住，别让他跑了！"

众仆人睡眼惺忪，急忙拦住门。夫人就气急败坏地喊道：

"回来！回来！谁许你告辞？不过是想成亲嘛！大家好商量，怎么连'永别了'都说出来？"

背对着父母想走的寄南，脸上露出胜利的笑意。

"不过，这个婚事还是要得到皇上的允许！皇上做主！"钦王爷加了一句。

背对着父母的寄南，笑意消失，眉头皱了起来。皇上做主，皇上肯让他娶灵儿吗？又是没谱的事。不过，父母这关总算过了！原来婚姻大事，也得过五关斩六将！怪不得以前皓祯的婚事，闹得那么不可开交！暂时，这婚事只好压着吧，走一步算一步！

对皓祯、寄南等人来说，公事和私事，总是同时进行的。这天，太子把皓祯和寄南都召进了府里，还包括了汉阳。大家聚集在那间密室里，围着一张矮方桌，桌上摊着一张白纸。皓祯和汉阳都拿着笔，青萝在帮忙磨墨。太子说：

"现在，你们这两个'过目不忘'就赶快把那张'战略图'画出来！让我看看和锯齿山能不能连在一块儿？"

皓祯看了汉阳一眼。

"我记得，那是一张长安地图和一张洛阳地图！"

"但是图上没有任何文字，只在重要地方，画上圆圈，来！我先画城市外围！"

汉阳画图，皓祯看着。

"我来画圆圈！"皓祯一边画，一边说，"这圆圈指的是城市中最大的目标！这儿，长安城里的皇宫！"

"你们画快一点，这样慢吞吞，画到明天早上都画不完！"寄南催促。

"这是很重要的事，别催他们！"太子说，"如果你那天不忽然心血来潮呼唤木鸢，现在也不必如此费事来还原地图了！"

"哎呀！还是我的错？"寄南不服气地说，"好！我不催不催！你们两个'过目不忘'慢慢来！"

"汉阳，我们干脆一人负责一个城好不好？我来画长安，你来画洛阳！"皓祯说。

"好好好！画完再检查有没有遗漏！"汉阳欣然同意。

"我再去拿几张纸来，万一画坏了，还可以撕掉重画！"青萝说，转身出门去。

寄南见青萝出门，就用胳臂碰碰太子问：

"这青萝你收房了吗？"

"没有呀！她在府里，一直只是一个丫头！"太子说。

"你也太君子了吧？"寄南取笑。

"不是我君子，是她坚持当丫头！这样也好，太子妃不会啰唆我纳孺子什么的，因为就连太子妃，也只看中青萝一个呢！"太子说。

"将来，我们会有一个最干净的后宫！"寄南说，"只是这开枝散叶，会成问题！你早晚要收孺子的！"

"我已经有了佩儿，你们三个才奇怪，没老婆的没老婆，没孩子的没孩子，如果都像你们一样，将来我们会成为'耆老王朝'！"太子说。

"别往我伤口撒盐！"皓祯说，"图画不好，就怪你口不择言！"

"是！"太子看着寄南，"寄南，我们没有过目不忘的本事，就把嘴巴暂时闭起来吧！言多必失！"

青萝进门，拿了好多纸张来。皓祯和汉阳开始专心地埋头画画，片刻以后，两人的两张图都已画好。皓祯说：

84

"长安城好了！"

"洛阳城好了！"汉阳说。

太子等人围着两张图看，脸色都严肃起来。皓祯问：

"难道他们想同时攻占洛阳和长安？"

"应该不可能！"太子说，"伍震荣没有兵力，父皇其实对他并不放心，早就架空了他的军权！真正有军权的是袁大将军！不过，仗着皇后的势力，羽林军几乎在他手里。可是羽林军不是战斗部队，保护皇宫为主！伍震荣真要篡位，是拿性命开玩笑，我认为中央十六卫都不可能！如果同时动洛阳，更是痴人说梦！"

汉阳仔细分析两张图：

"这两张图，可以断定是'战略图'，一张虚，一张实！虚的是洛阳，实的是长安！攻城那天，会两边同时发动，但是主力一定在长安！而且，就在这个圆圈上！"用笔勾出一个圆："皇宫！"

"那么，这些虚线是什么？"太子问。

"虚线是他们进攻的路线，东西南北四个城门，东边为主！"皓祯说。

"那这些实线是什么？他们真的想攻打长安城、占领皇宫？"寄南问。

"这实线代表的是什么，我还分析不出来！"汉阳说，"但是，他们计划攻打长安，绝对没错！不过，这图好像还没完成，所以，我想不会立刻行动！我们还来得及应变！"

太子眼光深邃地看向西南边，说道：

"那锯齿山，就在长安西南边！"

汉阳眼睛一亮，忽然回忆地说道：

"这锯齿山，十年前我和几个兄弟去探险过！它位于终南山、首阳山之间，因为山峰众多，如锯之齿，所以叫作锯齿山。记得山势曲折陡峻、地形险阻、道路崎岖。那时完全是个荒山，现在不知是什么样子？好像有许多山谷，还有一片葫芦形的腹地，谷中有山涧，饮水不成问题。假若这锯齿山成为伍震荣的战略基地之一，长安城的安全问题就大了！"

大家一听，个个都神情紧张严肃起来，看着汉阳发怔。

汉阳忙得很，没时间再追究锯齿山，就被皇后召进宫。

兰馨回宫已经有段日子了。自从问斩皓祯失败，兰馨又休了驸马回宫，皇后心里就非常不踏实。这兰馨，一直是她又爱又恨的人。总之，嫁给皓祯是一着错棋，现在兰馨没有驸马了，等于恢复了待嫁的身份。皇后想来想去，不能再让兰馨留在宫里，万一她又去皇上耳边说什么悄悄话，她这皇后的地位也岌岌可危。无论如何，皇上就是皇上，有他至高无上的权力。这天，莫尚宫喊着：

"皇后娘娘驾到！"皇后就徐步踏进兰馨房门。

兰馨正眼也不瞧皇后，冷峻地说：

"本公主很清楚母后来也不会有什么好事，就说重点吧！"

"你能不能改改你这么傲慢狂妄的态度，怎么说本宫也是你母亲，想方设法也是希望你过得好，不要不知好歹，净对你的母后放冷箭！"

"哼！"兰馨冷笑，"母后这意思是来警告我，不能破坏你和那个狗东西的好事？"咄咄逼人地："那就请母后自个儿门要锁紧一点，衣服穿多一点！"

皇后简直气炸了，身体颤抖着，握紧拳头恨不得赏兰馨一巴掌。皇后隐忍着：

"你呀！永远只会箭靶向着自己人！算了！谁让本宫生了一个伶牙俐齿的刁女。我跟你父皇谈过了，你跟皓祯既然已经结束，那么回到原点，你总还是要成亲的。就照本宫一开始的意见，将你赐婚给汉阳如何？"

兰馨一怔，想想原因，又怒火攻心。

"果然！又想在我身上打如意算盘！母后觉得现在和女儿来谈这种事情，时机对吗？本公主不像母后那么怕寂寞，必须赶快再找个男人！"

皇后强势地说：

"现在已经容不得你再继续放肆撒泼了，你和皓祯的婚姻搞得皇宫人仰马翻！这回本宫说了算，该怎么着，就怎么着！莫尚宫，速召方汉阳进宫！"

兰馨一怔，急问：

"把汉阳找来做什么？我的婚姻谁都不能说了算，母后就这么害怕女儿还会再给皇宫丢脸吗？"大吼，"好！如果是担心这个，那本公主终身不嫁，不再丢父皇和母后的脸，总行了吧！"

此时莫尚宫已经将汉阳带进门。兰馨便气冲冲地走向汉阳。皇后气极了喊：

"兰馨！回来！本宫话还没有说完，你要去哪儿！"

兰馨毫不理会皇后，径自迎向刚踏进门的汉阳，抓着汉阳的手，豪迈地说道：

"你跟我走！"

汉阳一头雾水，礼貌地看了皇后一眼，身不由己地跟着兰馨出门而去。

兰馨带着汉阳，到了皇宫马厩，卫士牵来兰馨的马，兰馨对汉阳说道：

"选一匹马，我们去草原旷野，好好地策马狂奔如何？"

"汉阳遵命！"汉阳说，准确地选了一匹好马，对兰馨说道，"这次，汉阳没说下官了！"

兰馨扑哧一笑，说道：

"'遵命'两个字，也可以改一改！上马吧！"

汉阳刚刚上马，兰馨已经一拉马缰，马儿疾驰出去。汉阳赶紧策马跟上。好在长安的世家弟子，骑马是基本训练，汉阳的骑术不错，立即追上了兰馨，但不敢超越兰馨，保持着小小的距离，两人便在草原上恣情地策马奔跑。兰馨回头喊着：

"你武功不会，骑马技术也不行！为什么跟在我后面？"

汉阳被刺激，马缰一拉，策马狂奔起来，不服气地说：

"谁说我马术不行！我只是让着你！驾！"

汉阳快速地奔向兰馨，接着两人并驾齐驱，像是在竞赛式地狂奔着。兰馨看着汉阳的马术功力，颇为满意，终于笑了：

"对嘛！男儿就该像这样，豪迈地狂奔，淋漓尽致地流汗，驾！"

双双疾驰，驾着马儿跳过一块大石头。两人深感有默契，欢喜地笑着。双双继续疾驰，又跳过一条小溪。两人就这样并驾齐驱，很有默契地奔驰好一会儿。突然兰馨弃马，向上一跃扑向汉阳，两人翻滚落地，滚了好几圈才停止。汉阳错愕惊吓地道：

"你怎么突然把我扑倒，你不知道这样很危险吗？"

兰馨翻起身子压制汉阳，用马鞭的手把，压着汉阳的脖子，凝视着汉阳问：

"既然你的马骑得那么好，为什么就不会武功呢？我现在是你的对手，你快把我扳倒啊！我要看看你的功力！"

兰馨故意使出蛮力压得汉阳脸红脖子粗。

汉阳挣脱不了，吃力地说话：

"人，一定要会武功才代表成功吗？"

兰馨继续压制汉阳：

"至少在世俗的眼光里，那是男人的本能，一个生存的要件！"

汉阳用力使出蛮力，终于推开兰馨，坐起身，边咳边说话：

"在我生活中，早有一群拥有这种功夫的武士在保护我……"抚着脖子，"喀喀！所以就算我会武功，也无用武之地！"拉着兰馨一起起身，拍拍身上的杂草："何况，与其将心力用于武斗，还不如用在审慎办案的精神里。像我在大理寺办案久了就发现，有时智斗还胜过武斗呢！"

"可是文武双全的人，大有人在啊！难道你不希望自己是文武全才的人？"

"那是别人的理想，并非我方汉阳的理想！"

话才说完，突然兰馨又挥鞭，响亮地打在汉阳的右侧石头上，使得汉阳又吓了一跳。兰馨严肃地说：

"说到理想，本公主问你，你爹方世廷和伍震荣同伙，那么你呢？你是拥伍派，还是拥李派？"又向汉阳左侧地上打一鞭，

"快老实回答我!"

汉阳沉稳,不疾不徐地说:

"这个问题我已经告诉过你了,既然我是大理寺丞,我就应该保持中立,我什么派都不是!"

"废话!"兰馨大声,"换个方法问你!你认为本朝江山,是李家的,还是伍家的?"

汉阳一怔,诚实地回答:

"当然是李家的!"

兰馨顿时嫣然一笑。

"这就对了!嗯……母后的提议,有点意思!"

兰馨目光凝视着汉阳,不禁若有所思起来。

在画梅轩里,皓祯一直没机会问寄南回"钦王府"的答案,这天,总算问出来了。皓祯啼笑皆非地看着寄南,说道:

"所以,你爹娘那关,就被你这样一吓,吓得'功德圆满'了?"

"勉强过关吧!"寄南笑着,"不过一直用皇上来吓我!"就看着女装的灵儿说道:"娘子,我为了你,什么怪招都使出来了!现在,就等你美美地在我爹娘面前现身!"

"你们赶快挑个日子,什么时候灵儿要见公婆?把灵儿打扮得美美的,那是我的工作!"吟霜笑着说。

灵儿仰头看着屋顶,挑着眉毛:

"这件事,我还要考虑!"

"你还要考虑?考虑什么?"寄南怪叫。

"听起来,你爹娘是不情不愿,完全被你要挟出来的'答应',还要通过皇上才行!你是不是太高贵了?这答应我不稀罕!他们答应了,我不答应!除非他们亲自向我爹提亲,我爹同意了,这事才有点可能,要不然,免谈!"

寄南睁大眼睛:

"你敢跟我说免谈?"

"怎么不敢?你爹娘就是嫌弃我嘛!这样嫁进你家也没面子!免谈!免谈!免谈!"

"你一定是老天派来折磨我的人!"寄南气坏了,"你要气死我吗?你跟我亲亲也亲过了,山洞里紧紧抱了一夜,同住一间房,一起跳进浴池里,还被我看光了……你这样的姑娘,除了我,还有谁敢要你?"

灵儿追着寄南打,大叫:

"你还说还说!威胁完了你爹娘,再来威胁我!吟霜,你说这样的男人能嫁吗?"追不到寄南,一屁股坐在坐榻上生气。

"我觉得他说得很有理呀……"吟霜笑,"原来你跟他有这么多事……确实,除了他,你也嫁不出去了!"

"灵儿,我看你就马马虎虎,收了这个浪子吧!"皓祯跟着笑,"你知道吗?为了你,他还求着我收留他,宁愿和小乐或是鲁超睡一个房间呢!"

"是吗?"灵儿眼睛发光了,"要跟小乐挤一个房间啊?"眼睛眨巴眨巴地看着寄南:"那……我真的可以考虑考虑了!"

寄南蹲下身子,迁就坐在坐榻里的灵儿:

"还要考虑考虑?"

91

灵儿继续眨巴眼睛，继续点头。

"好好好！你不用考虑了，我放弃，我不要你了！"寄南干脆地说。

"啊？"灵儿瞪大眼睛，惊呼出声。

皓祯和吟霜相视，都忍不住扑哧一笑。

大家正在笑闹中，小乐忽然带着小猴子奔进房。小乐喊着：

"灵儿姑娘！灵儿姑娘！裘家班的小猴子来找你了！"

小猴子进门就大喊，

"灵儿姑娘！裘家班回来啦！裘班主要你快去见他！"

灵儿跳起身，大喜喊着：

"小猴子！你长高了！我爹回来了，他们住哪儿？我去看我爹！"往外就跑。

"等我！等我！我陪你一起去！"寄南急忙追去。

八十五

寄南和灵儿跟着小猴子,来到一座庙门口。见到裘彪正在那儿下棋,对手一看就是个恶汉,突然掀翻了棋盘,抓住了裘彪胸前的衣襟,凶恶地说:

"好啊!你居然敢诈赌!我砍断你的手!"

"谁诈赌了?你这分明是输不起!输了就给钱,别想诬赖本班主!"裘彪反击。

"你那个什么破班子,什么班主?"恶汉对其他同伙说,"给我打!"

恶汉同伙三人就开始与裘彪大打出手,裘家班的兄弟们立刻迎战。裘彪一招"撩阴拐腿",一脚踢向恶汉的下胯,闪避了恶汉的纠缠。寄南、灵儿、小猴子闻声赶过去。

正当恶汉拿着一根木棒,从后面要袭击裘彪之时,灵儿大叫:

"爹!小心后面!"

灵儿不喊还好,这喊声使得裘彪一转身,木棍一击就落在裘彪的头上,裘彪昏倒。

寄南来不及阻挡这一棍,但却身手矫健跃上前去,凌空中"凤凰展翅",力贯丹田,右脚直向其小腹踢去,踢飞了恶汉,紧接着回身和灵儿三两下解决了其他三名同伙。恶汉们被打得东倒西歪,逃之夭夭!小猴子摇着裘彪急喊:

"班主!灵儿姑娘来哩!"

"爹!爹!你快醒醒!"灵儿赶紧扶起裘彪。

裘彪缓缓睁开眼睛,捂着红肿的额头,看着灵儿说:

"你这个臭丫头一出现我就倒霉!你简直是我的克星!"

寄南窃笑。大家都没注意,在庙口一侧,有两个便衣卫士,默默注视着寄南和灵儿的行动。

裘彪带着灵儿、寄南走入裘家班帐篷。帐篷地上铺着地毯。一路上,众成员和灵儿兴奋地击掌欢呼。灵儿招呼着成员:

"大头!老高!大象……小葫芦……竹竿……"

寄南也一路和成员们点头招呼,然后大家来到裘彪用帘子围住的"班主房"。帘子一拉,里面有坐榻和矮桌,茶杯用具等一应俱全。灵儿拉着寄南走进裘彪的小天地,把帘子再拉好。裘彪指着两张矮凳说:

"坐!坐!"

寄南坐下,灵儿却在那儿手舞足蹈,兴奋地说着:

"爹!你可不知道,你走了之后,我干了许多轰轰烈烈的大事、奇事,这一年的故事说都说不完!简直太精彩了!"

"哦?"裘彪看寄南,"这些轰轰烈烈里面,你都参加了吧?"

"可不是吗?如果没有我的保护,你这个傻丫头,恐怕都见不到你了！"就笑着说道，"班主，我派人护送你们到洛阳，之后你们到处跑码头，我的兄弟们差点把你们跟丢了！还好，现在你平安回到长安了！"

裘彪头上伤处绑着一圈布条，显得有点滑稽，惊讶地说：

"啊？你这一日班主，一直找人跟踪我们？"

"什么跟踪？说得那么难听？那叫暗中保护！"

裘彪憨憨地笑着说：

"难怪我说这一年来，没有傻丫头在身边，挣钱特别地顺利！"瞪着灵儿，"我还乐得终于摆脱你这个扫把星！谁知，今天一碰上你，又挨棍子！"

灵儿抗议大吼：

"什么扫把星，你这一年都不想你的女儿吗？你太狠心了！"

"那你可曾想过你这老爹？有找过我这老头吗？"裘彪问。

灵儿义正词严地说：

"我想啊！当然想死你了！可是我忙啊！我忙着干大事！算了！跟你说，你也不懂！"感激地握着寄南的手，"没想到，你默默地为我做这么多事情，你还暗中保护我爹，为什么都不告诉我？"

"唉！我干我觉得应该干的事情，干吗什么事情都跟你说？反正结果是对你好的就好了嘛！"

"可是这是我爹啊！你怎么能不告诉我他们的消息呢？害我天天操心！"

"那你操心怎么不跟我说？"寄南一愣说，"你早点跟我说，我不就可以早点让你安心了！"

裘彪观察灵儿和寄南的神色，心知肚明了，喊道：

"好啦！你们两个不要心来心去的！最重要的是……"看着两人，"你们已经……"用两根手指比画着靠近，"两颗心都在一起了，是吧？"

灵儿和寄南两人都在喝水，听到裘彪惊人之语，扑哧一声，两人互喷了满脸的水。裘彪窃笑：

"怎么？被我说中了？哈哈哈！我这么神呀！戳中要点了！哈哈哈哈！"

灵儿举着袖子擦干脸：

"爹！你别瞎说，没有的事！"

"就有这回事！"寄南大声地说，凑近裘彪身边，"班主，我坦白跟你说吧！我和灵儿情投意合，就等老爹您答应一声，让灵儿嫁给我。"

"哎哟！我这傻丫头、笨闺女，有人要我还求之不得呢！"

"爹！"灵儿吼，"你怎么可以那么随便就决定了我的终身大事？怎么一口就答应了呢？这不是太便宜别人？"

"我哪是别人？咱们将来是一辈子亲人、家人啊！"寄南瞪灵儿。

裘彪突然正经地说：

"好！就冲着你这一句话，你要答应我，即使你的身世高贵，但绝对不能嫌弃我家闺女，她虽然傻，但是个真性情的好姑娘，你不能辜负她！"

寄南喜出望外，问道：

"班主在上，这可是答应把灵儿许给我了？"急切地起身行礼,"请受小婿一拜!"

裘彪及时拉住寄南说:

"灵儿自幼失母,不懂规矩,还望靖威王多多担待!"

灵儿听了面红耳赤,娇羞满面。寄南看了,更是心动不已,对灵儿低语:

"现在可以省掉'考虑考虑'了吧?"

灵儿又羞又笑,把头故意转向一边去。

帐篷外,庙口那两位便衣卫士悄悄贴着帐篷听着。这两个人,没多久就出现在荣王府,对伍震荣回报所见所闻。伍震荣问:

"那个杂技班的班主就是裘灵儿的爹?"

"是的!那姑娘一直是这么喊他!小的打听了一下,就叫作裘彪!"

"是的!是的!"伍项魁确认,"裘灵儿的爹,名字叫裘彪就没错!这些人我都交手过!"

伍震荣对卫士挥挥手,两名便衣卫士转身离开。

伍震荣眼光犀利地看着项魁:

"咱们干不掉袁皓祯和窦寄南,就先从他身边的人下手!何况这裘家班,说不定也是窦寄南江湖上的帮手!"

"对!我们要为伍家人报仇!在干大事以前,先干一件小事给他们瞧瞧!"

"这次咱们父子联手,只准成功,不准失败!"伍震荣咬牙说道。

"是!遵命!"伍项魁振奋地应着。

寄南和灵儿全然不知裘家班已经成了伍震荣的目标。在画梅轩的大厅里，寄南神采奕奕，开心得不得了，刚好太子也来了，他就对太子、皓祯、吟霜大声宣布：

"向各位报告个好消息，昨天见到裘班主，老爹已经将灵儿许配给我了！"

太子惊讶地说道：

"我正满腹心事，满脑子的战略图，你居然兴高采烈地提亲去了？"

"你这真是太神速，才见到久违的班主，就立刻求亲了！"吟霜笑着问。

"动作不快一点，这傻灵儿不知道又要耍什么花招，狡赖拒婚！我得速战速决！"寄南看太子，"大事我也放在心里，不会耽误！"

"我们何尝不是这样？"太子笑，"一面计划大事，一面安排小事！方方面面都要兼顾，这样才能活得精彩！"

五人正在谈着，突然一个金钱镖射进了窗棂。皓祯急忙打开镖上的纸条，念着：

"裘家班出事，速去！——木鸢。"

灵儿大惊喊道：

"我爹出事了？怎么会？昨天还好好的！"夺门而出。

"灵儿，你等我呀！"寄南跟着奔出。

皓祯对吟霜紧急吩咐：

"吟霜，赶紧拿着药箱，我们一起过去！"

"裘家班与人无仇无怨，怎会出事？"太子大喊，"邓勇！一起去!"

刹那间，所有的人都急奔而去。

当伍震荣父子率领众多羽林军冲进裘彪的帐篷时，裘家班因为没有表演，大家正在休息。睡觉的睡觉，聊天的聊天，练功的练功，一片和乐气氛。伍震荣父子如同凶神恶煞，拿着长剑，挥舞着冲了进来，伍震荣喊着：

"杀呀！一个活口也不要留！全体杀掉！"

杂技班众成员赶紧抄了家伙，和羽林军开打。成员大头喊道：

"班主！班主！有人来闹事！"

"不是闹事，是来杀了你！"项魁一剑刺去。

大头奋力抵抗，哪儿是对手，瞬间长剑穿心，倒地而亡。裘彪持棍奔来，大喊：

"来者是谁？你杀了大头，我要杀了你！"

"来呀！你这个死班主，是不是裘灵儿的爹？"项魁问。

"原来是你这个吃老鼠的癞蛤蟆！你怎么还没死？"裘彪一招"当头棒喝"，迎头一棍打去。

项魁一个疏忽，被棍子打在肩头，大怒，喊道：

"羽林军！把这老头给宰了！"

羽林军重重杀了进来。顿时，刀光剑影，血溅帐篷；杂技班的人不是对手，惨叫着，惊呼着，一个个倒地。伍震荣杀红了眼喊：

"杀呀！每个人都多砍几刀，本王要他们全体死透！"

一队赶来救援的天元通宝弟兄，喊叫着冲入：

"裘班主，我们来了！伍家人，纳命来吧！"

"果然是乱党，居然知道我们是伍家人！"伍震荣指挥着羽林军，"往左边！那些黑衣人一定是乱党，通通给我杀掉！杀呀！右边右边，不管是谁，通通杀掉！"

在羽林军的残杀下，一场大屠杀，腥风血雨地展开。杂技班成员，都是靠耍杂技为生，并不是武林高手，也不是沙场战将，怎是羽林军和伍家卫士的对手？一个个杂技班的人，被惨杀倒地。支援的天元通宝兄弟，不敌人多势众，即使浴血苦战，也不敌倒地。裘彪是杂技班里，唯一有点功夫的人，拼死抵抗，遍体鳞伤。

小猴子抢了一把地上的剑，直刺伍震荣，喊道：

"我小猴子跟你拼了！"

伍震荣一剑砍在小猴子肩上，鲜血溅了伍震荣一身。小猴子负伤，长剑落地，仍勇猛地一个跳跃，竟然跳到伍震荣的背上，他一手勒紧伍震荣的脖子，一手拔出腰藏匕首，准备往伍震荣的身上刺去，嘴里痛骂：

"你这坏蛋、狗蛋！大魔头！我小猴子送你上西天！"

伍震荣被小猴子从后揪住脖子，反手乱刺，小猴子即使负伤仍灵巧地左闪右闪，伍震荣无法还击。小猴子正要刺杀身前的伍震荣之时，却被伍项魁一刀斜劈，砍断小猴子持剑的手。小猴子痛喊一声跌落在地，伍震荣脱离重负，迅速转身，便将小猴子一剑钉死在地上！

裘彪眼见小猴子惨死，惨叫：

"小猴子！"裘彪已经遍体鳞伤，飞奔来救，怒视伍震荣父子,"你们连一个小孩子都不放过,你们简直是狼心狗肺的大坏蛋!"

羽林军围着裘彪打。裘家班不敌众多羽林军的杀戮,已一个个倒地身亡。天元通宝兄弟,也一个个倒地身亡。裘彪身上插着刀,拼死苦战,伍震荣一剑刺穿了他。裘彪咬牙切齿地喊:"伍震荣!你会遭到报应的!你会死得很惨很惨!"

伍震荣惊喊:

"你居然知道本王的名字!很惨,是吗?先让你知道什么叫惨!"

伍震荣疯狂地刺向裘彪,左一剑,右一剑。裘彪嘴里突然吐出鲜血,喷向伍震荣的脸。项魁再一刀砍向裘彪脖子:

"我要为我们伍家报仇!我要把你千刀万剐!"

血光飞溅,伍震荣和项魁不住对裘彪身上刺去,裘彪一直瞪大眼珠看着伍震荣。

"临死还敢瞪着本王,我让你死个痛快!"伍震荣对着裘彪背部再捅一刀。

裘彪满身鲜血,最后终于不支,倒卧在血泊中,眼睛从未合上。

太子、皓祯、寄南、吟霜、灵儿、邓勇快马向裘家班方向奔去,忽然看到伍震荣带着兵马迎面驰来,太子等人赶紧躲进郊道旁的树林里。只见伍震荣父子残杀过后,身上血迹斑斑。众多羽林军,有的马背上带着受伤的官兵,从皓祯等人眼前呼啸而去。

皓祯胆战心惊地低语:

"这是大战以后的情形,我们快去!"

太子不敢相信地说:

"裘家班不过十来个人,伍震荣居然带着羽林军!"

太子等人见伍震荣走远,赶紧策马奔向裘彪帐篷。

只见帐篷外,几个天元通宝的兄弟,浑身是血,早已气绝。众人慌张下马,冲进了帐篷,映入眼帘的尽是横尸遍地的弟兄和杂技班的成员。众人惊得脸色惨白。皓祯和寄南在帐篷中检视有无生还者。皓祯惨然地说:

"我们天元通宝的兄弟,全部牺牲了!"

寄南不敢相信地说:

"还有裘家班,一个生还的都没有!"

太子触目惊心地看着:

"这是惨无人道的大屠杀!有什么深仇大恨,会这样杀掉一个杂技班?"

灵儿一路哭着喊着:

"大头!大象、小葫芦、小猴子……不要……不要……"

吟霜拎着药箱,看着遍地尸体,转眼不敢看,哭泣地问:

"皓祯,有没有活着的?我还能做什么?"

皓祯、太子和寄南已经检视了所有人,相对惨然注视,三人都热泪盈眶。邓勇奔来对太子报告:

"太子,一个活口都没有!"

灵儿找到一息尚存、倒卧在血泊中的裘彪,抱起裘彪的头,灵儿哭喊:

"爹!爹!我回来了!我回来了!你不能死呀!爹!"求吟

霜,"吟霜!快用你的医术救救我爹!救救我爹呀!寄南,爹还没死,他还活着!"

皓祯抱着吟霜的腰纵身一跃,就把她送到裘彪身边,喊着:

"裘班主!你撑着点!能说话吗?我们来救你了!"

太子也飞跃过来,急急喊道:

"灵儿的爹,吟霜是神医,你别放弃!吟霜会救你!"

吟霜急忙拿出带来的银针和金疮药,奈何伤口太多,裘彪血流不止。吟霜不知从何下手,泪水决堤。寄南痛喊:

"班主老爹!对不起!我们来晚了!对不起!"

吟霜喂裘彪吃药,喂不进去,哭着说:

"皓祯,我止不住裘班主的血,他伤口太多,我止不住啊!他连吞咽的力气都没有了!我只能给他扎针,拖延一点时辰……"落泪哽咽道,"灵儿,有话快说!"边哭边给裘彪各穴道扎针。

裘彪自知死期已到,用满是鲜血的手抓住了灵儿,痛苦地发出声音:

"灵儿,你……你不是我……我的亲生女儿,你娘是九凤……她是安南王府的厨娘,对我有恩,你出生那天……"

接下来,裘彪断断续续,说出二十一年前他躲在树林里,亲眼见到的一幕:

九凤心碎惊愕,含泪把孩子捧到伍震荣面前,无法相信地说道:

"你占有我,玩弄我,对我无情也就算了!但是,骨肉亲情总不能不顾吧?"

"贱女所生,怎配是我的骨肉?竟敢栽赃于我,你们母女一个都不能留!"

伍震荣说完,抓起孩子便往崖下抛去。九凤惊骇中,奋不顾身跳起扑救孩子。伍震荣却一剑刺来,直刺九凤的胸部。

九凤惊怔不信地站着,不肯倒地,眼睁睁看着婴儿落下悬崖。伍震荣见九凤不倒,拔出九凤身上长剑,再对九凤心脏刺下。九凤倒地,圆睁大眼,怒瞪着伍震荣。

裘彪紧紧抓住灵儿的手,奄奄一息地说着:

"是我爬下……悬崖,救了卡在树上的你!记住!你的……母亲名叫九凤……是个好女人……她曾经送饭给我们裘家班吃,一饭之恩,我救了你,养大了你……你的父亲……就是把你……抛下悬崖……杀死你母亲,也杀死我们……杂技班的大仇人伍震荣!你不该哭,你该为你的亲娘和我们报仇!"裘彪说完,头一歪,断气了。

众人听完裘彪遗言,如晴天霹雳,个个震惊无比。灵儿见裘彪断气,尖声哭喊:

"不!不!爹你不能死!不能死!"哀求,"吟霜!你不是神医吗?你不是能起死回生吗?请你救救我爹!救救我爹呀!"

"吟霜,发挥你的医术!快救救他!"太子着急地说。

"吟霜你就试试吧!或许你的气功可以救回班主!快试试看!"皓祯痛心地说。

"对啊!吟霜,你快点救回我的岳父大人啊!求求你啊!"寄南痛哭流涕。

"我试！我试！"吟霜也泪流满面地说道。

吟霜哭着上前，对着裘彪尸体心脏部位运功。吟霜边运气边念着：

"心安理得，郁结乃通。治病止痛，辅以气功。正心诚意，趋吉避凶。心存善念，百病不容！"

吟霜使出所有内力，运气运得手掌泛红、冷汗直冒，却完全没有效果。吟霜哭倒在皓祯胸前：

"我想我这神医是失败的！对不起，我没有起死回生的能力！"

灵儿知道无法挽回裘彪，大恸，抱住吟霜，两人哭得肝肠寸断。窦寄南和皓祯也落下了英雄泪。皓祯咬牙说道：

"伍震荣父子恶贯满盈，不能不除了！"

"该死的伍震荣父子，我一定要把他们抓来，碎尸万段，剥了他们的皮！用他们的血来祭我们的兄弟和裘家班！"寄南愤恨地说。

"我亲眼看到了！这个魔鬼，竟敢用羽林军来屠杀百姓！我这太子情何以堪！"太子痛心至极地说道。

皓祯忽然狂怒地向帐篷外冲去，落泪咬牙喊道：

"我要把那个大理寺丞抓来！"

汉阳正在审案，人犯跪在下面，衙役分列两旁。忽然之间，皓祯脸色惨淡，旋风般冲了进来，后面衙役追赶阻止着。皓祯跳上审案台，不由分说地抓起汉阳的手，拉着就往外面疾走，哑声地喊着说：

"汉阳，跟我走！我要让你看看一个地方！"红着眼眶，激动地吼着，"我要向你报案！我要报一个惨不忍睹的灭门血案！"

帐篷里，寄南、吟霜泪流满面，凄凄惨惨地抱着哭得声嘶力竭的灵儿。灵儿匍匐在裘彪尸体边，边哭边喊：

"爹！你不能死！你怎么能丢下我呢！爹！"摇着裘彪，"你醒醒！你醒醒！你说的那些话，不清不楚！你起来，你跟我说清楚！"

"灵儿，你不要这样，让班主好好地走吧！"吟霜拭泪说。

寄南早已经哭红了双眼，正在给惨死没有合上眼的弟兄们，一个个地为他们合眼。

皓祯和汉阳策马奔来，汉阳一跳下马，看着帐篷内外横尸遍野的情景，震惊得说不出话来，痛心无比。皓祯再拉着汉阳走进帐篷，汉阳一看眼前惨状，大惊失色，脸色蓦然惨变。太子悲愤地喊道：

"汉阳！这是伍震荣的杰作，动用的是羽林军！我们能宰了他吗？"

皓祯痛苦地对汉阳厉声说道：

"你是大理寺丞，你看看你管辖的长安城，你看看这些无辜百姓，是怎么死的？这是一场毫无人性的大屠杀！"

"汉阳！灵儿哭死了，我也快要崩溃了！地上这些弟兄都是满身伤口，我赶到得太晚，居然一个都救不了！"吟霜掩面痛哭。

寄南奔过来，抓着汉阳吼：

"是伍震荣父子干的！是你父亲的好友亲自下的毒手，我们赶来的时候，亲眼看到伍震荣和伍项魁带着羽林军撤走！你这个大理寺丞到底都干些什么事？我们屡次向你报案，你屡次放掉他们！"

皓祯想到世廷可能是自己父亲，更是痛楚莫名：

"汉阳！你爹如果继续和伍震荣勾结，这长安城总有一天会血流成河！你看看！你仔细看看每个人的伤痕！人间有这样的魔鬼吗？你和你爹还能视而不见吗？"

寄南抓着汉阳到灵儿身边，悲痛地指着裴彪：

"他是灵儿的爹！死得好凄惨！身上三十多处刀伤，刀刀见骨！灵儿的爹和伍震荣有多大的仇啊？他只是个安分守己的良民！今天我管不住我的理智，我就是一只斗牛犬，我要跟你这个大理寺丞拼了！"

寄南从腰际拔出自己的玄冥剑，准备攻击汉阳。同时，灵儿也从地上拾起沾满血渍的剑，对着汉阳。灵儿崩溃地大吼：

"凶手！你和你爹方世廷、伍震荣都是一伙的！我亲眼看到你们关着房门说悄悄话！凶手！你们这些狗官都是凶手！你假装和我们亲善，其实就是想除掉我们，你是个罪大恶极的帮凶，我杀了你！"

太子是唯一还有理智的人，喊道：

"寄南！灵儿！不能怪汉阳，你们别冲动，汉阳是我们这边的人，他还要帮着我解开那战略图的谜，你们可别把他杀了！"

灵儿举剑挥向汉阳，汉阳本能地逃出帐篷，闪躲灵儿和寄南的刀剑。灵儿和寄南追出帐篷。太子、皓祯、吟霜、邓勇紧追于后。汉阳笨拙地闪躲，试着安抚众人情绪：

"我知道你们个个伤心悲痛，但是杀了我也救不回这些人命，灵儿、寄南，你们先冷静下来，听我说！"

"你的话我听太多了！过去我敬你是一个正义的大臣，任你使唤！"灵儿疯狂对汉阳乱砍，"今天我要你一命抵一命，杀了你我再去杀你那阴险的爹！"

皓祯忽然拔出乾坤双剑，护着汉阳，与寄南过招。皓祯急喊：

"寄南、灵儿你们疯了吗？快住手！仇人是伍震荣父子，不是汉阳呀！停止停止，不要伤了汉阳！我拉他来是要他主持正义呀！"

太子也拔剑拦着疯狂的灵儿和寄南：

"对对对！听皓祯的没错！汉阳是自己人，你们不要弄错了！"

"皓祯，你别天真了，是兄弟就让我为我岳父报仇！"寄南怒喊，"方世廷的儿子会有什么正义？有正义早就办了伍项魁！反正人早晚都要死！杀死一个奸臣算一个！"用力踢开皓祯："让开！"

皓祯就一边护着汉阳，与寄南、灵儿相互招架。吟霜泪流满面哀求：

"你们不要打了！快住手！寄南、皓祯你们是好兄弟呀！不要为了坏人自相残杀啊！求求你们快住手！灵儿不要伤了自己！"

寄南和灵儿完全失控，剑剑刺向汉阳，太子、皓祯顾此失彼，艰难地护着汉阳。

"寄南！灵儿！"太子急喊，"汉阳一定有他的苦衷，他不会武功，你们这样杀掉他，万一错杀了怎么办？停止！停止！"

皓祯打开了寄南，灵儿趁机一剑就砍向汉阳，汉阳躲避，脚跟在一个大石头上踩滑，整个屁股跌落于地。灵儿毫不迟疑，举剑就对汉阳当头刺下。就在这刹那间，汉阳突然一个后空翻，在空中，矫健灵活地迅疾一点，点在灵儿持剑的手腕上，踢飞了灵儿的长剑，身形利落、飘逸潇洒地跳到一块大石头上面。

汉阳居高临下地大喊：

"你们通通住手！"

太子、皓祯、寄南、灵儿亲眼目睹汉阳高超的武功，不禁大怔，全部住手。

"汉阳，你会武功？你一直瞒着大家，原来你是高手？"皓祯惊呼。

"不可能！汉阳，你什么时候学的武功？"太子睁大眼睛。

灵儿终于明白，拾起落地的长剑，激愤地喊：

"汉阳果然是个大骗子，欺骗我们，他根本就是个大内奸！"

"好啊！方汉阳，你和伍震荣一样老奸巨猾！"寄南大喊，"灵儿！我们不用留情了，这个狗官真面目已经现出原形，我们上！为裘彪老爹报仇！"

寄南、灵儿两人又挥着长剑，跳上石头，攻击汉阳。汉阳使出真本领，又跳又飞，灵活快捷地闪躲寄南和灵儿。皓祯忍不住挥剑加入寄南阵营，怒不可遏地说道：

"汉阳，我们把你当朋友，原来中计了！"

汉阳施展高超的武术，游走于剑锋之间，从容不迫地喊着：

"你们三个敌友不分，正邪不分，真的疯了！"

太子跳到一旁观望，惊愕地自语：

"汉阳居然会武功，汉阳过目不忘，汉阳懂得战略图，汉阳深藏不露……难道他是……"突然大喊："木鸢！"

汉阳即时捡起地上木棍，一招"穿梭盖劈"，一棍当头打在寄南的头上，接着棍头横指，挡住干剑剑锋来势，顺势戳在皓祯

109

的胸口，但只是轻轻点到。紧接着运腕疾翻，将木棍拦胸一横，从灵儿头颈上方处险险虚晃过去，运棍若飞、棍风飒飒、棉花点点，棍头始终不离众人咽喉胸口要害之处，惊得大家一身冷汗。这正是斗笠怪客在山阳古道杀伍崇山的那招"气贯山河"！

皓祯和寄南终于恍然大悟地停手，面面相觑，震撼大叫：

"斗笠怪客？"

"什么斗笠怪客？是汉阳又在耍诈！我杀了他！"灵儿不信。

汉阳三两下又打落灵儿手上的长剑，用他曾经扮斗笠怪客时的老迈声音说话：

"天元通宝！"

众人停手，个个大震。吟霜震惊地喊道：

"难道你，真的是木鸢？"

汉阳凄然念道：

"煮豆燃豆萁，豆在釜中泣。本是同根生，相煎何太急？"

太子跌脚一叹：

"果然被我猜到！"就念道："木鸢木鸢兮高飞，木鸢木鸢兮难追……"

汉阳接口道："木鸢木鸢兮何处？木鸢木鸢兮知是谁？木鸢木鸢兮胡不归？木鸢木鸢兮太难为……"

皓祯惊讶大喊：

"你真的是木鸢？你是我们的首领木鸢？"

汉阳将手上的木棍，用力一顿，木棍笔直地插入地上，入地一尺，深深一叹：

"在下正是木鸢！隐瞒身份是万不得已！我不是你们的首领，

更不是你们的敌人,是和你们同仇敌忾的兄弟!"

寄南、皓祯、灵儿、吟霜都被震住了。

太子满眼欣赏和崇拜地看着汉阳。

八十六

裘彪尸体已放在木板床上,灵儿用帕子擦拭裘彪脸上的鲜血。太子、汉阳、皓祯、寄南、吟霜都围在灵儿身旁,却仍然陷在木鸢的震撼里。皓祯盯着汉阳,想着他可能是自己亲兄弟,感慨震惊至极,此时,已不知这"兄弟之情",是喜是悲?是屈辱还是骄傲?木鸢,是他多年来最崇拜的人呀!他情不自禁盯着他问:

"你这么年轻,怎么可能是木鸢?'天元通宝'是你秘密成立的吗?你哪一年变成木鸢的?"

汉阳沉痛地说道:

"七年前,我爹在伍震荣的推荐下,当了右宰相!官场是个大染缸,权力欲望是最可怕的东西!他忘了他的忠孝仁义,成了伍震荣的同伙,我眼看他不忠、不仁、不义,我就只能不孝了!是的,我秘密成立了'天元通宝'!"

"但是,连你爹都不知道你有武功,难道你从小就知道你会成为木鸢?从小就知道要隐瞒自己的真功夫?"太子无法置信地问。

"武功是我师父教的,爹娘都以为我没学成,其实我的师父非常厉害,不只教我武功,还教我为人处世,指示我隐藏武功。他早已预料我有今天的使命!"

吟霜帮着灵儿擦拭裘彪的尸体,忍不住看向汉阳:

"你居然瞒过了所有人?"想着,"我明白了!就因为你爹和伍震荣是知己,你利用这层关系,才知道那么多内幕!可以及时发动天元通宝兄弟,救下忠臣!"

"你有多少亲信?你连爹娘都瞒着,谁知道你是木鸢?"寄南追问。

"我有一个斗笠小队,也就是穿着布衣戴着斗笠的那十几个人,他们个个武功高强,其中也有我的师兄弟,只有他们知道!"

"宫里有人知道吗?我不相信你爹能够供给你那么多消息!"太子说。

"确实,我爹和伍震荣并不是我唯一的消息来源,'天元通宝'年年扩大,我还有很多内线……"

寄南恍然大悟,打断:

"每次接到金钱镖,总是猜测木鸢是大内高手,或是像四王那样的老忠臣!原来,是你……"忽然又激动地一把抓住汉阳胸前的衣服,死命摇撼着他,红着眼眶喊:"你既然是木鸢,怎么还会让今天的悲剧发生?你通知了我们,怎么不早一点通知?让我们把左骁卫都带来、把黑白军都带来?"

汉阳挣开了寄南,更加沉痛地说道:

"天有不测风云！我也有失手的时候，怎样也没料到伍震荣这么狠，居然动用了大批羽林军……我是木鸢，但不是菩萨啊！'挥泪送英雄'那天，你们忘了吗？我还差点监斩了我的大将皓祯！你们掉悬崖那天，我的斗笠小队居然被大批的弓箭手弄得顾此失彼，害得皓祯被囚……我也战战兢兢，生怕失手！可是悲剧还是会一次一次地发生……小白菜的死，歌坊全部兄弟姊妹跟着死难……为了战略图，我奔赴咸阳，连大理寺中的兄弟都没救出……"眼中充泪了："我也一次一次在失手啊！"

大家谈话中，灵儿只是失神地、茫然地擦着裘彪脸上的血迹。吟霜发现灵儿不对劲，仔细看灵儿，急喊：

"灵儿不对劲！你们先别谈木鸢，来看看灵儿！"

大家围拢，只见灵儿眼睛发直，魂不守舍，一直擦拭着裘彪的脸庞。寄南着急大喊：

"灵儿！灵儿！你要哭就哭，要叫就叫，别这样子！"

"灵儿！灵儿！你醒醒！"吟霜喊，"老爹的脸已经很干净了！灵儿！你别失魂落魄……"双手对着灵儿胸口运功，大喊："灵儿！醒来！"

灵儿乍然醒神，被吟霜大力运功，震得退后了两步，怔了片刻，就扑向裘彪，对着裘彪握拳猛打，大哭起来，边打边哭边喊：

"爹！你骗我，你骗我！从小你就最喜欢捉弄我，你是假死的吧！居然跟我撒了一个大谎言！"继续打裘彪："你这个骗子！骗子！"

寄南从后抱紧灵儿，喊道：

"你清醒一点，班主老爹已经走了，你别打了！"

灵儿疯狂地推开寄南,喊:

"裘彪是个大骗子!他是个大骗子!临死了还这样戏弄我!我怎么可能是那个魔鬼的女儿?我不是!我不是……"

汉阳震惊地看向皓祯:

"什么魔鬼的女儿?"

太子沉痛说道:

"裘彪临死,说了一个残忍至极的故事,说灵儿是伍震荣的亲生女儿!说他目睹灵儿的娘,安南王府的九凤,死在伍震荣剑下,也目睹伍震荣把亲生女儿丢下悬崖!是裘彪爬下悬崖救了灵儿!"

汉阳不可思议地看着灵儿。皓祯悲愤着:

"裘彪临终的话,不能相信!那故事太荒唐!"

"就算是真的,他为什么要说?为什么不死守这个秘密?"吟霜疑惑。

"不是!不是!我不是!我一定不是……"灵儿喊着,挣脱寄南,从地上抓起一把刀,飞快地冲到帐篷外面去了。吟霜急喊:

"快追她!快追她!"

寄南、太子、皓祯、汉阳、吟霜、邓勇就紧急地追了出去。

只见灵儿已经奔到旷野,四处无人,一棵巨大的银杏树,伸长了枝丫,孤独地长在旷野中。灵儿仰首向天,对着天空崩溃地大喊:

"我娘在哪儿?娘!你告诉我,爹是不是疯了?如果我是那个魔鬼的女儿,我不要活!"凄厉地狂喊:"爹,我追你到天上地下,你要跟我说清楚,我到底是谁?"

灵儿喊罢，立刻用手中的刀，横刀自刎，利刃划上了脖子。寄南飞跃过去，用脚用力一踢，利刃飞过天空，插在银杏树的大树干上。

灵儿脖子上鲜血直流。皓祯惊喊：

"寄南！抱住她，她受伤了！吟霜，快去帮她止血啊！"

寄南抱住灵儿，痛喊：

"灵儿！你要自刎？你不要活了？你怎么可以不要活了？大仇没报，你爹还躺在那儿，你居然想自刎？"

吟霜哭着，拿着止血药粉，撒在灵儿的伤口上，检查伤口：

"还好，伤痕不深，幸亏寄南把刀给踢飞了！皓祯，赶快把药箱里的布条给我，这伤口得包扎起来！"

皓祯紧张地拿来布条。

"灵儿！"太子痛喊，"我以太子的身份向你发誓，这个血海深仇，我们会帮你讨回来，你爹临终一定神志不清，说的话不能尽信！我相信你绝对绝对不是那个大魔头的女儿！他只能生出伍项魁那样的儿子，生不出你这样优秀的女儿！"

灵儿却在寄南手臂中疯狂挣扎大喊：

"你们不要拦我！我要到地下去找我爹，我要问清楚！他为什么胡说八道？如果我身体里流着伍震荣的血，让我死掉吧！我第一个就杀掉他的女儿，给我爹偿命！"拼命挣扎，伤口的血不断飘出来。

吟霜拿着药和布条，却无法靠近又踢又踹的灵儿，哭喊着：

"灵儿！你这样一直动，我怎么帮你治疗伤口？"

"寄南、汉阳、启望！我们把她压在地上，让她不能动！"皓祯急喊。

汉阳闻言,欺身而上,在灵儿身前身后,闪电出手,连点百会、神庭、肩井、曲池、灵台等诸穴道,将她双手定住,让她站着无法动弹。吟霜赶紧上去擦药包扎,寄南、皓祯忙着递包扎布条,递水递药。一阵忙碌,总算把灵儿的伤口处理好了。汉阳刚刚松手,灵儿又飞跑向前。大家急忙追着跑。

此时,天空乌云密布,狂风掠过。接着雷声狂鸣,闪电四起。

灵儿被电闪雷鸣惊动,站住了。寄南立刻追上去,紧紧抱住她。太子、皓祯、汉阳、吟霜都痛楚至极地追过来看着灵儿。只见灵儿眼睛发直,眼光涣散,显然神志不清。太子喊着:

"灵儿,醒来!醒来!不要被那个大魔头打倒!"

一声雷鸣,大雨倾盆而下。雨水从帐篷那儿,冲过了遍地尸体,一条条血水的小河流奔窜着。汉阳悲怆地对灵儿大声说道:

"灵儿!你挺住,太子发了誓,我也以木鸢之名发誓,我们'天元通宝'要让伍震荣死无葬身之地!"

"我也发誓!"皓祯义愤填膺地说。

"我也发誓!"寄南说。

灵儿看看汉阳,看看地上的血水,张开手臂,仰天大叫:

"我要血债血还!"

众人群情激愤,个个点头,有力地齐声喊道:

"血债血还!血债血还!"

灵儿力气用尽,晕倒在寄南怀里。

裘家班和天元通宝死难的兄弟们,在太子、皓祯、寄南、汉阳等人的协助下,终于下葬了。灵儿穿着孝服,头上绑一条白丝带,脖子上还绑着包扎的白布。一身素服的吟霜,搀扶着毫无血色的灵儿从墓地回来,踏入画梅轩的大厅。

太子、皓祯、寄南、汉阳也都穿着素服一一走入大厅。汉阳郑重地说道:

"今天终于把所有死难者都下葬了,尸体也检验过,兵器也记录了,你们放心,裴家班的好汉,不会白白送命,天元通宝的兄弟,也不会白白送命!大家再给我一点时间!尤其记住,我还是必须当回我的大理寺丞方汉阳!大家务必要保密再保密!否则我的性命不保,所有的大事也做不了!太子,你尤其要保密!"

"汉阳,你相信我!"太子说,"自从知道你是木鸢,你不知道我有多少感触,原来那时时刻刻指点我们救下忠臣的是你!几次出手援助的也是你!连在虎啸山沼泽里救出我的也是你!可是,我们平时对方汉阳从来没有尊敬过!"

大家都有同感地深深点头,只有灵儿沉默无语,悲伤地发呆着。

"汉阳,你先回去吧!"皓祯说,"灵儿让我们来照顾。我想,即使你拿到这案子的主控权,恐怕办案过程中,也会阻碍重重!或者对付伍震荣这种人,我朝律例没用,应该……以眼还眼,以牙还牙!"

"对!跟他那种混蛋还讲什么律例,我们直接去找伍震荣火拼!"寄南说。

"大家都别冲动,你们忘了战略图和锯齿山的事吗?"太子说,"这个伍震荣显然还有更大的野心!万一杀了伍震荣,他的徒子徒孙，依旧发动战争，我们可能面对更大的问题！这就是汉阳，不，木鸢那天指示我们的，'欲擒故纵'！这野心会像一个巨兽把伍震荣吞噬，我们大家等着瞧！相信不久就能把这帮恶人一网打尽！"

"太子说得很对！"汉阳说，"我们现在有几百种方法弄死伍震荣，但是，他那布局已久的大阴谋，依旧是我们最大的隐忧！为了天下苍生，为了'天元通宝'的最终目标，我们还得忍耐！"看了一眼灵儿，忽然说道："灵儿，你虽然是个姑娘，却有男儿的气概！现在，拿出你的志气来！君子报仇，三年不晚！"

灵儿勉强振作了一下，说道：

"三年太晚！我恨不得今天就杀了他！"

"根据我的调查，他们的势力已经遍布在新丰、咸阳、长安、蓝田……各地，几乎包围了长安，我们真的不能在这紧张时刻，乱了方寸！"汉阳说。

"灵儿，大局为重！"皓祯诚挚地说，"汉阳曾经对我上断头台的事，下令'挥泪送英雄'，就是要避免生灵涂炭！他用心良苦！"

太子接口：

"所以，我们也要避免生灵涂炭，大局为重！这次我们要做，就只许成功，不能失败！还要打到他们永远不能翻身！"

寄南深深点头说：

"对！还要一举通杀！不能让他们再来报仇！要学伍震荣，伍家所有人，一个活口都不留！"

灵儿眼光发直地说道：

"是！要他们像裴家班一样，血流成河！"

吟霜眼中闪过一丝矛盾和痛楚，看向汉阳说：

"汉阳，除了用刀用剑用武器，难道没有别的办法，让这个大魔头'伏法'吗？我参加了几次行动，每次都有兄弟伤亡，即使伍家人，难道没有一个好人吗？"

汉阳深深看吟霜一眼：

"你的言外之意，汉阳明白！但是对付极恶之人，我们只能被迫用非常手段！"再看众人一眼："大家节哀顺变，我先告辞了！"

汉阳走了，吟霜拉着灵儿，命令地：

"你几天都没吃没睡！你先吃一点东西，把我帮你熬的药喝了！然后去睡一下！跟我走！"

灵儿已心力交瘁，无力抗拒，顺从地跟吟霜走向房里。

皓祯见大家都离开了，与太子、寄南商讨：

"这次我们又牺牲那么多兄弟，寄南快去调动所有能集结到的人，让大家都赶到长安来，也许能帮得上汉阳所谓的大计划！"

"好！我马上就去安排！"寄南说。

"如果真要面对战争，你们别忘了我那东宫十卫！他们天天练兵，说不定是一支大黑马！"太子说。

寄南点头，皓祯却深思不语。

宰相府里，汉阳又碰到他最大的难题，方世廷！

"我不准你干涉这个案子！任何时候我都可以睁一眼、闭一眼，随着你去办，但是这件事情和你无关，你不许碰！"世廷气呼呼地说。

汉阳据理力争：

"怎么会和我无关？那么大的血案，几十条人命！爹，我真该把你拉到现场去看看！你怎么还能昧着良心，去帮伍震荣父子作恶呢？"

"你放肆！"世廷大吼，气急败坏，"你竟然敢说我作恶？我好歹是本朝的右宰相，做了多少大事，你看到过吗？我有我的立场，你不同意我的立场，也不能否决我的人品！你气死我！居然敢顶撞你的亲爹！"

采文慌忙进屋，满脸诧异：

"什么事情会让你们父子吵得那么大声呢？"

世廷连采文一起骂：

"都是你惯出来的！一直纵容他和袁皓祯来往，才会让他学会了皓祯他们的坏毛病，现在，什么事都不听我的！"

采文紧张，脸色大变，急促问道：

"皓祯怎么了？"

"爹！"汉阳抢话，"做事要有原则，做人要有良心！那才能谈到人品！实际上这场大屠杀，其中一位死者就是灵儿的爹呀！灵儿在我们家也住了那么久，她的亲人惨死，难道你还要不闻不问吗？"

"啊！"采文惊惶，"灵儿的爹被人杀了？那灵儿怎样？寄南怎样？皓祯怎样？"

"还能怎样？个个都哭红了眼睛，个个都快崩溃了！连我看到那血腥的屠杀场面，也快崩溃了！"汉阳激动地冲口而出。

采文惊得脸色惨然，喃喃地说：

"都崩溃了？我得……我得去将军府……看看他们去！"就往门外走。

世廷对采文一吼：

"不许去！关你什么事？每天长安城都有死人，有人可以善终，有人却是横死，这都是天意！是定数！能一个个去同情吗？"

汉阳努力压抑怒气：

"爹！汉阳对你真是太失望了，想不到你已经完全背离了是非、正义和道德！好！既然爹与伍震荣一个鼻孔出气，那么道不同，不相为谋，这个家我已经待不下去了！"

采文心慌意乱，拦住汉阳：

"你真的崩溃了……再怎么生气，怎么可以对你爹说出这种话！"转向世廷哀求地："世廷，你……只有这个儿子，不能再失去他，留住他！"

世廷大声喊道：

"他不是我！他没经过我所经过的，也看不清楚朝廷现况！简直想毁灭我建立的一切，我还能留住这个祸害吗？要滚，你立刻就滚！"

汉阳头也不回地夺门而出。

八十七

这日,太子、寄南、灵儿、吟霜聚集在太子府的密室里。太子安慰灵儿:

"灵儿,相信这么多天以来,大家安慰你的话都说尽了,我还是那句老话,你是勇敢的姑娘,有时比男儿还有气势!一定要振作起来,节哀顺变!"

"谢谢太子!"灵儿说,"这会儿不提我的事了,听邓勇说你们那天去锯齿山,败在毒蛇阵了?"惋惜地说,"唉!你们就应该带着我去!我懂胡语,也懂毒蛇,那陶笛声就是波斯的胡人,专门训练毒蛇的声音。下回带着我,绝对不会让太子败在毒蛇阵的!"

"听你这么勇敢无惧的口气,就知道你已经振作不少了,虽然你已经恢复女儿身,本太子还是不得不把你当作一名勇士看待。放心,往后的行动一定少不了你!"

"真要带这个风火球啊?"寄南调侃,"她这人成事不足……"

看到灵儿发怒瞪着大眼,识相地咽下要说的话,改口说:"好好好!我不说,灵儿勇士威武英明!"

"也要带着我才行!"吟霜坚持地说,"以前皓祯行动都带着我,你们碰到毒蛇阵就败退了,万一有人被毒蛇咬了怎么办?我这个女大夫就有用了!"

"说得不错,有理!"太子点头,"何况那山里,什么危机都有,也可能有沼泽、有毒虫、有毒藤什么的。还有陷阱!确实需要一个大夫呢!"

皓祯带着汉阳匆匆赶到。汉阳行礼:

"太子金安!臣来迟,还请太子见谅!"

太子故意装生气,瞪着眼说:

"汉阳,我真想揍你一顿,经过裘家班血案之后,你还跟我什么金安、银安的?难道我见了你,也要说一声见过木鸢首领吗?这些客套和官样文章,在我这间密室里都用不着!从此大家都是兄弟,在公共场合没办法,喊我一声太子,私下里,都是名字称呼!"

"你这密室越来越有用了,不知道能不能装下天元通宝的兄弟?"皓祯说,"汉阳加入我们一起讨论,我们就再也不用担心如何通知木鸢了?"忽然想起一事,问汉阳:"汉阳,那天我们呼叫木鸢时,冷烈突然出现,这冷烈是不是天元通宝的兄弟?"

"冷烈是个独行侠,出道也才一两年,专门跟伍家人作对!我多次想把他收归天元通宝,他都是冷冷地转身就走,消失得无影无踪!"汉阳说。

"太可惜了!如果他能加入多好!"吟霜说,"上次在岩石林,看他那手暗器功夫，让人叹为观止！冷烈可能跟木鸢一样，是个假名吧！"

"既然大家有共同的信念，成为生死与共、保家护国的好兄弟，谁是木鸢也就不重要了。现在恶人未除，我们还需要努力。太子锯齿山一探，表面失利但却是好事，至少知道他们在山里重重防备，必有不可告人之事。"汉阳说道。

"那么我们是否定个日子，再闯锯齿山？"太子问。

"再探锯齿山是必然的！"汉阳说，"但首先还有一件重要的事情，必须请你们去查清楚……"

大家都靠近汉阳，注意地听着，汉阳凝重地说道：

"皇后被挟持的那一天，我在东郊别府调查证据。所有挟持案相关的证据都集中在温泉浴池房的周围。但是在温泉房的西边有一座名为'湘雨阁'的楼阁，却干净得有点出奇。虽然温泉的味道几乎弥漫在别府各处，但是我站在'湘雨阁'片刻，微微还是闻到一股奇怪的味道，但却找不到这味道的来源……"

"我懂了！"太子说，"再闯锯齿山之前，要先探探这'湘雨阁'！"

"不错！"汉阳说，"最令人疑惑的是，平时别府就部署了众多卫士把守，皇后被挟持当天突然减少了卫士。待皇后救回之后，我因采证再度来到别府，却发现卫士几乎重兵部署在那'湘雨阁'。可见这栋楼阁恐怕隐藏着极大的机密。你们此去不管发现什么都要按兵不动，免得打草惊蛇！"

"明白了！"皓祯说，"我们这个'梅花小队'就先去'湘雨阁'吧！"

"为什么要叫'梅花小队'？"寄南抗议，"叫'靖威小队'不好吗？"

"叫'太阳星小队'才是！"吟霜笑着，"我们才几个人，也只有自己称呼一下，寄南最小心眼！"

"就是！"灵儿附议，"他就怕别人忘了他是靖威王！我觉得'梅花小队'最好，没人会联想到是我们！"

"闲话少说，什么小队都行！大家立刻行动，听我安排！"皓祯说，"明晚天黑后，我们就夜探那'湘雨阁'去！"

第二天晚上，这支小小的队伍，就穿着黑衣，用黑巾蒙住口鼻，闯进了东郊别府。无声无息地摆平了几个守卫，太子等人就一边轻功跳跃，一边眼观六路、耳听八方地一路穿过长廊和花园。来到湘雨阁屋顶上，探头往下一看，果然众多卫士驻守在此。太子带着邓勇和几个东宫高手，皓祯带着鲁超，搂着吟霜的腰，寄南带着灵儿，大家互相看一眼，就很有默契地一跃而下，身手敏捷地撂倒数名卫士。有个卫士转头发现有异状，起疑，喊着：

"什么人？"往暗处追去，突然被太子反手擒拿，刀架在他脖子上。

"识相的话，就不要出声！"太子说。

卫士点点头，吓得不敢出声。

灵儿早已悄悄绕到楼阁后面四处搜寻，到处嗅嗅鼻子。灵儿自言自语：

"好像真的有奇怪的味道！"感觉踩到什么奇怪的石板，低头看着。

吟霜也嗅了嗅，说道：

"这是皮革的味道，更准确地说，是牛皮的味道！我对味道最敏感，一定没错！"

灵儿像狗一样循味嗅着，踩着石板地，突然一个卫士的长枪，从暗中刺向灵儿，灵儿身手敏捷，闪过长枪，挥出流星锤与卫士对打，寄南、鲁超赶来，从后一脚踢飞了卫士手中长枪，迅速撂倒卫士。灵儿指着那块奇怪的石板对寄南说：

"这块石板地，踩起来很奇怪，皮革味道应该是从这里冒出来的！"

皓祯和邓勇也快速解决了若干卫士，跑向灵儿和寄南。皓祯问：

"怎么样？找到了什么吗？"

寄南吃力地想搬动那块石板：

"可疑的地方是找到了，但这块石板太重，应该有什么秘密机关。"

太子刀仍架在卫士脖子上，来到石板地前。太子说道：

"就让这位卫士告诉我们，秘密机关在哪儿？"推卫士，"说！不然脑袋不保！"

"我说我说！"卫士指着墙角的石椅，"挪动那石椅，地窖门就会打开了。"

太子担心有诈，推开卫士，让他去挪开石椅，石板门打开，露出一个地窖的楼梯通道。寄南拔剑继续威胁着卫士，卫士识相地说：

"你们也把我打昏吧！我保证什么都没看到，什么都没发生过，反正我们只不过是这儿的看门狗！"

"你如此识相,我们也不会为难你!"皓祯对卫士后脑一拍,"你就睡吧!"卫士应声昏倒,皓祯拉着吟霜叮咛,"吟霜,你不会武功,跟牢了我!"

太子、皓祯、寄南等人依序走入地窖,赫然发现这里是一个大仓库兼工厂,堆满作战的铠甲。许多男女工人正在工作,看到太子等黑衣人,个个惊慌,无处可逃,只好抱成一团。一个女工惶恐地说道:

"我们什么都不知道,我们是被抓来做苦工的,我们什么都不知道,别杀我们!"

"别怕!"太子说道,"一看你们也知道是被抓来当苦力的,今天算你们好运,我们立刻将你们救出去!可是出去以后,就各自逃跑!谁也不许说今晚的事!"

工人们又疑惑又欣喜。

皓祯拿着一套铠甲,对太子说道:

"这是作战穿的明光甲,显然荣王真的想谋反!这是一个很有力的铁证。"

太子恍然大悟,说道:

"伍震荣果然老奸巨猾,唆使皇后盖别府,表面是温泉行宫,其实就是要掩人耳目在这儿制造铠甲!他知道父皇根本不喜欢温泉,不会来的!皇后还口口声声说盖温泉别府为了给父皇治病!父皇的病,就是皇后!"

"既然被我们发现了铁证,我们可以去告诉皇上,赶紧将荣王那伍家一帮混蛋抓起来呀!"灵儿说。

"汉阳说了,发现什么都要按兵不动!"寄南提醒。

"灵儿别心急,这只是冰山一角,我们要找的线索多着呢!"吟霜劝着灵儿。

于是,太子放走了那些工人,命令邓勇和东宫武士,监督他们向西跑,确定这些工人不会回来告密。大家回到太子府,灵儿愤愤难平地说:

"那地窖制作了那么多铠甲,我们就这样停手,真的按兵不动了吗?伍震荣野心那么大,我们一定要赶紧制伏他呀!"

"唉!你别火烧屁股地嚷嚷行吗?"寄南安抚灵儿,"这是军事,是要从长计议的大事,不可乱了方寸!不过……不知道伍震荣哪来的兵力可穿那么多铠甲?"

"看来伍震荣已经养兵多时,和胡人又关系密切,恐怕早已勾结西域来的亡命之徒,想颠覆我朝江山。"太子研判着。

"这么说来,锯齿山就有可能是他们养兵、训练军队的秘密基地!也就是我们要找的大本营!这事情我得通报我爹,我们要赶紧想出因应之道,防堵伍震荣军事扩大!"皓祯说道。

"在袁大将军出手之前,我们必须再探锯齿山,掌握他们的兵力人数,我们才能克敌制胜!当然,他们也可能不止一个锯齿山!"太子说。

"再探锯齿山,会不会打草惊蛇?你们上次已经去过一次,这次又去吗?"吟霜问,"上次不是惊动了胡人吗?伍震荣不可能不知道!"

"依你的意见呢?"太子问吟霜。

"听你们说,这锯齿山是个弧形山脉,无论从山下什么地方,都可以上山!这次千万不要走上次的入山口,我们随便选个位置上山！"吟霜说。

"对对对！"灵儿大喜接口，"那山到处有山谷，凹凹凸凸的，他们不可能四面八方都有埋伏！山脚下面绕一圈，起码有几百里，他们防不胜防！"

太子看皓祯和寄南，笑着说道：

"没有料到，两位夫人居然也是战略家呀！"

"是呀！我这夫人是个天才！"寄南立刻得意地拥着灵儿说。

"谁是你的夫人，八字还没一撇呢！"灵儿甩开他的手。

就在两人又要斗嘴时，秋峰拿来一个兵器，敲敲门迈入密室。秋峰神色飞扬地说：

"太子殿下，我知道打铁场制作的武器是什么了！"挥舞着兵器，"就是这个！卫士大哥跟我说这叫作'陌刀'，我们成天成夜就在打造这种刀！"

皓祯、寄南、太子都大大一震，太子接过了那把刀，不能置信地审视着。灵儿问：

"这陌刀，是什么样的兵器？有什么特别之处？"

"陌刀者，野战之刀也！"皓祯流利地回答，"龙战于野，其血玄黄。这陌刀，是精铁打造，刀身厚重，攻击力极为可怕，肉搏时威力无穷！于战阵砍劈回旋之时，最具杀伤力！其刀锋可长至四尺，配以五尺长柄，挥舞之间，当者披靡、人马俱碎！是对付步战骑兵的利器！它更可以布成陌刀阵，临敌时，如墙而进，随令而转。其疾如风、其徐如林、侵掠如火、不动如山！"

寄南听了，笑着接口：

"哈哈！皓祯好熟的《孙子兵法》！只怕灵儿听了也没懂！"

"谁说我不懂？"灵儿不服气地说，"就是很厉害的，打仗的刀嘛！"

太子举着陌刀，又是震撼，又是悲愤地说：

"伍震荣居然想拿这个对付仁慈的父皇！他还是父皇授给'丹书铁券'的大臣！真是其心可诛！"

"兵器、铠甲我们都找到证据了，既然伍震荣的野心已经昭然若揭，我们就不要再迟疑了，和这个大恶魔一决生死吧！我们必须保住李氏江山，向伍震荣开战！"皓祯有力地说道。

"不知道这个大恶魔现在人在哪儿？"灵儿咬牙切齿，"我恨不得用这把陌刀，一刀刺进他的胸口里去！"

太子他们，绝对没想到，此时这个大恶魔正在皇后那密室里和皇后温存，两人衣衫不整地躺在床上。伍震荣坐起身子，拥着皇后说：

"下官从来不知道皇后有尚方御牌，这御牌大大好用，以前你怎么不告诉我呢？那次去将军府大闹，有了御牌杀皓祯不就行了吗？"

"那御牌我从来也没想到有什么用，皇上送我时，曾经再三警告不能拿出来，只能留在身边把玩。假若不是皇上那天把我逼急了，我也不会拿出来！你可别动我御牌的脑筋，还是帮我推拿一下吧！"

突然房门被兰馨大力地踹开。

兰馨对门外所有卫士、宫女和莫尚宫命令：

"谁要是敢闯进来，本公主就要谁的命！"说完，推开莫尚宫，立即锁上门。

皇后和伍震荣看到兰馨闯入，慌乱中来不及应变，兰馨已经冲到皇后和伍震荣面前，一见皇后和伍震荣衣衫不整，脸色铁青，暴怒无比，大吼：

"好啊！你们这一对狗男女！"看到桌上伍震荣的长剑，拔剑出鞘："我今天就代替父皇毙了你们这对奸夫淫妇！"

兰馨一剑砍来，皇后抓着棉被裹着身体，伍震荣光着膀子，两人狼狈滚下床。兰馨追着伍震荣，边刺边骂：

"伍震荣，你有种就不要跑！你敢让我的父皇戴绿帽，我今天就杀了你这个狗东西！"

"公主！公主！"伍震荣边逃边求饶，"快把剑放下来！有话好好说呀！公主！"

皇后已经穿上外衣，还光着脚，痛骂：

"兰馨！我命令你快住手，若是再不住手，本宫就命人把你拿下！"

"好啊！你让羽林军、卫士都冲进来呀！到时候是母后难堪，还是本公主难堪，你自己看着办！"再追向伍震荣，怒吼，"我杀死你这十恶不赦的混蛋，别跑！"

伍震荣慌乱地到处躲和跑，突然被地上的衣物一绊，趴倒在地。兰馨毫不迟疑，高举着剑就往伍震荣刺下，伍震荣一滚惊险躲过，转身在地求饶：

"兰馨！兰馨！快别这样，不可以这样对我！"

兰馨一剑再对伍震荣刺去，伍震荣慌忙跳起身子，满屋奔逃。兰馨暴怒，追着伍震荣疯狂挥剑：

"你是什么东西，居然敢直呼本公主的名字？你这大胆狂徒，有种别动！"

兰馨一刺，伍震荣回头，伸手一挡，手臂立刻见血。皇后喊：

"够了够了！兰馨你已经刺伤他了，快住手！快住手！"

兰馨哪儿肯听皇后的话，挥剑追赶着伍震荣。伍震荣武功高强，却有所顾忌，被兰馨杀得满屋跑。皇后忍不住喊道：

"震荣，你居然让她刺伤你？别跟她客气，你越逃她越追，你身手那么好，就把这个疯丫头制伏吧！"

"母后！"兰馨更怒，"你喊他什么？震荣？喊我什么？疯丫头？好呀！你这个震荣就来抓我吧！我倒要看看你的身手有多高？"

"公主！公主！下官宁可被你打，也不敢跟你交手！"伍震荣卑微地继续逃。

奔跑追逃中，屋子里的摆设、茶水、点心通通落地，一阵乒乒乓乓。就在兰馨一剑刺向伍震荣时，皇后拉住了兰馨的手，再也忍不住，暴怒而威严地喊道：

"兰馨！住手！你难道都看不出来，荣王一直在让着你吗？如果他真跟你过招，你小命都没有了！多少人死在他手上，一代枭雄呀！你住手！"

"什么一代枭雄？"兰馨大叫，"我看是一代狗熊！母后，你走开，等我先杀了这个狗熊，我再和你算账！"

皇后高昂着头，下定决心地、有力地说道：

"这个'一代狗熊'是你亲生的爹！你明白了吗？他次次让着你，时时护着你，因为他才是你爹！"

皇后这么一说出口,打斗立即停止,整个屋子鸦雀无声。兰馨耳边嗡嗡作响,摇着头无法置信地瞪着皇后。皇后豁出去了,说道:

"这是我隐瞒了二十年的大秘密,伍震荣是你的亲爹,那没用的皇上,怎生得出你这么泼辣的女儿?"

兰馨震惊的手一松,长剑当啷一声落地。伍震荣这才长叹,感性地说道:

"兰馨,你的确是我的宝贝女儿,我们三个是一家人!你不要冲动!快平静下来!不管怎样,我的武功也比你好,我都让你刺一剑,让你出气,因为我是你亲爹!一直把你当宝贝捧着的亲爹啊!"

兰馨震惊得呆住,这突如其来的"亲爹",震慑了她整个人。有片刻,她无法动弹,脑子里飞快地想着这个"噩耗",这个会把她撕碎的噩耗!然后,她恶狠狠地怒视着皇后和伍震荣,突然对皇后下巴一拳打去。

皇后闪避不及,被打得跌倒在地。伍震荣见兰馨连皇后都打,震惊不已。

兰馨能够思想了,她狠狠地看着地上的皇后,说道:

"从你这贱人嘴里说出的话,能听吗?怕我把你们这对奸夫淫妇给杀了,这种谎言你也说得出口?"伸着胳臂,抬着头,傲然地挺立:"你们两个看看清楚,我有李家的眼睛鼻子,我有祖宗的正义威风!"指着伍震荣:"我哪儿有一丁点地方和他相像?再说,伟大的母后,你同时跟两个男人在一起,或者三四个也说不定,你自己弄得清楚谁是谁的爹吗?"

皇后和伍震荣听着,被兰馨的气势给震慑住。

兰馨说完,大力开门,转身大步踏出,摔上房门。兰馨一出门,伍震荣就狐疑地,转身把还坐在地上的皇后一把压住,锐利地盯着皇后问道:

"兰馨说的是真的吗?她是我的女儿吗?你那时正年轻,到底有几个男人?你不要让我错爱兰馨二十年!"

皇后大怒,骂道:

"兰馨的话,你倒听进去了!本宫的话,你居然怀疑!你别上了兰馨的当!那时我俩怎样,你不是不明白!兰馨当然是你的女儿!"

伍震荣阴沉地看着皇后,冷冷地说道:

"最好你说的是实话!"起身,盯着皇后:"因为你是皇后,我才如此宠爱这个女儿,如果是普通女人生的,我丢下悬崖都不在乎!你别欺骗我,我可不是你那个窝囊的丈夫!连你有几个男人他都不知道!"

皇后起身,气坏了,劈手就给了伍震荣一个耳光:

"你居然敢怀疑本宫,不要太嚣张!真以为你是一代枭雄吗?"

"你别把这枭雄打跑了,到时候,谁来管你的春秋大业?"伍震荣警告地吼。

两人都在兰馨留下的震撼中,彼此剑拔弩张地对峙着。

这晚,兰馨面无表情,坐在书桌前,回忆着过去与伍震荣的交手过程。想到伍震荣次次让着她,次次卑微地跟她说话,想着百鸟衣的刁难,想着将军府的大闹……兰馨越想越可疑,越想越生气,越想越愤怒。开始拿起桌上书卷、花瓶、茶杯一个一个往墙上丢去,碎落的声音惊动了崔谕娘和宫女们,大家奔进房中。

崔谕娘看着一地的东西,纳闷地问:

"公主,怎么了?下午公主不让奴婢跟着你,只见公主气冲冲地从外面回来,到底发生了什么事情?能让奴婢知道吗?"

"谁都不许再提下午的事情!若是有人胆敢嚼舌根,本公主就砍了他的头!你们通通下去!下去!下去!"兰馨凶狠地喊。

崔谕娘带着众人急忙下去,关上房门。兰馨就坐在桌前,继续拿着茶杯、花瓶往墙上砸去。每当碎裂声传来时,兰馨就说一句:

"砸死你,伍震荣!打死你,伍震荣!敲死你,伍震荣!砍死你,伍震荣……"

看样子,把伍震荣恨之入骨的,并不单单是灵儿、皓祯等人。

这天,皓祯、吟霜、灵儿、寄南都在画梅轩商量大事。小乐奔进门来:

"公子,兰馨公主派了一顶轿子来咱们将军府,说是请吟霜夫人进宫一趟!"

"什么?让我进宫?"吟霜惊讶,看向皓祯。

"公主突然找吟霜干吗呢?连轿子都备好了,她这是什么意思?"灵儿疑惑。

"这意思很明显,就是公主只想找吟霜进宫,连我都不许作陪!"皓祯镇定地说。

"这兰馨不知道又要搞什么花样?"寄南盯着皓祯,"你真放心让吟霜一个人进宫？不需要我们陪她一起去吗？"

"大家别想太多，上回进宫，我们不是都和公主真诚相待，尽释前嫌了吗？也许她在宫里寂寞了，只是单纯想找人陪她说说话而已！"吟霜说。

"你就那么天真，不怕她又犯糊涂，欺负你！"灵儿推推吟霜。

"不会的！"皓祯笃定，"现在的兰馨已经不是过去的兰馨了，她肯定有事想对吟霜说。这样吧，灵儿你陪吟霜进宫，你们彼此也好有个照应。我和寄南还要去一趟太子府，确实也抽不出空护驾你们进宫，不过我会安排鲁超保护你们！"

"我还在热孝中，进宫没关系吗？"灵儿问。

"我有很多白色的衣裳，去换一身正式的服装吧！"吟霜说。

就这样，吟霜和灵儿进宫，来到皇宫走廊，崔谕娘已经奉命等待，客气地领着吟霜和灵儿走向兰馨寝宫，谦卑地说：

"吟霜夫人，以前奴婢在将军府犯了很多错误，还请吟霜夫人大人有大量，原谅奴婢的过错！"

"都是一些误会，你也不要放在心上了，让过去的都过去吧！"吟霜说。

"是是是！谢谢吟霜夫人！"已经走到兰馨的房门口，忧虑地说，"最近公主不知道怎么回事，食欲很差，脾气也时好时坏，既然夫人来了，还望夫人多多劝劝公主……"就想跪下恳求："奴婢先谢过夫人了！"

吟霜拉住崔谕娘：

"唉！崔谕娘不需对我如此行礼，我和灵儿先跟公主谈谈，才知道问题在哪儿，我会想办法开导公主的。"

吟霜和灵儿进入兰馨的寝宫，兰馨已经在等待着，看到二人，起身相迎。

"听崔谕娘说，公主最近食欲不好，我有带银针在身上，要不要我帮公主把个脉，针灸一下，让公主舒服点？"吟霜温和地问。

"不需要！"兰馨神色严肃，突然拉着吟霜的手，认真地说道，"吟霜，我知道将军夫人那个梅花烙的故事，也亲眼看过那个梅花烙，证明你是人不是狐！但是，我又听说了梅花箭的故事！我现在要你一句真话……"有力地问："你到底是人还是狐？"

"公主……你又开始怀疑我？"吟霜一怔。

灵儿着急，护着吟霜喊：

"喂喂喂！公主，你不会又犯病了吧！"摆出架势，"你休想再欺负吟霜！"

"吟霜，我就等你一句话！"兰馨双眼直盯着吟霜。

"是人怎样？是狐又怎样？"吟霜反问。

兰馨眼光深沉，语气坚定，神色正经地说道：

"是人就无可奈何，是狐，想请你作法，为宫中除害！"

"啊！为宫中除害？"灵儿惊问。

吟霜深深看着兰馨，这个曾经虐待她、曾经嫁给皓祯让她吃尽苦头的兰馨，此时却有一股正气。吟霜说道：

"我知道大家都希望我是狐，有无穷的法力！可惜我没有！"歉疚地说，"灵儿的爹被杀，我眼睁睁看着他死去，救不了他的命！"

"灵儿的爹被杀？"兰馨震惊地问。

灵儿想到裘彪，眼中闪着怒火和泪光，问道：

"公主要除掉什么祸害？我也很想除掉一个祸害！"

"我也很想除掉一个祸害，或者是一家祸害！"吟霜接口。

"本公主想除掉的祸害姓伍，你们的呢？"兰馨问。

灵儿和吟霜一怔，两人的精神都霎时集中了。灵儿说：

"这么巧？我们的也姓伍！你跟那姓伍的有什么仇？"

"那是秘密，不能告诉你们！"兰馨看着两人，有所顾忌地说。

"不会有我的秘密大，那个姓伍的大魔头，听说是我亲生的爹，在我出生当天，就把我丢到悬崖下面去了！这真是我不能接受的大耻辱！"灵儿率直，冲口而出。

兰馨一惊转身，打翻了桌上瓜子、花生，掉落一地。兰馨惊喊：

"那个大魔头，听说也是我亲生的爹！虽然这说法也大有问题，但是，如果是事实，也气得我想死！"

兰馨和灵儿震撼已极，不禁对看着。吟霜也震撼地看着二人。半响，吟霜说道：

"原来我们三个，都是身世成谜的女子，上苍把我们聚在一起，还加上一个身世不明的皓祯！难道是要借助我们的力量，为民除害吗？我想，我们需要掏心掏肺，好好地谈一下！"

三人就彼此深深地互看着，眼里都闪耀着交心和同仇敌忾的光芒。在这一瞬间，往日的仇恨痛苦，都化为虚无。她们曾是敌人，如今却成了盟友！

八十八

这天,采文带着女仆提着一篮饭菜,进入汉阳在大理寺的书房。汉阳抬眼,看到采文突然到访,赶紧起身相迎,扶着她就座:

"娘,你怎么来了?"

"你住在大理寺,已经好多天没有回家了,是铁了心不要你这个娘了吗?"采文忧愁地问。

"娘,你最清楚发生什么事情,就不要再为难我了!"汉阳说。

女仆拿出饭菜,在桌上摆好。采文说:

"不为难你可以,但是总该吃饭了吧!"指着饭菜,"这些都是你爹特别吩咐,让我给你送过来的,你看,你爹心里还是牵挂着你,不要再和你爹怄气了,好吗?"

"谢谢爹娘的心意,但是我面对的是无辜百姓的生命,面对的是大是大非的问题,这远远比面对我个人的问题重要!"汉阳坚持地说。

"唉！"采文一叹，"你怎么那么固执呢？难道你看不出来，这是你爹给你的台阶吗？你就真要和自己的父亲反目成仇？那么娘怎么办？"一阵心酸袭来，含泪说："娘不能再失去你这个儿子啊！"

"娘！"汉阳愣了愣，"你最近怎么搞的？动不动说几句就掉眼泪，你从来没有失去过我，何来再失去？"

采文一震，发觉自己失言，深吸口气说道：

"总之，你不要再固执己见，多想想你爹的处境吧！"

"你不应该来劝说我，而是该去奉劝爹赶紧回头是岸，不要再为虎作伥！否则……我无法保证哪一天……"汉阳坚持而痛苦地说出来，"我必须面对我的选择，那时，才是爹娘真正失去我的时候！"

采文震惊得说不出话来。

这晚，皓祯忙着在桌前审视一卷卷的地图，吟霜为皓祯添加衣服，温柔地说：

"夜深了，也该休息了。"

"今天你进宫，兰馨没有为难你吧？"皓祯起身挽着吟霜。

"当然没有，这是我和兰馨认识以来，最知心的谈话！我、灵儿和她，我们现在不是敌人，我们是姊妹、是盟友了！"

"姊妹？盟友？这进展是不是太快了？"皓祯疑惑地问。

吟霜深思地，看看窗外的天空：

"有些事，我们人太渺小了，无法安排！上苍会有祂的旨意，我们只能跟着命运转！我从袁家转到深山里，又从深山里转回袁家！因为这番转动，认识了兰馨和灵儿，她们也是无法自主的人，只能跟着她们的命运转！灵儿和兰馨，两个应该永远遇不到的人，却因我而相遇！还发现彼此的关系匪浅！"

"哦！很复杂的样子，总之，现在命运把你们三个人，转到'盟友'的位置、姊妹的位置，那……兰馨完全不恨我了？"

"是！她对你已经完全释怀，也对你放手，不再为难她自己了！"

皓祯拉着她的手，两人走向床铺：

"嗯嗯！那是最好了，希望很快有人可以填补她的空虚，给她一份幸福！"

"我想明天和灵儿去常妈那儿走走，好久都没看到常妈了，她一个人住在那乡间小屋，挺寂寞的，我们接下来一定会很忙，抽点空去一下！"

"明天我没空，要和寄南、汉阳去启望那儿，那张图还有疑点！不如你们带着香绮和小乐，让鲁超先陪你们过去，我和寄南忙完就去跟你们会合！"

"好！你们忙你们的，不用管我们！我和灵儿，加上常妈，谈的都是女人家的事，你们男人没兴趣，我们用过午膳去，晚膳前回来，自己去就行了！"吟霜说。

夫妻两人都不知道，这时皓祥还故意在画梅轩外晃，在窗外刚好听到吟霜最后那段话，想道：

"这两个狐狸精，居然在没有皓祯和寄南的保护下，要去常妈家？这个好消息，有人听了一定会很高兴的！"

皓祥窃喜地，悄悄离开画梅轩。

第二天，吟霜、灵儿、香绮、小乐、鲁超来到常妈处，常妈看到大家，笑得合不拢嘴，开心地嚷着：

"哎呀！真是稀客！稀客！看到你们回来这儿，常妈真是太高兴了！"

猛儿也在空中欢喜盘旋，上下翻飞、嘎嘎直叫，像是欢迎众人到来。吟霜亲切地挽着常妈说：

"我们给你带点东西来，希望你会喜欢！"看向空中的矛隼，"猛儿也被常妈照顾得很好，好像又胖了！"

香绮也看向猛儿：

"是啊！好像真的变胖了！猛儿快下来！让我摸摸你变胖了没有！"

猛儿怪叫了几声，往高处飞远。小乐打趣地：

"哈哈哈！猛儿生气了！谁说它胖，它就跟谁生气！哈哈哈！"

大家哄堂大笑，灵儿心一暖，也跟着笑了。这是裴彪去世后，灵儿少见的笑容。大家就簇拥着灵儿、吟霜进屋里去。

到了屋里，常妈忙着要烧水泡茶，香绮和小乐把她按在坐榻里，不许她动。大家拿出点心，摆了一桌子，四个女人，嘻嘻哈哈谈了起来，小乐、鲁超忙出忙进，鲁超烧了开水，小乐忙着泡茶，难得一聚，四个女人有说不完的话。谁也没有料到，门外已经来了不速之客。

皓祥、伍项魁带着众多官兵悄声地靠近小木屋，屋里传来各种笑声。伍项魁小声指挥各卫士团团包围了前院、后院。皓祥建议：

"伍大人，集中武力对付鲁超，其他弱女子就好办了！"

伍项魁对皓祥一点头，立刻大脚一踹，踹开了门，冲进了客厅。吟霜等人一见伍项魁出现，大惊失色。灵儿和鲁超立即摆出架势，手翻左拳右掌、脚踏前弓后箭，拦在吟霜面前保护着。鲁超见到皓祥，不敢相信地问道：

"二公子你出卖我们？你竟然把敌人带来？"

"你这狗家伙也敢质问本公子？"皓祥大喊，"把他拿下！"

官兵们便拥向鲁超，鲁超拳法了得，加上气愤之下，拳掌交错、攻防劈架、虎虎生风，与敌人缠斗。鲁超心知时间不多，众寡悬殊，所以下的都是重手，招招致命！先是一阵快拳，当场放翻了三个冲在前面的官兵，个个吐血倒地。鲁超嫌屋内施展不开，飞身跃向屋外，和众官兵打到院子里去。灵儿一见伍项魁，新仇旧恨齐聚心头，抽出身上的流星锤，当头就是一个"流星赶月"，问候了伍项魁的鼻子，被其险险地躲开。灵儿见一击不中，又急又怒，流星锤舞出一片锤花，如疾风骤雨般，洒向伍项魁。灵儿挥着流星锤痛骂：

"来得正好，我今天要为我爹报仇！常妈、香绮你们保护吟霜！"

伍项魁身边的官兵，都是伍家侍卫，立刻把灵儿团团围住，灵儿见室内会伤到吟霜、常妈，纵身一跃，跳到屋外，和官兵们大打出手。小乐趁混乱之际，顺手就抓了一个坛子，对着一个官兵砸去。官兵侧身一闪，抬脚一踹，就把小乐踹到屋外老远的树下。香绮拿起一把剪刀，就对着一个官兵的手扎了下去。官兵一痛，号叫着把香绮整个人举了起来，对着屋外丢去，正好丢在小乐身边。小乐呻吟着说：

"二公子干吗欺负自己人啊!"

香绮摔得头昏眼花,挣扎着还想起身:

"他根本不是人!我去帮小姐……"话没说完,就倒地了。小乐急呼:

"香绮!香绮……"

房里,吟霜和常妈相拥着,被伍项魁逼近卧房,皓祥跟着进门看热闹。吟霜喊:

"伍项魁!你不要过来,你身上的血污已经洗不干净,你全身上下,都缠满了冤魂,如果你再作恶,老天会把你劈死的!"

项魁蛮力地抓着吟霜,把常妈一脚踹开,邪恶笑着:

"你以为说些冤魂鬼怪的事情,就能吓到本官?不管你是狐狸还是人,本官都不怕了!你就是再变出蝎子蟒蛇来,本官也不怕了!"

伍项魁说完就把吟霜压倒在床,开始用手抚摸吟霜的面颊,又要去强吻吟霜,吟霜奋力抵抗,皓祥拿着剑抵住常妈,在一边有点不安地看着,喊道:

"项魁!你打打她出口恶气就行了!别占她便宜!"

"我就要占她便宜!"项魁就对吟霜说道,"以前在东市,明明是我先看上了你,结果被袁皓祯抢去!今天,我要把被他抢走的,再抢回来!先跟你温存温存,再去跟我那个小辣椒温存温存!"

项魁说着,就拉扯吟霜的衣服。常妈尖叫狂喊:

"怎可欺负少将军的夫人?快住手!住手!"拼命地要上前。

皓祥抓着常妈的衣领说道:

"老太婆,你不想看可以滚出去!别坏了伍大人的兴致!"

常妈就被皓祥强拉出了院子,皓祥手一挥,常妈摔倒在地。

伍项魁把吟霜压在床上,哗啦一声,撕开吟霜的上衣,就要强暴吟霜。吟霜使出了全力挣扎,用手抓着项魁的脸,用脚死命踹着,但是,她哪儿是项魁的对手,再哗啦一声,项魁又撕开了她第二层的衣服,她凄厉地狂喊:

"救命啊!救命啊!皓祯!救我!"

皓祯下朝后就去了太子府,和寄南、太子、汉阳围着两张图分析。汉阳说:

"这是战略据点位置图,但是,他们一定还有一张兵力分配图!"

"对!如果能找到那张图就好办了!"皓祯说。

"长安四个城门,他们都画了线,难道四个门他们都要进攻?"寄南问。

"我们应该马上去找那张兵力分配图,在他们发动战事前,打他一个措手不及!"太子说道。

突然青萝开门,只听到外面猛儿在哀声啼叫。青萝喊着:

"有一只鸟儿,一直在这密室外面叫!"

皓祯骤然起身,脸色惶恐,大喊:

"不好了!"

寄南脸色一变:

"是什么声音?猛儿?"

"一定是吟霜有难!"皓祯说完,便夺门而出。

"啊！那灵儿也有难！"寄南惊喊，追向皓祯："皓祯等我！"

两人奔出门外，立刻跃身上马飞驰而去。太子一头雾水，问汉阳：

"吟霜和灵儿有难？他们怎么知道？我们要不要也去帮忙？"

"我们还是先把大事谈完要紧！灵儿机灵得很，再加上皓祯和寄南赶去，他们两个应该可以解决问题！"汉阳说，又埋头在那战略图里。

灵儿和鲁超在院子和众官兵打得天翻地覆，两人要对付许多官兵，顾此失彼，打得非常吃力。

房里，吟霜被压在床上，动弹不得，衣服都撕裂了，伍项魁的手指捏着她的下巴，满脸邪气，吟霜使出吃奶的力气，依旧挣扎不出项魁的魔掌，觉得屈辱已极，泪流满面。项魁轻薄地说：

"你变啊！变出个狐狸来我瞧瞧！"鼻子凑近她面颊闻着，"一身的骚味，可挑逗人了，难怪皓祯被你迷得七荤八素，连公主都不要！我也要尝尝这骚味！"俯身就想亲吻吟霜，吟霜看到他的面孔压下来，张开嘴，一口就咬住了他的鼻头，项魁痛得尖叫：

"你咬我鼻子？"一巴掌打上她的脸。吟霜死死咬住不放，项魁就用双手去掐吟霜的脖子，吟霜无法呼吸，张口吸气，项魁赶紧抬头，鼻子已经滴血。这一下，项魁怒发如狂，把吟霜的身子，压到自己身子下，吟霜百般挣扎，狂喊着：

"放开我！放开我……放开我……"

吟霜一开口，项魁的鼻子就得到了自由。但是吟霜拼命挣扎，床上棉被床单都被踢到床下。取暖火盆中的木炭在燃烧着，床单一角飘进火盆中，迅速地燃烧起来。床上，项魁还在和拼死挣扎的吟霜扭打。项魁再也没想到，一个女人为了保住贞洁，竟然有这么大的力气，鼻子又痛，一时无法得手。

忽然间，火苗引燃了室内的坐褥，又延烧到窗棂和门框。火焰快速延烧，也烧到了床边一个纸糊的屏风，着火的屏风倒向正欺辱吟霜的伍项魁。伍项魁见到失火大惊跳下床。室内已经到处都是火焰，项魁狂喊：

"火！火！"项魁慌张之际，推倒着火的屏风，没想到火苗反而烧到他的衣服，他打不灭着火的衣角，急着打转，求救大喊："皓祥！来人啊！救火啊！皓祥！"

吟霜赶紧跳下床，抓起地上的衣服，套上身，但是衣服是破的，依旧无法遮掩自己的狼狈。

皓祥闻声奔进来，见到失火的房间和着火的项魁，大惊失色：

"怎么着火了？"瞪向吟霜，"是你这白狐施的法术吗？又是你搞的鬼！"

"别啰唆了！快救火呀！"项魁大吼，"水！水在哪儿？"

皓祥见房里脸盆盛着水，拿起脸盆就泼向伍项魁。谁知皓祥身后的门扇也被烧得倒塌，皓祥抱着伍项魁闪躲，两人却被逼到屋角，而救火的皓祥，衣服也已经着火了！皓祥在屋里乱窜喊着：

"不得了！我的衣服也着火了！救命啊！"

吟霜善良，想出手拉皓祥一把，却也被倒塌的木头拦住，无法救援。只见火势一发不可收拾。吟霜抓着胸前衣服，往外跑去。

院子里的官兵和鲁超、灵儿发现失火,都停止了打斗,官兵在井边提水,一桶桶水往木屋浇灌。灵儿对屋里狂喊:

"吟霜!吟霜!你在哪儿?"

"袁公子!伍大人快出来啊!"官兵们喊着。

"我得冲进去救夫人!"鲁超说着,用一桶水浇湿身子,就往火里冲。

此时吟霜用手拉着撕裂的衣襟,从屋内狼狈地奔出来。鲁超赶紧上前帮忙,把她拉到安全地带。灵儿迎向吟霜,喊道:

"吟霜,那个混蛋伤害你了吗?吟霜!"

"他没得逞!"顾不得自己,着急说道,"可皓祥还在里面,快想办法救他……"

"他就该死,你还管他!"灵儿激烈地对着着火的房子喊着,"大火!大火!烧呀!用力地烧呀,烧死伍项魁!爹,你在天之灵,赶快来帮忙呀!"

"我去救二公子!"鲁超喊着,正要进屋,屋顶塌陷一大块,众人均吓得后退。

"怎么办啊!鲁超快去救皓祥,从后门进去!"吟霜喊。

官兵们赶紧提水泼救,无奈水桶中的水无能为力,火势越烧越猛。

鲁超决定闯入,灵儿死命拉着,不让他去,喊着:

"不能去,太危险了,吟霜!里面的人是我们的仇人、敌人,他们死有余辜,不能让鲁超为他们牺牲!"

屋里传出皓祥、项魁的呼救声。皓祥凄厉地惊叫:

"火!火!救命呀!救命呀……"

"来人呀!"项魁对外疯狂地大喊,"你们这些笨蛋!快救你们主子呀……哎哟……好痛……"狂叫:"救命呀……救火呀……"

官兵奋力从窗口泼进几桶水。屋内,皓祥立刻想从水中翻窗出去。岂料项魁一把拉下皓祥,用力一甩,就跟着泼入的水,翻窗出去了。皓祥又跌落在一堆火舌中。

伍项魁满身着火翻窗逃了出来,到处乱蹿乱跳:

"救命啊!我身上着火了!着火了!快救我呀!快救我呀!"

官兵们急忙用水和外衣扑灭他身上的火。伍项魁被烧得焦头烂额,狼狈不堪。鼻子被吟霜咬破,还在滴血。水桶里的水,淋在项魁身上,吱吱冒烟。灵儿冲过去要杀伍项魁,嘴里大叫:

"还想逃,我非杀了你为爹报仇!"

"别过去!他们人多,我们打不过!"鲁超拦住灵儿。

项魁被官兵们匆忙快速架上马背,痛得趴伏在马背上,策马疾奔,喊着:

"官兵们,护送本官,快撤!"

伍项魁就这样骑马奔逃而去,大批官兵骑马跟着奔逃保护。

此时,皓祯和寄南火速地策马奔来,与逃命的伍项魁人马在院外擦肩而过。

"又是伍项魁!……"皓祯大叫,"吟霜!吟霜……"

寄南看到小屋陷入火海,心惊胆战大喊:

"灵儿!灵儿!"

皓祯、寄南飞骑到了小院,在火光中飞身下马。吟霜看到皓祯,痛喊:

"皓祯!"泪水夺眶而出。

皓祯见到吟霜衣衫不整,脸色惨白,又惊又痛,急忙脱衣将吟霜裹住,心痛已极、愤恨已极地说道:

"我该陪你过来的!"

"我没事了!可皓祥还在火里面,他没逃出来!"吟霜说。

"皓祥?"皓祯惶恐大喊,毫不犹豫拿起一桶水,对着自己全身当头浇下。

皓祯立刻奋不顾身地冲进小屋的火海里。鲁超、寄南、小乐、香绮、灵儿见皓祯冲进火海里去了,胆战心惊,全部拼命从井里提水救火。水火交流下,房子崩塌中。灵儿又昏乱地仰天大喊:

"爹!爹!你在天之灵保佑,皓祯在里面,你赶快让火熄灭呀!"

屋内一角,皓祥俯卧在地上已然半昏迷。皓祯冲入,吼叫着:

"皓祥,你在哪儿?皓祥!"

四处浓烟密布,遍地瓦砾焦土,皓祯呛得猛咳,他找不到皓祥,着急不已。皓祥似乎听到了皓祯声音,努力地回应。

"救……我……我在这儿……哥……哥……"

皓祯透过火苗,看到了皓祥。他全力冲过火焰,越过各种残骸障碍,向皓祥奔去。

屋外,大家都快急疯了,眼见小屋在崩塌,个个喊着、叫着,拼命浇水。忽然间,大家看到皓祯扛着皓祥,像天神般从火海中奔了出来,脸上黑一块、青一块,尽是烟熏火燎的痕迹;水珠围着他闪烁,火舌在他背后飞舞。大家一拥而上去帮忙,又哭又笑地喊着:

"他们出来了，他们出来了……"

吟霜含泪双手合十地感谢老天。灵儿也感动地抹了眼泪，仰天说道：

"爹，谢谢你保佑了皓祯……"

寄南迎向皓祯，几乎要喜极而泣，颤声喊道：

"皓祯，你没事吧！皓祯！"

寄南、鲁超七手八脚帮忙把严重烧伤的皓祥扶下来，摆在地上。皓祯急切地喊：

"吟霜！吟霜！快帮皓祥看看，他还有没有救？"

"给他冲冷水，不断地冲，受伤的地方都要冲到，然后脱掉衣服，盖上湿透的被单，赶紧送回将军府！再继续治疗！"吟霜说。

"大家快照吟霜夫人的方法做！常妈能找块被单吗？"鲁超喊着。

"这……全都烧光了……上哪儿去找啊？"常妈说。

鲁超一听，二话不说就脱了自己的外衣去浸水。

大家分头去忙，香绮、小乐、寄南等人围着皓祥冲水，吟霜抓住了皓祯。

"你呢？给我看看！烧伤了哪里？"

"只有手，一点点，没关系的！"皓祯伸着双手。

吟霜不顾自己的狼狈，拎了一桶水来，就把皓祯的双手浸进水里。

小屋已经陷入熊熊火海中，火声噼啪响，房子轰然一声全部崩塌。

八十九

皓祥脸上盖着布，身上盖着鲁超的衣服，被临时用竹子做成的担架抬了回来。皓祯、吟霜、寄南、灵儿、鲁超、常妈、小乐、香绮都跟在后面。大家余悸犹存。皓祯扶着衣衫不整、脸色苍白的吟霜。寄南扶着力气用尽、喉咙喊破的灵儿。

翩翩带着皓祥的两个小妾青儿、翠儿，从屋内狂奔而出，迎了过来，柏凯和雪如跟在后面跑。翩翩喊着：

"皓祥出事了？"尖叫，"他怎样了？他死了吗？这是怎么回事？"

"赶快让袁忠请大夫，恐怕要专治烫伤的大夫！"皓祯紧急地说，"吟霜已经没力气了，也不擅长治烧伤！"

"烧伤？"翩翩看着，心惊胆战，慌张地喊："皓祥！皓祥！你还能说话吗？赶快跟娘说说话！"哭着，"怎么好好地出去，变成这样回来！"

皓祥呻吟着，口齿不清地说：

"好痛……好痛……"

青儿和翠儿哭喊着:

"皓祥!皓祥……"

"赶紧进屋吧!他好像晕过去了!"寄南说道。

"天哪!这怎么办呢?"雪如问。

柏凯上前看看,急问:

"有多严重?吟霜,你一定知道,有多严重?"

"大家别慌!青儿、翠儿,快去拿床被单浸湿,盖在皓祥身上,保持湿润,等大夫来看,只要治疗的方法对,应该没有生命危险!"吟霜说。

"这是什么意思啊?为什么你们这么多人,只有皓祥伤成这样?"翩翩吓坏了。

"那是他自找的……"灵儿气急败坏开口。寄南阻止灵儿,接口说:

"他今天没烧死,是他命大,是他有个不怕死的哥哥!"

大家一边说话,一边跟着担架跑。

"这……到底是怎么回事?"柏凯问。

"爹,整个经过,鲁超都亲眼目睹,你问鲁超吧!我们几个先回画梅轩!鲁超,你跟我爹娘说清楚,这中间有很多事我也不明白!"皓祯说。

鲁超敬佩地看着皓祯,回头对柏凯等人点头。皓祯就带着吟霜、寄南、灵儿、常妈、香绮等人向画梅轩走去。其他袁家人跟着担架跑去皓祥的小院。

皓祥躺上了床,大夫也请来了。翩翩哭哭啼啼地望着躺在床上的皓祥。

  皓祥赤裸着上身，右脸到颈子，前胸都被烧得又红又肿，泛起了水疱，手臂也有不同程度的烧伤。皓祥痛得呻吟着，意识不清。两个小妾青儿、翠儿围在床前，哭哭啼啼地照顾着。大夫仔细地敷上了药，再用棉布慢慢地包扎，每一个动作都让皓祥疼痛不已，他痛得都发抖了。

  "啊……娘……痛……啊……"

  "皓祥！你忍忍啊！大夫正在帮你治疗啊……"翩翩心痛着，不停落泪。

  大夫起身，对众人说道：

  "现在就这样包着，明天我再来！"

  "大夫！他没有危险吧？这脸上会留疤吗？"翩翩伤心欲绝地问。

  "幸好，烧伤之后，做了紧急的处理！有没有生命危险，还要看后续的治疗，最怕火毒攻心和伤口溃烂，那就没救了！至于疤痕，跟生命比起来，就不重要了！"

  "那怎样防止火毒攻心和伤口溃烂呢？"雪如着急地问。

  "这个……得一面治疗一面看！大家轮流守着他，别让他乱动，疼痛是必然的，只能忍着，有问题就立刻来找我！"

  众人听大夫说得严重，个个惊惶着。大夫收拾着东西离去，袁忠跟着送出去。

  柏凯来到床边，痛心地看着床上的皓祥：

  "这就是'多行不义必自毙'，听了鲁超说的那些经过，我实在太痛心了！如果他不是伤成这样，我真想揍他一顿！这个逆子,这个我亲生的儿子,这个我也爱着的儿子,到底要我怎么办才好?"柏凯说着,眼泪落下来。

翩翩不敢接口,看着皓祥低低哭泣。皓祥神志昏迷地呻吟着:

"痛……痛……火……火……伍项魁……你不是人,你……你……痛……痛死我了……娘……青儿、翠儿!痛……"

青儿哭着抓住皓祥露在包扎外面的一根手指,安抚着:

"皓祥!别怕,现在回家了,没有火在烧你了!"

"我们都陪着你!皓祥,你会好的……"翠儿哭着。

翩翩不禁痛哭着,抱住两个小妾说道:

"青儿、翠儿,你们两个,跟着皓祥这两年,没名没分,从来不抱怨!我……还不如你们两个啊!"

翩翩这样一说,柏凯眼泪盈眶,情不自禁伸手握了握翩翩的肩。

"放心!吉人自有天相,皓祥会渡过这一关的!"

雪如也伸手握了握翩翩的手,说道:

"是的!是的!咱们家里还有一位神医呢!等吟霜休息够了,让她也过来看看皓祥的伤,也许她有什么偏方,能让皓祥好得更快!"

翩翩这才抬头,怯怯地问道:

"吟霜会肯吗?柏凯、大姐,你们可以帮我去请求她吗?我没脸去啊!"

在画梅轩大厅里,大家都换了干净的衣服,也梳洗过了。吟霜坐在坐榻里,脸色依旧苍白憔悴,正在喝着香绮送来的参汤。吟霜问:

"香绮，常妈的住处安排好了吧？"

"不用安排，就跟香绮睡一间房好了！"香绮说。

皓祯手上包扎着，看着吟霜说：

"你就不要操心了！我真不该让你们两个单独出门！又让你受到这么大的侮辱！"气愤已极地："我跟那个伍项魁，现在是新仇旧恨，算都算不清，如果不亲手宰了他，我也白白当了骁勇少将军！"

"我们每个人跟他的新仇旧恨，大概都堆积如山了！到时候，你把亲手宰他的权利让给我吧！我也要亲手宰了他！"寄南痛恨地说，又不解地问，"不过，这伍项魁怎么会到常妈那儿去呢？这小屋从来没有暴露过！"

灵儿精神都来了，指手画脚地骂着皓祯：

"这还不明白吗？一定我们在家商量去常妈那儿，被皓祥听到了！哪有这种人，居然带了外人来侵犯自己的嫂嫂？而且还是自己的亲姊姊呢！我只要想到这个，我就恨死你冲进火场去救皓祥！"

吟霜放下喝完的汤碗，起身说道：

"好了！好了！大家不要再讨论已经发生过的事了，皓祥伤得不轻，可我以前接触的烧伤病人不多，也没有特别钻研过火烧伤的治疗，皓祯！我的元气恢复很多了！你先陪我去看看皓祥的伤口，待会儿，我得好好找下爹留下的药方，研究下怎么帮皓祥配点外敷的药膏，减轻他的疼痛！"

"吟霜！爹已经请了大夫，你明天再去也不迟吧！"皓祯错愕地说。

"不！烧伤的疼痛有如锥心，万一他疼得痉挛，那后果不堪设想，我得先减缓他的疼痛，还得小心伤口溃烂，毒火攻心，这些都可能会要了他的命啊！如果他治不好，不是辜负你冲进火场去救他的一片心？"

大家面面相觑，无言以答。此时，柏凯、雪如、秦妈踏入画梅轩，就碰上了正准备去看皓祥的吟霜和皓祯。雪如关心地问：

"吟霜！我们过来看看你……"到处审视吟霜的身子，"你自己有没有哪里受伤？刚刚看你狼狈地回来，脸色又那么憔悴苍白，娘都吓死了！"

"皓祯你不是也伤了吗？不在屋里休息这是要去哪儿？"柏凯心疼地问。

"我还好，可吟霜只换洗了一下，就着急说要去看皓祥，根本顾不得休息！"皓祯说，"现在正要去皓祥那儿呢！"

"唉！同样身上流着我袁柏凯的血液，可是这心地却是差别那么大。吟霜，爹没有把皓祥管教好，反而害苦了你！"柏凯感慨万千。

"爹！我也算是平安归来，皓祥也尝到了苦头，爹就别再怪他了，怎么说他也是我的亲弟弟呀！"吟霜真情地说道。

柏凯深深地看着皓祯，又心痛又钦佩：

"皓祯！你又为了什么呢？去救一个陷害吟霜、灵儿，又处处跟你为敌的人？你救他又是什么心态呢？"

"我根本没想那么多，从小，我跟他一起玩，一起长大！我们是一家人，而且，说到底，我欠他一个袁家独子的位置！"皓祯坦白地回答。

柏凯、雪如、秦妈听到皓祯这番话,个个肃然起敬、深深动容。

　　到了皓祥那儿,只见皓祥包裹着白布,嘴里不停发出疼痛的呻吟声音。两个小妾在一边侍候着。青儿还端着一碗没喂完的药。

　　吟霜小心地揭开皓祥脸上的棉布,想要观察伤势。才一掀开棉布,皓祥就疼得惊醒了,呻吟着:

　　"哎哟……哎哟……疼死了……哎哟……"睁开眼一看是吟霜在眼前,惊吓地说道:"你要干吗?走开!你别碰我……娘!娘……"

　　"皓祥!你别动,吟霜是来看你的,她会帮你好得快些……"翩翩说着。

　　"我不要她看,走开!她巴不得我死了,怎么会来帮我……走开!都走开……"激动的情绪让他更疼痛,"啊……娘!我是不是会死,疼死我了……"

　　"皓祥!你别激动,这样对你的伤口不好,我走,我们马上走,你别激动,好好睡一晚,明天我配好药方再来看你。"吟霜说,转头看翩翩,"二娘!我们先走了,您千万让皓祥把药喝了,好好休息。"

　　"吟霜夫人!二公子吃不进药啊!他嗓子疼得厉害,根本吞不下!"青儿说。

　　"是浓烟把他的咽喉呛伤了,我回去看下我爹的药方,过两个时辰你过来取药,我会再加上安神的药,让他今晚能好睡些。"

"吟霜夫人！谢谢您的大恩大德！"翠儿和青儿就要跪下，吟霜急忙扶起两人。

"别跪我了，好好照顾皓祥吧！"

皓祯陪着吟霜出去。

翩翩在皓祥身边看着一切，一脸惭愧。

吟霜回到画梅轩，就埋进了书堆里。她面前放着许多药方子，还有孙思邈的药书《千金翼方》以及古医书《黄帝内经》《五十二病方》等，她仔细地研究、翻阅着，再对比父亲的手稿。

香绮端着碗盅进来。

"小姐，您交代的安神药煎好了。"

吟霜掀开盖子闻了闻：

"每味药都按药方上的分量吧？"

"那当然，文火煎，五碗水煎成一碗，一步不敢离开。常妈的敷料也快调好了，不过那味儿太腥了，二公子会肯用吗？"香绮说。

"现在治伤要紧，我加了点香油压压腥味儿，也更润滑些，只能先这样调制了。"

说着常妈端着一碗盅的敷料进来，说道：

"来了！来了！小姐，您看看这样调的对吗？"

吟霜看了下黏稠度，满意地点头：

"嗯！常妈、香绮，你们真是我的好帮手！"

"小姐，您今天也受够了惊吓，自己都还没好好休息，尽在担心二公子的伤！"常妈心痛地看着吟霜。

"我没事的,这两天是皓祥的关键时刻,千万不能让伤势恶化了,一旦毒火攻心,那是会有致命的危险啊!"

皓祯带着翩翩,青儿进来。吟霜迎上前说道:

"二娘来得正好,我帮皓祥准备的安神汤现在正好入口,青儿一定要让皓祥喝完,除了让他好入睡,我还加了下毒火的几味药,能让他的咽喉不这么疼痛……"把碗盅交给青儿:"还有这个,这是敷在伤口的,一天要换两次,虽然味道不太好,但防止伤口溃烂化脓效果很好,是我爹留下来的偏方。我亲眼见过伤势轻的人,伤口没留下一点疤痕。你们先让皓祥试两天,如果有效,我们继续用;如果效果不彰,我再找其他方子试试。"把敷料交给了翩翩。

翩翩突然感动得热泪盈眶,向皓祯、吟霜跪了下来。青儿也跟着下跪。

"二娘!你这是做什么呢?"皓祯一怔,想拉起翩翩,"快起来!快起来!"

"皓祯、吟霜,你们让我跪着把话说完吧!"翩翩坚持跪着,"这次皓祥闯下大祸,现在害自己伤得这么重,这都是他咎由自取,我这个做娘的都感到羞耻,我这就代替皓祥向吟霜赔罪!皓祥实在大错特错,吟霜请你原谅皓祥吧!"拿着敷料磕头。

"二娘!有话起来再说,你这样跪着实在折杀我们了!快起来!"吟霜也拉着翩翩。

翩翩着急落泪,继续跪着:

"不不不!吟霜,请你原谅我们母子,过去我们对你和皓祯造成许多伤害,请你们原谅我们吧!"抓着吟霜的手,衷心恳切地说:"我知道你的医术很高明,你有法力,你一定能还我皓祥原来的容貌对不对?我求求你,救救皓祥,别让他这么痛。他曾经拥有一张俊美的脸,我真怕……他无法承受这样的改变!我求你帮帮他!帮帮他!我给你磕头了……"

青儿也哭着,拼命给两人磕头,说道:

"吟霜夫人!只有您能救皓祥,我看罗大夫一点把握也没有!"

"哎呀!哎呀!你们都不要跪我呀!我那不是法力,是一种医术,我会尽力……我一定尽力……"吟霜急着,拉这个,又拉那个。

"你们快先回去照顾皓祥才是,也让吟霜好好休息一晚,也许她明天元气恢复了,就能帮皓祥运气功来止痛了,我受伤吟霜都会用气功帮我止痛,很有效的。"皓祯说。

"那我们不打扰了,明天,明天我们等着你们。"翩翩感激地说。

翩翩带着青儿离开了。皓祯心疼地把吟霜搂在怀里。吟霜说:"皓祯,你都猜到了我下一步想做的事了!"

"唉!"皓祯苦笑,"我都还没从白天的惊吓中缓过来,你这个当事人已经一门心思在救人了。吟霜,我该拿你怎么办呢?"

"还说我呢!你要救皓祥时也没有片刻的迟疑啊!"吟霜笑了。

"也是!我们都无法摆脱跟皓祥的手足之情吧!"皓祯也笑了。

"如果这场火,能够烧掉袁家人彼此的仇恨,或者也是一场'正义之火'吧!"皓祯说,和吟霜紧紧相依。

皓祥躺在床上,伤口疼痛难耐,他沉重地喘息着。青儿端了

药过来,说道:

"皓祥!昨晚睡得好吗?该吃药了,我来喂你!"

皓祥皱眉不语,嗅着空气中的怪味,觉得反胃,更加不舒服。

"吃了药,我再帮你换药!吟霜夫人说这个药效果可好了!"翠儿说。

皓祥瞪着翠儿直喘气。翠儿、青儿两人有些不知所措。

"皓祥!你怎么了?不舒服吗?我去请吟霜夫人……"翠儿放下药,就要出去。

"回来!"皓祥吃力地、喉咙嘶哑地说道,"你们让我服那狐狸精的药,你们不知道她巴不得我死吗?"

翠儿、青儿彼此互视,不敢说话。

"你们闻闻,我是不是一身的腐烂味,我是不是快死了?"

"皓祥!不是的,这是敷料的味道,吟霜夫人说了,这味儿不好,但疗效好……"青儿赶紧说道。

皓祥大怒,嘶哑出声:

"吟霜!吟霜!她是你们的主子吗?你们对她唯命是从,你们都被她收服了,这袁家已经成了狐狸窝……"一激动,伤口又疼:"啊!疼死我了……"

"皓祥!你别激动,别生气啊!"青儿说着,和翠儿两人不敢靠近皓祥,只敢远远地站在一边。

皓祥面目狰狞地问:

"你们为什么不敢靠过来,是不是我毁容了,加上一身的腐尸味儿,吓着你们了?"

"没!没有……不是的……"青儿、翠儿同声喊道。

"把镜子拿过来！"皓祥喊。翠儿、青儿吓得不敢动。皓祥嘶吼："拿过来！"

青儿只好拿镜子过来。

皓祥拿着手镜面对自己，他用左手吃力地揭开了敷在脸上的棉布，终于看到了烧伤后的右脸，扭曲的皮肤，红肿带着焦黑，皓祥震惊又恐惧，冷战不语，眼眶慢慢地红了。青儿微颤地说："皓祥！会好的，大夫说会好的……"

皓祥突然用尽所有的力气，跳下了床，嘶吼出来：

"滚……"镜子朝青儿丢去。

屋外，翩翩正端着特别熬煮的食物准备进屋，被里面皓祥的嘶吼声吓得碗盘齐飞，青儿、翠儿冲了出来。屋内皓祥把房门闩上，嘶吼、叫嚣、器皿的砸碎声不断传来！翩翩惊问：

"怎么了？怎么了？"说着便要往屋里去。

"皓祥……他把门闩住了，您进不去！他……砸了所有的东西，他看到了脸上的伤口就疯了……"青儿说。

"哎呀！你们干吗让他看呢？"

"我们不敢不听啊……他变了一个人……"翠儿害怕地说。

皓祯、吟霜正过来，听到屋里皓祥的狂吼乱叫，急忙快步走近。皓祯敲门：

"皓祥！你快开门，你冷静一下，让我们进来！"

"滚！都滚！"皓祥嘶喊，"你们这些魔鬼、妖怪！现在把我弄成了怪物，你们心满意足了吧……"花瓶砸向了门框。

"皓祯！这样不行，他会伤了自己，我们必须让他安静下来！青儿、翠儿赶紧去叫人来，先把门打开！"吟霜说。

屋内，皓祥听到吟霜的声音，惊恐万分，嘶哑大叫：

"走开！你这个狐狸精！你是妖精！你把我害得这么惨，你滚！你滚……娘！救我！娘……娘……啊……"

皓祥惊慌失措地撞到了椅子，摔倒在地，伤口的疼痛，让他晕厥过去。

门外，袁忠带着家丁齐力把门撞开。翩翩首当其冲地冲了进来，屋内一片狼藉，看到晕倒在地的皓祥，扑了过去，心疼不已，落泪喊道：

"皓祥，皓祥，我可怜的孩子啊……"

皓祯和吟霜，看了也心酸不已。彼此互视，对于这个又是兄弟又是仇敌的弟弟，简直不知道是怜惜、是遗憾、是悲悯，还是无奈？吟霜只知道，在各种复杂的心态下，要治好他是现在唯一的心愿！皓祯看着吟霜，完全读出她的心声，就跟她心念一致了。

九十

皓祥昏迷地躺在床上,手脚也用棉布束缚住了。脸上、手上除了烧伤又多了外伤。吟霜仔细地在帮他敷药,袁家全家都站在一旁。翩翩忍不住掉泪,柏凯安慰地说道:

"你也别太悲观了,相信吟霜会尽全力救他!"

"我就怕他连生存的欲望都消失了……你要他怎么承受这么大的改变!他连正室都没娶呢!"说着又泪眼婆娑,"为什么是他呀……"

"二娘!别丧气!男儿志在四方,外在的容貌,不是女子选择夫婿的唯一标准,何况还有吟霜细心的治疗,烧伤需要很长的复原期,我们都要有耐性。"皓祯说。

"就是啊!翩翩……"雪如劝解地说,"作为娘,更不能先失去了信心,皓祥这时更需要你的鼓励!最重要的是,他不能再把吟霜看成妖狐,这样吟霜怎么帮他呀!"

"是的!是的!我记住了!"翩翩心服口服地说道。

吟霜已换好敷料包扎好了伤口。皓祥又发出痛苦的呻吟声：

"我疼……娘……疼啊……"

吟霜就把双手轻轻贴在皓祥胸前包扎着白布的地方，说道：

"我要用我的方法，逼出他的毒，也帮他止痛！爹娘，你们都请先回房休息吧！有皓祯陪着我就行了。"

"辛苦你了！娘去交代厨房给你做点补品！"雪如说。

"谢谢娘！"

雪如、柏凯带着秦妈离去，留下了翩翩、青儿、翠儿、皓祯守在房内。

吟霜开始虔诚地运功，额上冒出冷汗，皓祯心痛地用帕子帮她擦拭着。吟霜运气运得双手发红，面容肃穆庄重，反复低念着：

"心安理得，郁结乃通。治病止痛，辅以气功。正心诚意，趋吉避凶。心存善念，百病不容！"

翩翩和两个小妾看着，泪水一直掉。

皓祯看着，眼里充满了感动和对吟霜的爱。

几天过去了，袁家每个人都守护着皓祥。这天，皓祥睡得不安稳，翩翩在床边陪着，也累得打盹。突然间皓祥做梦，翩翩被皓祥的躁动给惊醒了。

"皓祥！娘在这儿呢！"翩翩说。

皓祥悠悠转醒，想动，又发现自己被束缚在床上，挣扎起来：

"娘！你这是干吗？为什么把我绑在床上，放开我……"突然想到，"你让那狐狸精把我困在房里对吗？"

"皓祥！听娘说，你先冷静下来，大家都是为你好，你这么激动，对你的伤势复原不利，吟霜不是狐狸精，这几天，娘看着她为你的付出，娘真心感动啊！你想想，你的嗓子是不是清亮多了，你的伤口也好多了，这都是吟霜的功劳啊！如果她要害你，早就可以让你毒火攻心，魂归西天，更何况造成这么大的伤害，始作俑者还是你啊！"说着说着，眼泪滚落。

皓祥听不进去，愤恨地说：

"娘！你真是可悲，我尽了一切努力，想把我们俩在袁家的地位提高，可如今我却落得这样的下场，而你……还帮那个狐狸精说话，被那个杂种跟妖精玩弄于股掌之间……什么我是始作俑者，那场火是怎么起的，你想过吗？"

翩翩无法跟皓祥沟通，伤心又无奈，勉强地说道：

"不是你想的这样！娘怎么才能让你明白呢？都怪娘没用，一直没能让你爹对你有更多的宠爱，是娘没把你教好，你才会如此偏激，对人性充满了怨恨！"

"你住口！住口！"皓祥怨怼地喊，"明明是他们的错，为什么要你来扛责任？我就是讨厌你这样委曲求全，你委屈了一辈子，求到了什么？明明是独子的我，明明是该被宠爱的你，如今都成了什么？现在，我更是彻底毁了，成了人不人鬼不鬼的怪物，就算死不了，活着又有什么意义？袁家唯一的儿子，根本见不得人的儿子……"皓祥悲从中来："我怎么为袁家传宗接代，出身好的姑娘谁会嫁给我？我还能做什么……"挣扎着："你放开我！我不要这样活着！我不要……"

皓祥痛苦地挣扎着，拼命想摆脱束缚，激动的样子吓坏了翩翩。

"皓祥！别这样啊！你会受伤的！"

"你放开我！让我死！让我死！"

翩翩看到伤口又撕裂出血了，吓得冲出了房间大叫：

"来人哪！来人哪！"

为了给皓祥治伤，吟霜忙得晕头转向，皓祯守护不离，灵儿和寄南都在画梅轩陪伴，过了好多天，太子亲自到画梅轩，皓祯才把这场"大火惊魂记"告诉太子。太子着急地看着四人，惊问：

"发生了这么大的事，我怎么全被蒙在鼓里！你们也藏得太深了！在这紧要关头皓祥被烧伤了，吟霜又要忙着治伤，我们何时才能再去那座山呢？"

"太子别急，经过了几天的照顾，皓祥的伤渐渐稳定了。我想要不了多久，就会结好痂，然后是脱痂，后面就是护理伤疤的问题。这虽然需要很长的日子，但青儿、翠儿都能做，到时候，我们就可以去了！"吟霜说。

"唉！你们怎么这样多灾多难？"太子看着皓祯和吟霜，不可思议地问。

突然间，袁忠急切敲门进来，喊道：

"不好了！二公子又出事啦！"

大家震惊！吟霜和皓祯急忙就向外面跑，喊着：

"寄南！灵儿！你们陪着启望，我们去看看！"

"大家一起去吧！"太子说，"你家的事，跟我家的事一样重要！"

皓祥已经挣脱了束缚，正在屋里发狂，面孔狰狞，拿着匕首顶在自己的脖子上，翩翩崩溃地在一旁。

"皓祥！娘求求你了，不要吓娘啊！你不想活，让娘怎么过啊！"翩翩哭喊。

"娘！"皓祥痛哭流涕，"我没有办法面对后半辈子的人生！爹说过，我永远不会是他的骄傲，现在我终于承认了，这样的我不配做袁将军的长子！"

"不！你是娘的骄傲，永远都是！等你好了，娘带你离开这个家，我们母子相依为命……娘求你了！"翩翩哀求着。

房门被推开，太子跨进房门，看着皓祥，忍不住怒斥：

"皓祥！你想成为袁家的骄傲，就先放下匕首！"

太子说着就向他走去，其他人都进门来，皓祥一看全家上下都跟着太子来了，吓得发抖，颤声说道：

"你……你们不要过来，再靠近一步，我就下手了！你们走开！都走开！"

太子、皓祯毫不犹豫地一步步走向皓祥，皓祥被逼得退到了角落，蹲了下来，手上包扎的棉布上又渗出了血，他疼痛难耐，全身发抖，显得无助极了。吟霜温柔地说：

"皓祥！你又把伤口撕裂了，快让我帮你上止血的药吧！"拿起碗盅，"你看，我又配了新的药方，让我慢慢帮你治疗，我有把握还你一张漂亮的脸好吗？"

皓祥看着吟霜，怔住了！被她温柔而坚定的语气吸引，好似吟霜真有魔力似的。皓祥、吟霜对视着，皓祥狐疑的眼神，逐渐迷茫起来，看着吟霜问：

"你……为什么要帮我？你到底是人是狐？你到底想干什么？"

皓祯趁其不备，突然出手，"空手入白刃"，闪电般在皓祥持匕首的手腕上一捏，夺下匕首。皓祥转身一动，匕首虽被皓祯夺下，但皓祯仍被匕首划了一道口子，一时血流如注。众人惊呼！匕首落地，太子一脚踢到远处。

"皓祯！"吟霜喊。

"一点皮肉伤，不碍事！"皓祯赶紧说道。

皓祥要抢已经来不及，寄南、太子、鲁超一起制住了皓祥。皓祥痛得大叫。

"轻点！你们轻点！他伤口都破了，很疼的！香绮！快帮皓祯上点刀伤药。"吟霜喊着。

"是！"香绮打开了药箱，拿出药来帮皓祯处理伤口。

皓祥无力再搏斗，奄奄一息地卧倒在地上，疼得冷汗直冒，直打哆嗦。吟霜看着不忍，从药箱里拿出了一个小瓷瓶，递给寄南：

"寄南！你想办法让他喝下去，他很快就会不疼了！"

"别碰我！你们别碰我！"皓祥挣扎。

太子拿过小瓶子，说道：

"你不相信吟霜，总能相信我吧！"说着提起皓祥的下巴，一用力，皓祥被迫地张开了嘴，太子就把药水硬灌了进去。

皓祥喝了，果然很快地就晕眩了起来，眼睛闭上了。翩翩紧张地喊：

"皓祥！皓祥！你怎么啦！"

"二娘！没事的！我只是想让他能安静地睡一下，他就不会痛了，我再帮他看下伤口！重新上药！你们帮我抬他上床吧！"吟霜说。

寄南、袁忠两人把皓祥抬上了床。皓祯包扎好了伤口，过来说道：

"二娘！今天的事，就别让爹、娘知道了，这些日子他们操心的事情太多了！"

"是的！我明白！"翩翩感动地对着青儿、翠儿等下人们说道，"你们都听到了，谁也不许多嘴！"

"是！"袁忠等下人们齐声回答。

翩翩在太子面前跪下，此时才有机会道谢：

"翩翩教子无方，惊动太子，罪该万死！"

"起来吧！"太子说，"就当虚惊一场！但我要你帮我带句话给皓祥，只要他能够乖乖地让吟霜治疗伤口，我就保证让他成为袁将军的骄傲！"

翩翩感动莫名，拼命点头。

接下来，一连串的日子，将军府都在为皓祥的烧伤治疗着。吟霜是最忙的一个人，无论早晨、黄昏、夜晚……她细心治伤，调药，进出厨房，监督香绮、常妈煎药。皓祥逐渐接受了吟霜治疗的事实，常常迷惘地看着吟霜为他换药、敷药。皓祯、寄南、灵儿、太子只得把大事搬进画梅轩来商议，研究锯齿山的地形图。青儿、翠儿忙着喂皓祥吃药，翩翩帮吟霜给皓祥换药包扎。忙碌中，吟霜依旧会送点心给在商议大事的太子等人，为大家打气。皓祥慢慢睡得安稳，伤口也开始愈合。大家照顾皓祥时，雪如几乎天天送来点心，翩翩感动在心，柏凯也有意外的欣慰。

三个月后，吟霜帮皓祥拆开脸上包扎的棉布。皮肤烧伤的疤痕，已经愈合得很好，只有不明显的烧伤痕迹。翩翩热泪盈眶，青儿、翠儿紧紧握住彼此的手,激动得不能言语。

吟霜把镜子拿到皓祥面前,皓祥看到了一张新的面孔,他不敢相信还能有这样的一张面孔,一时说不出话来。他看着吟霜,眼眶泛红。吟霜微笑地说道:

"持续用这些敷料,剩下的这些疤痕,日子久了,也会慢慢淡化的!"

"你真的做到了!"皓祥哽咽地说。

大家见到皓祥的烧伤大致恢复,都又是安慰又是感动。柏凯感动地说:

"真亏了吟霜,辛辛苦苦地照顾他!这么严重的烧伤,居然能愈合得这么好!"

"是啊!这真是皓祥的福气啊!"雪如说。

翩翩感动万分,激动地说:

"不是皓祥有福气!"感激地望着吟霜,"是吟霜的医术太好,吟霜根本就是一位活菩萨、救命仙子!是她救回了皓祥这条命!"

"我只是尽我最大的能力,皓祥能恢复健康,是大家的福气!不过,皓祥左腿上的伤比较严重,要继续包扎,才能防止像螃蟹脚那样的伤疤!"吟霜说。

"皓祥!现在你总相信吟霜只会救人,从来没有害过人吧!"皓祯说。

皓祥实在太感动了,突然握紧皓祯的手掌,就跪下了地,痛悔地哭泣:

"哥!我错了!我错了!这段日子我都想明白了,你和吟霜不计前嫌地照顾我,家人不眠不休地侍候我,大家对我所有的付出，我都记在心里！我何德何能承受着你们对我的一切，我太惭愧了！"

"皓祥，你左腿还没全好，起来说话，不要这样跪着！快起来！"吟霜喊。

"不！下跪都不足以表示我的歉意！我真是一个罪大恶极的人，过去我对你们各种恶行恶状，还勾结外人迫害自己的家人，我对不起你们！哥！请原谅我的无知，原谅我和你争地位，哥！对不起！"

皓祯扶起皓祥，恳切地说道：

"我们是家人，是兄弟，何须说原谅呢！只要你愿意痛改前非，我们永远都是好兄弟！"

"哥！我们是'亲'兄弟！你不用避讳这个字，不管我们有没有血缘，你就是我的亲哥哥！"皓祥声泪俱下，抱紧皓祯，强调地说，"亲哥哥！"

众人见此情景跟着感动落泪。柏凯不胜感慨，说道：

"皓祥！你能有这番感悟，能感受皓祯对你的爱，这才是我的好儿子！"

"爹！"皓祥抱向柏凯，"皓祥不孝！从今以后，绝对洗心革面，做一个堂堂正正、值得你骄傲的儿子！虽然我永远赶不上哥，可是，我会以他为榜样去做人做事！"

"太好了！太好了！"雪如欣慰，"从此以后我们袁家团结一致，再无风浪了！"就拉着吟霜的手说道："吟霜！认了你的弟弟吧！"

吟霜含泪地依偎着雪如说：

"是!也认了我的亲娘和亲爹!"

雪如一颤,紧紧地拥着吟霜,眼泪落下来,啜泣地说:"多么漫长的等待,终于等到了!"

皓祯、柏凯、翩翩、秦妈、皓祥和两个小妾都落泪了。

九十一

　　皓祥的伤已经无碍，锯齿山的大事也不能再耽搁了。这天，大家终于开始行动。太子、皓祯、吟霜、寄南、灵儿、汉阳、邓勇、鲁超等人神色谨慎，都穿着黑色劲装，带着便衣卫士若干人，来到锯齿山的山脚下。汉阳严肃地对太子说道：

　　"即使怀疑伍震荣在锯齿山养兵，但此山处处暗藏夺命凶险，太子身份特殊，下官奉劝太子，还是不要参与今日的行动吧！"

　　"那怎么行！"太子抗议，"于朝廷我是一国储君，有责任保护父皇的社稷江山，于'天元通宝'，我们都是歃血为盟的兄弟，不管有什么艰险，我都必须和大家一起行动，绝不退缩！"

　　皓祯对太子说：

　　"一路上一直苦劝，你就是不听，既然你知道自己是一国储君，你的存在对我们而言是多么重要，应该留在朝廷治国安邦，成为我们坚实的后盾！探敌的事情由我和寄南去办就行了！"

　　"对啊！"寄南加入说服，"万一锯齿山真是伍震荣的军事营地,又万一我们有个闪失,落入了伍震荣的手里,那他肯定拿你的命,要挟皇上交出政权,到时候我们治不了伍震荣,说不定就让那贼王登上皇位了!你还是回去把守朝廷吧!"

"你们什么时候变得这么没有信心,为何我们就一定会遭遇万一呢?"太子发怒了,"为什么我们不可能出奇制胜,拿下伍震荣?我知道你们为我的安危着想,但这些都不是阻止我行动的理由!保家卫国,人人有责!"

"好了好了!"灵儿耐不住性子说道,"都到山脚下了,你们都别再劝太子,多一个人就多一份力量,管胡人有什么毒蛇猛兽,他们那些把戏我清楚得很!你们就不要再婆婆妈妈地阻止这、阻止那了!你看,连吟霜都去了!"

"希望我不会给你们增加负担,我认为我的医术,多少会帮助大家!而且,今天是随便挑的山脚,应该不会有太多埋伏!"吟霜说。

汉阳和皓祯、寄南面面相觑,仍有忧虑。灵儿冲向汉阳说:

"哎呀!汉阳大人,不对,木鸢大人,今天的行动指令,你在太子府都交代清楚了,你快回京去监视伍震荣,我们这会儿赶快行动要紧!"

汉阳果断地说:

"既然太子心意已决,那么皓祯、寄南、邓勇、鲁超,你们一路必定保护好太阳星,不得有误!"恭敬对太子行礼:"汉阳就恭送各位到此,恭祝诸君平安归来!"

汉阳说完,掉头而去。

太子、皓祯、寄南等人也小心翼翼地踏上锯齿山,这随便选的入山处，居然是一片岩石区。众人警戒小心步伐，个个用轻功在岩石间前进，动作统一利落，非常有默契。皓祯紧牵着吟霜，很多地方都托着她的身子飞跃过去。

突然之间，从暗处，射出许多有回力功能的乾坤圈，圈上装有尖锐的利刺，太子等人个个反应迅速，跳跃闪躲。皓祯立即把吟霜护在怀里，躲在一块大岩石后面蹲下地。

灵儿轻喊：

"大家小心！乾坤圈上有暗刺！"

"看来他们部署了不少人力，大家小心各种陷阱！"皓祯提醒。

"随便挑的个地方上山，居然也有人埋伏！这儿到底藏了多少人？"吟霜惊愕地说。

说话间，更多的乾坤圈，从不知名的暗处，再次袭来，众人身手灵活，施展轻功敏捷地左闪右避。

太子危险之际身子后仰，避过有锐利刺刀的乾坤圈。皓祯跑来近身保护太子，两人一起拔剑挥斩乾坤圈，三柄剑联合舞出道道光幕，乾坤圈碰上光幕，铿锵作响、纷纷坠落。太子对皓祯命令：

"你快去保护吟霜！"

"她躲在那岩石后面还算安全！"皓祯说。

一个乾坤圈旋转间划破了寄南的衣袖，寄南一步步退后惊险闪避，灵儿及时拾起石块，飞掷过去，打落了乾坤圈，救下寄南。

这乾坤圈的阵仗，大家一阵躲避和硬闯，个个安全过关。太子等人，继续前进，越过这片岩石区，来到一片草地。大家呼出一口气，总算看到绿地，像一座山了。

忽然,地上四面八方各处,涌现出无数的毒蜘蛛,爬向众人。吟霜紧急呼喊:

"当心地上的蜘蛛!有毒,千万别被咬到!"

"如果有人被咬了,赶快找吟霜治疗,不能耽误!"皓祯跟着喊。

地上,毒蜘蛛如同蜘蛛大军,不断涌来。太子众人,挥舞着各种武器,砍杀蜘蛛,却越砍越多。邓勇和鲁超,拿着大石头乱砸,砸死不少蜘蛛。但是,蜘蛛好像杀不完,不断源源涌现。寄南不解地说:

"怎么会有这么多毒蜘蛛?一定是胡人养的,我们要不要退?"

"才刚刚入山,怎能被一群蜘蛛吓走?不退!"太子坚定地说。

"不退!我不信我们连蜘蛛都打不过!"灵儿呼应太子,也坚定地说。

灵儿就使用流星锤,对着地面一阵横扫过去,杀死无数蜘蛛。鲁超、邓勇和诸武士,也开始用横扫的功夫,对付地上的蜘蛛。但是,毒蜘蛛前仆后继,依旧源源而来。

"要想攻略办法,打仗跟人打,怎么跟蜘蛛打?"太子说。

众人打得捉襟见肘,个个又闪又躲又攻,手忙脚乱。忽然间,天上一声声鸟鸣,凄厉高亢,众人循声一望,只见猛儿带着一群矛隼,从天而降。吟霜大喜,对猛儿喊道:

"猛儿!你把朋友都带来了吗?赶快来帮忙!这里有蜘蛛大餐,你们快快享用!"

只见猛儿带头,众矛隼盘旋在蜘蛛群上方,尖喙落如骤雨,啄向蜘蛛大军;像风卷残云般,不过一盏茶的时间,就迅速地吃

掉了地上的蜘蛛。太子惊愕地说:

"这猛儿为什么叫猛儿,本太子终于明白了!但是,它们不怕毒吗?"

"矛隼是作战的鸟儿,专吃毒虫,怎会怕毒虫?"吟霜笑着说。

"现在,太子知道我们两员女将的厉害了吧?"皓祯不禁得意,问道。

"她们是巾帼英雄!有时更胜我们男子!"寄南笑着说,"差点让本王在长安大街滚三圈呢!哪一个敌人能够如此?"

"哈哈!说得不错!"太子欣然同意。

蜘蛛阵就这样被矛隼大军给破了。大家继续前进,众人步步为营,来到丛林区。进入丛林,就听到胡人再次吹出陶笛声音,毒蛇突然大量地出动,爬向太子等人。太子喊:

"毒蛇阵摆出来了!灵儿看你的!"

灵儿一跳,上了树干,立刻拿起事先准备好、挂在胸前的陶笛,吹出另一种声音。四处乱窜的毒蛇一听到灵儿吹出的声音,全部静止不动。躲于暗处的胡人又吹响陶笛,全部毒蛇再次爬动,吐着蛇芯。灵儿低语:

"想跟我玩是吗?你姑奶奶我奉陪!"又再吹另一种非常尖锐的声音出来。

所有的毒蛇突然全部退回地穴,或原地蜷曲再也不动。寄南攀在树上,惊奇地说:

"原来灵儿你真的是弄蛇族的高手呀!真是厉害!吹一吹它们全睡着了!"

胡人见蛇阵被攻破,首领吹了一声口哨,若干隐藏的杀手全部冒出，手中射出一朵朵黄色的花儿暗器。刹那间，树林里、草丛中，铁制的花儿纷纷破空飞来，场面看似漂亮壮观，但每个花瓣上都有一根毒刺。灵儿急忙喊道：

"太阳星小心！这是胡人专用的狼毒花！上面有毒刺！大家小心！"

太子身形一斜，连续数个后空翻闪避众多飞来的花儿，一朵花儿险险地从太子的眉眼间飞过，啪的一声，嵌入树干上，花上毒刺非常多。

众人立刻拔剑，一边挥剑击落狼毒花，一边施展各种身手，闪躲不断飞来的花儿。太子仍然不慎被狼毒花划破了脸颊出血。皓祯和寄南双双护驾，联手站在太子跟前挥落一波波的花儿攻击。

皓祯觑个空隙，赶紧拉着太子退到一棵大树后躲避，吟霜已在那儿等候。吟霜拿起地上的一朵狼毒花闻了闻，说道：

"是'断肠草'，太子别急，我前几天就研究过各种毒草毒花，配制了这'解毒药膏'，我帮你擦！"吟霜帮太子擦药，又从行囊中拿出一瓶药丸："为了万全，再吃一颗我爹的神药'解毒万灵丹'吧！"

太子立刻吃下药丸，喘息着。太子不放心，说道：

"弟兄们还在危险之际，我们快杀出去！"

皓祯和太子再度冲出去与狼毒花对抗。就在众人疲于奔命，应付不暇之际，身手不凡的白衣男子冷烈，突然凌空飞跃而来，双手同射，"天女散花"出手，一波波梅花长针飞出，射向胡人部署的众杀手。冷烈身手高超敏捷地来回飞跃、闪电出招，杀手们一个个咽喉上被射了梅花针，个个中针倒地。狼毒花阵终于平息。寄南惊喜：

"又是冷烈！果然是暗器神射手，他又救了我们一回！"

树林里，胡人杀手全部倒地，冷烈沉着冷静地安稳落地。太子对冷烈行礼：

"谢谢大侠，再度出手相救！"

"只是比暗器功夫而已，无须言谢！"冷烈孤傲地说，指着某方向，"往前三里，就能到达一个制高点，名叫鹰嘴，那儿风景最佳，没有埋伏，告辞！"

灵儿从后追着冷烈，轻声喊着：

"冷大侠！下次相逢一定请你喝酒，后会有期！"

冷烈头也不回地一个飞跃，消失在丛林之中。皓祯困惑地说：

"这冷烈脾气真是古怪，冷冰冰的一个人，但又总是出现在我们身边帮助我们，不知是巧合还是在跟踪我们，我们还是小心为妙。"关切太子："启望哥，你身子还好吧？吟霜的解毒药，有没有发挥作用？"

太子摸摸脸上的伤：

"没事！现在感觉精力旺盛，我们上山要紧，快走！"

太子等人终于找到山上一个隐秘的制高点，四周有树木掩护，树木中有块巨石状如鹰嘴。大家匍匐在巨石上，悄悄地探头鸟瞰下面。

山坡下正是这锯齿山那葫芦形的腹地，是一大片山谷平地，驻扎着许多军事帐篷。每个帐篷上矗立着一根根旗杆，上面都飘扬着清一色写着"龙伍军"的旗帜。平地上有密密麻麻的士兵在操练着。

"果然不出所料,荣王养兵的规模历历在目,真是铁证如山了,他们这兵力,恐怕不下数万人吧?"寄南低声惊呼,看得目瞪口呆。

"想不到这深山里,居然藏着这么庞大的军队,我看这密密麻麻,说不定有十万人呢!"灵儿远眺着说。

"'龙伍军'?"太子气愤地说,"居然把父皇的'龙武军',改成了姓伍的伍!这么堂而皇之地高挂着军旗,篡位之心昭然若揭,真把自己当作是真龙天子!"气得愤怒捶地:"父皇早就该杀了他,真是天大的逆臣贼子!"

"启望!先冷静下来,既然我们都进到这个山头,不入虎穴,焉得虎子,我们不如想办法混入敌营,乔装成他们的士兵,搜集更多伍震荣谋反的军事情报。"皓祯说。

"我正有此意,知己知彼,百战不殆,掌握越多伍震荣的军情,我们就可以予以反制,对他攻其不备!但是吟霜不会武功,怎么办?"太子说。

"你们不要顾虑我,我穿这一身,也没人会认出我是女人,我跟着皓祯就是!"吟霜说。

"不!"皓祯断然说,"你跟进去太不安全!也会妨碍我们!"指挥鲁超、邓勇:"你们和其他兄弟留守在这儿,吟霜跟你们在一起,你们要好好保护吟霜……"

"不行!"吟霜坚持地打断皓祯,"我绝对不会一个人留在这儿,还让鲁超和邓勇不能帮助你们,来保护我!我会小心,我一定要跟皓祯在一起!"

皓祯看着眼中闪耀着毅然坚定光芒的吟霜,知道自己再说什么都没用,只得叹气点头。

"灵儿听得懂两三种胡语,就让她和我们一起进去冒险吧!"寄南说。

"当然!我拼了命也一定要跟你们一起打进去!不灭了伍震荣,我就不姓裘!"

"太阳星!"皓祯再叮咛太子,"你务必管好自己!你可以冒险,可以历险……"

"知道了!"太子打断,"可以探险,不可涉险!这次,是我们最大的冒险和探险,大家都要注意,不可涉险,出发吧!"

片刻后,太子、皓祯、寄南、灵儿、吟霜、鲁超、邓勇低身走近敌营边界。正好一队八人小组的巡逻兵走来,众人隐身树林内,在皓祯一声低啸下,迅雷不及掩耳地扑了过去,身手矫捷地短刀一刺,八人连对方的面都没见到,就全部送了命。大家七手八脚把尸体拉进了附近的岩石丛中藏好,然后,七人都换上士兵的服装,脸上也用土抹黑了,彼此照应着。吟霜知道自己没有武功,手中悄悄紧握一面手帕,紧紧跟着皓祯。众人轻手轻脚走进军队的营区里。营区帐篷林立,许多士兵在帐篷外,忙着排队打饭。因为士兵太多,七人混在士兵中,完全没有引起任何人注意。

太子一路无惧地和皓祯并肩走在营区里,看着众多士兵排队打饭,低语:

"以他们这些兵力的规模,简直比皇宫的军力还大。羽林军不够瞧!"

皓祯看看四周，立刻拿出作战经验，说道：

"我们七个要分开行动，寄南和灵儿你们想办法去找出粮仓和军火库，我和太阳星带着吟霜去找他们的总部。邓勇和鲁超去找他们的战马场，找到了千万不能动手，我们几个打不赢这样的大军！"

"好！大伙儿各自小心！不管找到还是找不到，天黑前到鹰嘴那儿会合！"寄南说完，拉着灵儿，立刻隐没在巨大的士兵连营中。

皓祯、吟霜、太子正另寻方向之时，突然被一个伙夫头叫住。

"喂！你们三个是伙夫班的吗？杵在那里干吗？还不快过来帮忙！"

皓祯和太子随机应变附和，答应着：

"唉！来了！来了！"太子跑向伙夫头，尽量压低脑袋。

伙夫头却一点也没怀疑他们是生脸孔，用勺子敲着皓祯、太子和吟霜的头：

"就会到处浑水摸鱼，赶紧给大伙儿打饭！伙房的事还多着呢！快干活！"

皓祯、太子、吟霜接手勺子，帮大家打菜。皓祯和气地应着：

"是是是！干活！干活！来来来！"舀起米饭到士兵的大碗里，"兄弟多吃点，多吃点！"

太子舀起菜肴自己先闻闻，再给士兵打菜：

"这是地道的东北酸菜，好吃好吃！"

众士兵依序排队打饭。吟霜低俯着头，一面帮忙打饭，一面低声对皓祯说道：

"这些打饭的规矩,给了我一个好主意……"

吟霜话没说完,太子一看,只见不远处,伍项麒和胡人将领谈着话,走向他们的方向。太子赶紧对皓祯和吟霜示意,两人都低俯着头,急忙给士兵打菜。伍项麒一路巡视在各处或坐或蹲着吃饭的士兵们,关切地对一个士兵问道:

"我们龙伍军吃得可好?"

士兵奉承地大喊:

"回副统帅!我们吃得好!菜很对胃口,又吃得饱!"

伍项麒完全没注意到太子、皓祯和吟霜,笑着对胡人将领说:

"要让我的十万大军吃饱也是不容易啊!大家吃得饱最重要!我们的武力要随时保持旺盛状态,我爹荣王大统帅明天会到,进军长安,恐怕就在十天之内!"

太子等三人一听有十万大军,又听说进军长安等语,三人大惊,彼此交换眼神。太子心想:

"十万大军?长安所有的军队,也不过十万人左右!还有一半没有作战力!"

皓祯眼睛瞪得好大,震惊得一塌糊涂,十天之内?那岂不是要血洗长安城?

"这两天,我们波斯又进来了数千名勇士,我们的武力可说是所向无敌了!荣王大可放心,皇位已离他不远!哈哈哈!驸马爷到我那儿喝点波斯好酒,助助兴吧!"胡人将领心情良好地说道。

伍项麒满意地笑着,点点头,和胡人将领转身离开。

太子和皓祯抬着饭桶出来,见危机解除,两人松了口气。皓祯对太子低语：

"十万大军？这座山里居然藏了十万大军？"

太子不寒而栗，低语：

"恐怕这大军营早已进行很多年，山里一定有地道和地窖藏兵！这明明就是想一举攻下长安！如果我们没发现这座山，后果不堪设想！幸好木鸢找到那张图！"

"十天之内攻长安？"吟霜低语，"如果没有奇迹，长安不保！"

"奇迹？说不定我们就是奇迹！"皓祯低声气愤地接口。

寄南和灵儿离开了太子以后，两人摸摸索索，利用士兵吃饭的空当，到处找仓库。寄南衡量地势和兵力，说道：

"我们往山头去找，这座山很奇怪，有很多山头。根据我的判断，仓库可能在山头，这么多士兵，不见得个个忠心，仓库是重要基地，如果在山下，守卫会很多，我没发现守卫多的地方，难道一吃饭，大家都不守仓库了？"

"对！"灵儿说，"我们就往上面去找！"

寄南塞了两把匕首给灵儿：

"发现仓库，必须干掉守仓库的人，你那流星锤没用，用这个割喉！"

"我们只是来刺探军情的吧？"灵儿小声说，"如果把守卫杀了，他们马上就会发现军队被发现了！我们这几个人，怎么打得过这个大军队，最好别杀人！我用口技把他们引开就行了！你千万不要动武！"

"你还会口技？"寄南越来越觉得灵儿"深不可测"了，"你忘了？我们上山时，已经杀了多少人？他们迟早会发现有人潜入！冷烈就毙了一群暗器射手！"

说着，两人果然在东边一个山头，发现了仓库，守仓库的只有四个人，正在玩骰子。灵儿埋伏在树丛里，发出一阵蛇鸣，眼镜蛇、蟒蛇、青竹丝、金环蛇、百步蛇、紫晶蛇、响尾蛇……各种毒蛇声，嗞嗞嗞嗞……嘶嘶嘶嘶……此起彼落。

"毒蛇！毒蛇！"一个守卫喊道，"好多毒蛇来了！"

"胡人把毒蛇都引到仓库来了！快逃快逃！那些蛇上次咬死了十几个人！"

四个守卫拿着刀，东张西望，灵儿再一阵"嗞嗞嗞"，四人顿时作鸟兽散。

寄南弯身拾起了一把刚才守卫们在惊慌中遗落在地的刀。

灵儿正在得意，忽然听得寄南一声轻呼：

"小心！"

灵儿猛回头，只见一杆长枪，枪尖直指后背而来！灵儿大惊，正要侧身闪避，长枪来势极速极猛，如电光石火，灵儿哪里来得及闪？！但见寄南一个箭步，欺身而上，一掌将灵儿推出三步之外，同时手中之刀，搭上枪杆，顺势沿着枪杆往下削去，其势竟比那长枪还要快上几分！

寄南这一推一削，一气呵成，迅雷不及掩耳，令那使枪之人大惊！

这招名为"单刀破枪"，兵器乃一寸长、一寸强！刀与长枪缠斗时如欲占上风，此招乃杀招。

转瞬间，刀锋沿枪杆而下，眼看就要削到握着枪的手指。那使枪之人惊慌应变，立马松手撒枪后退，长枪砰然落地。寄南哪容得他逃？欺身而上，刀尖直指对方咽喉要害。那人无路可逃，怵立不动，面如死灰，冷汗直流。

灵儿在旁，见寄南身手矫健、武艺高强，满心欢喜。寄南细看那人，棕发碧眼，是一西域之人。还没来得及反应，突然听得一声大喝：

"闪开！"只见林中又奔出一人，身长八尺，碧眼虬髯，手执长刀，向寄南奔来，也是棕发碧眼的西域人。那人手中所执之长刀，似昔年春秋末期之吴钩，只是刀身细长得多。

"大食弯刀！"寄南心中一凛。那落枪之人，此时已退至一旁，看样子这两人是一组的，寄南想。

两人眼神交会，各自持刀而上，两刀相交，但听得当然一响，寄南手中之刀，已然断为两截！

大食弯刀，又称大马士革刀，亦称镔铁；乃取自印度之乌兹钢材再配合铸造技术打造出来的利刃，斩铁如泥、锋利非凡。

寄南大惊，抽身急退，一旁观战的灵儿也大惊失色，心急如焚。

西域人哪容得下寄南喘息，纵身而上，手中之刀横扫，刀身幻化成一片白光，直指寄南之胸。但见寄南一式"千斤坠"使出，身躯一沉，险险地避过刀锋。接着拧腰、左足立定、右足后踢，使出"雁落黄沙"，一脚踹在那人的小腹之上，令他连退三步。同时右手拔出背上长剑，一声轻吟，玄冥剑已然出鞘！

两人相隔七步，再度彼此互相凝视。

对方先动，这次大食弯刀化成一道白光，直奔寄南咽喉而来。寄南先是一招"闭门推月",守住上三路,接着一招"白蛇吐芯"剑尖直指那人胸膛。此时,那落枪之人,已经拾起长枪,对寄南攻来,顿时间,寄南前后受敌。灵儿一看不得了,在地上抓了一把沙子,就对那持枪的西域人脸上撒去,那人哎哟一声,眼睛再也睁不开。同时,寄南剑风一紧,招式变为"大罗汉天",但见玄冥剑身化为一面黑网,将白光罩于其中。只听得铿锵之声不绝于耳,黑光白光交会之处,火花四射!

突然白光化为一道长虹,脱手飞去,插入树干之中,刀身兀自晃动不已。寄南的玄冥长剑,剑尖立即从对方喉头划过,再反身直刺还在揉眼睛的西域人胸腔,迅速地毙了两个敌人。

"好险!"灵儿说,四面张望,没有看到别的敌人,却看到前面岩石中有缝,她拖着一个西域人的脚,就往石头缝里塞去,嘴里说道:

"还好这锯齿山有牙齿缝,我们赶快把这两具尸体塞进齿缝里去吧!"

寄南见灵儿拖得吃力,急忙上前,两人合力,把尸体塞进石头缝藏好,又用地上的沙石掩盖了血迹。寄南对灵儿说:

"谢谢你那招'飞沙眯目',不然,我这王爷的小命,恐怕不保!现在,赶快去看看这仓库藏着什么吧?"

灵儿惊魂未定,被寄南夸奖,不禁有点小得意。两人就这样,一路顺着勘查下去,发现了好几个仓库,最后,两人东张西望地从一个木盖的粮仓出来。寄南对灵儿窃窃私语:

"皓祯果然厉害,知道有军营,必然有军火库和粮仓!刚刚在东边找到足以将长安城夷为平地的火药库,现在这西边的粮仓也找到了。"

"我们老百姓好多地方闹饥荒,这里居然有那么多粮仓,真是太不公平,太没有天理!恨不得把他们一把火给烧了!"灵儿愤慨不已。

"要烧也不是这个时候烧,晚点和皓祯商量,看如何把这些粮食夺回给老百姓!怪不得伍震荣他们拼命贪污,原来是要养这么多大军!"

"你又想让天元通宝的人来抢吗?我们进个山都危机重重!"

"所以才说要从长计议嘛!不过你的口技实在有用,抵得好多大军!"

突然太子从后拍拍寄南的肩膀,寄南闪电般反应,将太子来个后肩摔。太子身手敏捷,一跃起身没有被摔着,和寄南过了两三招。寄南认出太子,收手:

"哎哟!是你呀!你干吗吓我?差点就出了狠招!"

"你也真是的,见人就开打,小心暴露身份!"太子拍拍手上灰尘。

"小心,有人来了!"皓祯警觉低语,把吟霜推到身后保护着。

两个士兵行色匆匆走来,寄南即刻扶着太子演戏。寄南说道:

"大头啊!慢点走,我带你去找医务大夫。"

"你们是哪一营的?在这儿干吗?这么晚了怎么还在这儿乱晃?"一个士兵问。

"我们是伙房的,都是伙夫兵,兄弟腿给烫伤了,正要去找军中大夫!"皓祯说。

"你们是伙房的?"士兵咽着口水,"伙房还有饭菜吗?"

"哎呀！别想饭菜了，赶快通报将军，山下出事了，守门的人都死光了，快走！连胡人都中了暗器，全部死了！"其中一个士兵说。

果然，杀死的人还是被发现了。寄南想着。灵儿却迅速挡住两个士兵去路，惊讶地喊：

"山下的人出事了？"慌张地说出一串胡语，然后又说，"那怎么得了，两位兄弟才回山上来，一定饿坏了，你们快去伙房吃饭！"对寄南、太子眨眼暗示，"小弟我脚快，立马去通报大将军！"

两个士兵犹疑着。皓祯对灵儿装腔作势：

"去去去！快用你的飞毛腿去通报，别误大事了！"转身客气地对两士兵，"我那小弟手脚利落一定会如实通报，两位大哥我带你们去伙房找吃的！"热情地说道，"伙房里还有炖肉呢！"

饥饿的士兵笑道：

"好吧！急着回山，我们真累坏了！走！"

太子对士兵搭讪：

"两位老哥辛苦了，平日都你俩下山吗？山下出这状况，还有人知道吗？"

"一般就我俩到处巡山，山下就胡人负责把守，今天想说去给他们递点山果，到那儿才发现都死了！不知道谁干的！"

太子对皓祯、寄南使使眼色，到了暗处立刻拔刀，将两士兵杀死。

吟霜默契地东张西望把守四周。确认无人发现，皓祯等人就一起拖着两士兵的尸体到岩石后面的齿缝里隐藏起来，幸好这锯齿山的齿缝还真不少。接着，灵儿不知从哪儿弄了一篮的酒水，奔来归队。寄南拉着她，走向把守在帐篷外的士兵套交情。灵儿用胡语，叽里呱啦一通后说道：

"老哥，喝点酒，休息一下。"

士兵又欣喜又有点迟疑。寄南倒了一杯给士兵：

"喝一点没事的！"试探地说，"这帐子是哪个大将军住的？好像把守得挺严密。"

"你们新来的啊？最近来的新兵真多！这里是副统帅的帐子，也就是李氏皇朝的驸马爷，你们没事就快走开吧！"看看酒杯，咽着口水。

灵儿说了串胡语：

"原来是副统帅的帐子，那可是军事重地，我们快走吧！别打扰这些弟兄了！"说完灵儿正想拉着寄南走，但士兵贪杯，反而举起酒杯喝尽，灵儿笑，"好喝吧大哥！要是大哥们喜欢，我以后常常来给你们送酒水。"

接着三四名士兵也围着寄南、灵儿喝着酒。

太子和皓祯趁机，拉着吟霜，悄悄地潜入帐篷内，翻箱搜寻。太子低语：

"寄南说，伍震荣在这儿的火药库和粮仓储备惊人，最致命的攻击应该是我们立刻毁坏他们的补给，但是寄南也说得有理，那么多的粮食应该还给百姓人民。唉！真是顾此失彼，难下决断！难也！难也！"

"你有没有听到伍项麒说的话，十天之内开战的准备，可见他们随时都有可能出兵，锯齿山深不可测，可能还有地道、山洞

193

之类，你记得那战略图，他们预备四面进攻，那么东边的'骆驼山'有没有兵力呢？我们现在当务之急，就是要赶紧找出他们的兵力分配图，也好让我们比照两幅图，有应战的准备！"皓祯低语。

两人深感事件危急，继续在帐内东翻西找。吟霜也帮忙翻着被褥和衣物。

帐篷外，伍项麒醉醺醺，被一波斯女郎搀扶着往帐篷走来。守卫见到伍项麒，慌乱地将酒杯交还灵儿，咳咳两声：

"你们快走，副统帅回来了！"

灵儿故意提高声音：

"啊？副统帅回来了！快侍候副统帅！"

灵儿又一阵胡语叽里呱啦，拉着寄南往帐篷后面躲避，从帐篷的窗户偷窥篷内的太子、皓祯和不会武功的吟霜，担忧着。帐篷内的太子、皓祯一听灵儿的暗示声音，两人彼此互视不放弃，更加快速地翻找。吟霜在大花瓶里抱出一大堆卷轴，一卷卷地翻找。

帐篷外，伍项麒已来到帐门口。伍项麒醉了但力图站稳，推开美人：

"好了！你回大将军那儿去吧！酒和女人，都会误事！走！"

"统帅！让我侍候你回房我就走！"波斯美人说道。

美人说完，伍项麒醉醺醺差点要跌倒，被美人扶着回到帐篷内，坐进卧榻里。

皓祯、太子吟霜三人千钧一发间，躲于屏风后方。幸好吟霜眼明手快，已把纸卷塞回花瓶。伍项麒甩头想醒醒脑，又推美人：

"好了！你可以走了！出去！出去！"

美人无奈退出帐篷，伍项麒摇摇晃晃起身，突然翻过地板上的一块波斯地毯。地毯的反面，赫然贴着一张画有山水人头标记的兵力分配图。伍项麒继续摇晃喝醉的身子，拔出长剑挥舞着，用剑尖指点着地上的地图：

"哈哈哈！李启望！你们的气数已尽，看我龙伍军如何拿下你们的江山！哈哈哈！"醉得不支倒地，几乎立刻就睡着了。

太子和皓祯两人相视一笑。两人急忙去撕下地毯后的布制地图，太子卷着地图，皓祯赶紧把地毯铺好。灵儿和寄南继续在外把风。

吟霜紧张地在一边看着，忽然，营帐后面的帘子里，走出另外一个醉醺醺的波斯女子，看到三人，张口就叫，吟霜一急，手里握着的那张帕子，对着波斯女子张大的嘴巴就塞了进去，波斯女子瞪大眼睛，摇摇晃晃的，接着就倒地。

"好险！"皓祯瞪着吟霜，"你这是哪一招？"

"昏睡液！"吟霜惊怔地说，"在我帕子里，一直握在手心，就怕遭遇敌人，我不会武功，这'昏睡液'可以应变！"

"怎么后面还有个女的？"太子惊看皓祯，"我们翻箱倒柜，也没发现！"

吟霜看着地上的波斯女子，惊魂未定地问：

"我们把这个女子怎么办？"

"你这昏睡液可以支持多久？"寄南拉着灵儿冲进帐篷问，"总不会死了吧？"

"没有！会昏睡五个时辰！"

"够了。"灵儿低喊，把伍项麒手里还紧攥着的酒瓶拿过来，对着波斯女子的身子，洒了一身的酒，再把吟霜的手帕抽出来，还给吟霜。剩下的酒灌进了波斯女子的嘴里，一边说："等她醒来，大概什么都记不得，就算记得，也没人相信她说的醉话！我们快离开这儿，不然，第三个波斯女子又跑出来了！"

太子飞快地低声说道：

"赶快去会合鲁超、邓勇他们，交换我们的情报，然后先赶回长安见父皇！灵儿会胡语，还会口技，和寄南就留在这儿当内应！你们行吗？"

"行行行！"寄南一迭连声回答，"有话快说！"

"寄南！"皓祯严肃地说，"你们两个一定要随机应变，千万不能出事。我们回去就调兵遣将，可能三天内就打过来。我会派人在那鹰嘴山头的对面，用琉璃镜给你们打信号，只要看到信号，你们就把他们的火药库炸掉！"

"这个好！"灵儿眼睛发光地说，"你们快回去！快去！快去！"

太子、皓祯、吟霜等人飞骑赶回长安的将军府。然后，太子和皓祯偕同袁柏凯，立刻进宫见皇上，在御书房里，两人展开从波斯地毯上撕下的地图，和另外两张手绘的战略图。皇上一看，震惊得差点从坐榻上摔下来，紧急起身细看，不敢相信地说道：

"难怪你们要朕屏退左右，这就是荣王的兵力图和作战图，他们伍家在锯齿山真的养了十万大军？"

"还不止，骆驼山还有两万人马！进攻时会让人误以为东边才是主攻战场，其实大军都在西边！就怕父皇不肯相信，所以儿臣和皓祯、寄南，跋山涉水经历各种危险，才亲眼目睹了他们浩大的军事规模，伍震荣这是要篡位，其心可诛！"太子说。

"据臣推断荣王已养兵数年之久，又勾结突厥波斯叛将，武力火药实力惊人，而且十天内就要发兵攻打长安皇城，臣恳请陛下，应立即出兵剿灭叛臣贼子！"皓祯说。

"朕一再容忍，不愿发生内战，荣王居然这样背叛朕！"皇上痛心疾首，"他是朕登基后，第一个封王，第一个给予'丹书铁券'的大臣啊！"

"伍震荣既对父皇不仁，父皇何须对他有义？他们迫害忠良，扫除父皇身边的重要臣子，就是要架空父皇的权力！"太子激动地说，"父皇请为我朝当机立断！寄南和灵儿现在还潜伏在敌营，准备为我们做内应！"

"什么？寄南还在敌营里？"皇上惊跳起来，急问，"柏凯！你能调动多少兵力？"

"回陛下！因事出紧急，左骁卫有三万人马。我朝距离锯齿山最近的是白云岭军营，可动用左右神威军五万兵力，但皓祯说荣王已有十万大军，我们就用八万大军去应战！因为宫中的羽林军不能动！"柏凯说道。

"为何羽林军不能动？"皇上问道。

"因为伍项魁是'羽林左监'，伍震荣整天出入皇宫，命令羽林军已经是常事，羽林军等于是伍家的军队！"太子说。

"非但不能动用羽林军，一旦开战，还要防备羽林军造反！中央十六卫除了爹的左骁卫，都要全力保护皇宫和长安！"皓祯说,"我们用三天来调兵遣将,在最后一天夜里,把羽林军悄悄撤退,换上左右卫!左右卫的崔浩上将军和陆云上将军忠心耿耿,可以信任!"

"所请照准!这个讨贼之战,不能打草惊蛇,必须采取突袭式的围剿行动,最好集中在山上一举歼灭'龙伍军'。为了统一,朝廷军队都用'神威军'名号!"皇上终于断然下令。

"柏凯明白!绝对不能打扰到百姓,而且要速战速决!"袁柏凯振奋地说道。

"朕命袁大将军为最高统帅,皓祯为副统帅,李远霖大将军去攻骆驼山,李德辉将军带上东宫十卫中的五卫去支援你们!刘震、张睕两将军带着十四卫专门守住皇宫和长安!崔浩和陆云两位上将军带着左右卫立即替换羽林军!"皇上看向太子,"启望!朕知道你满腔热血,忧国忧民,这时候也该是让你上战场历练了,朕准你追随袁大将军一起出兵,剿灭伍震荣!"

"谢父皇!"太子信心十足,"这样安排万无一失,儿臣立刻去调兵遣将!"

"慢着!"皇上坐下,摊开空白的诏书,"朕要立刻给你们御笔诏书,让你们凭诏书去调兵遣将!崔浩、李远霖……几位忠心的将军,立刻召唤进宫,让朕面授机宜!"

皓祯和柏凯同声说道:

"臣领旨!"

皇上看着太子,似乎有几千几万个不放心,眼睛扫向曹安,曹安立刻会意,走进后面的密室,然后,从密室中拿出一件银色编织的细丝衣服来。

"这是一件锁子甲,"皇上把锁子甲郑重地交给太子,"是贴身的铠甲,刀枪不入,宫里只有这一件,你要上战场,无论如何,都要贴身穿着,外面再穿普通的铠甲,以免受伤!"

"父皇!"太子惊愕而感动地捧着那件锁子甲,知道是件防身宝物,不敢接受,"这件是父皇防身用的,儿臣怎敢……"

"启望!"皇上打断了他,充满不舍地看着他,"是你要上战场,不是朕!如果你不穿上这个,就不许参加这次的行动!"

太子不敢不从,只得谢恩接受了,心里是满满的感动。

从皇宫出来,太子等人立刻到了将军府,鲁超、邓勇带着卫士,把书房保护得密不透风。太子一步上前,对柏凯、皓祯说道:

"这个讨贼之战不像皇上说的那么简单,我们不能直接进入山里,那锯齿山是他们的地盘,里面有各种机关,可能还有各种密道,我们进去会被他们瓮中捉鳖!我们也不能带辎重,因为要秘密行军,不能被对方发现!但是,我们有'神槊骑兵队',专门对付他们的陌刀队,我们的军队阵势操练纯熟,例如'一字长蛇阵'和'八卦阵'!我们一定要把他们的大军,引到山外面的平原上来打!"

"一字长蛇阵和八卦阵是什么?"吟霜好奇地问,自从她用了昏睡液那招,皓祯已经把她当成女军师了!反正,对于吟霜,他是爱和崇拜都分不清的。

"这是摆出阵势来打!"皓祯解释,"攻打'一字长蛇阵'的头或尾,另一端转过来对敌,就形成'双龙抢珠阵'。如果中间蛇腹向前，就形成'天地人三才阵'。四角打直，每边并开一门，阵即成'四象封门阵'。各角对穿，变成'五虎啸天阵'。然后变化排列成龙虎豹鹤猴蛇六形，成'六出飞花阵'。接着骑兵之部拉成线如斗柄，步卒之部排成凹字形如斗底，就成'北斗七星阵'。斗底化凹封口成圆，再形成八角八门、八个出口，以骑兵横亘于底部而锁之，就是'八门金锁阵'。再按九宫排列，每格步骑弓弩混成，九宫互相策应穿插，便是'九瑶星官阵'。最后形成十个天干序列，变成'十面埋伏阵'。"

"哦？"吟霜听得目瞪口呆，"那么，这个'一字长蛇阵'，就等于十个阵势，变化无穷，难以抵挡了！那么，八卦阵呢？"

"八卦阵，"太子接口解释，"八卦阵也可以称为'五行阵'，按照八卦的次第列为阵势，八八可变成六十四卦，常使对方军队陷入迷离莫测之中。五行指木、火、土、金、水。加之五行又代表青、赤、黄、白、黑五种颜色，这五色盔甲，可以代表五种武器，如刀、枪、弓、槊、戟；也可以代表五个兵种，如步、骑、盾、矛、弩；也可以混合编组联合使用，能够独立作战，无坚不摧。"

吟霜听得眉飞色舞，拼命点头，柏凯皱眉说：

"只是，我们要怎样把他们从山里引出来呢？"

"这点我已经想到，幸好巴伦回到长安了！我准备今晚就连夜把巴伦将军训练好的那批精兵，送进山里去，干掉一些他们的人，换上他们的军服，等到我们和寄南、灵儿的约定时辰一到，这些精兵就在山里制造混乱，让伍家军变生肘腋、自乱阵脚，把他们通通吓得跑出来！"皓祯说。

"巴伦将军有多少精兵？最擅长的是什么？"吟霜忽然插口问道。

"那队精兵只有五百人，可是几乎十八般武艺都会！最擅长短兵相接，肉搏战也是勇不可当！"皓祯说，惊奇地看吟霜，"难道你还有战略不成？"

"可不是！"吟霜兴奋地说，"那天我在锯齿山，就发现他们的一个弱点，我们可以大大利用！只怕没人能混进去做！既然这队精兵，可以混进敌营，我可以立刻做很多'仙人散'，这药比'昏睡液'还有用，只要放几颗在敌方的食物里，半个时辰后，他们都会昏睡倒地，十个时辰才会醒来！巴伦那些精兵，全部混进伙夫营里，不管他们是什么兵，通通在他们的食物里撒下'仙人散'，到时候，个个都倒了！"

皓祯瞪大眼睛看着吟霜，柏凯已击掌说道：

"这太好了！这叫作：不战而屈人之兵呀！奇人奇计！吟霜也不让须眉呀！巴伦将军来得正是时候，天元通宝的兄弟还是用上了！"点头说，"我们要半夜行军，先堵死后山的出路，然后在前山等候他们！但是，他们可以从山顶或山谷冒出来，我那秘密训练的'神槊骑兵队'就有用了！那明光甲笨重，所以他们作战时，无法灵活用盾牌！脖子是致命伤！"

"吟霜！"皓祯深思地看吟霜，"既然你有这么好的'昏睡液'，又有'仙人散'，为什么你还要用那个'气功止痛药'？"

"这是不同的！"吟霜说，"昏睡液和仙人散都是让人安静睡觉的药，完全不能止痛，如果在用了仙人散的人身上缝伤口，会把他痛得死去活来，甚至送命！"

"哦！"袁柏凯惊奇地接口，"吟霜懂的东西，实在太多了！"

"我还需要几个大帐篷！"吟霜说，"再给我一百个学徒和大夫，这样的大战，一定会有人受伤，我只能在后面帮受伤的兄弟医治！希望那些学徒，能够立刻到将军府，跟我沟通一下！另外，我这儿有张药单，最好马上派人，把长安城里这些药都买全！还有药壶、药罐、药炉，通通买来！再准备大批棉布针线和羊肠线！"

"好极！吟霜需要的医药用品和大夫，我负责！对了，寄南和灵儿还潜伏在山里，我们三天后子时就出发！天亮就发动攻击。"太子说。

"巴伦的五百人，会混在敌营，为了区别免得误伤，大家注意，巴伦的部队，明光甲的右肩上，都有一块红色的宝石！迎着阳光，非常容易看到！混在十万大军里，他们不会注意，不过，主要的巴伦部队，都是伙夫兵，千万不要误杀！"皓祯再提醒。

"就这样，大家立刻去调兵遣将，大军集合在长安城外竹寒山东麓，三日后出战！这一战是本朝生死之战，一定要全力以赴！"太子说。

"全力以赴，一战成功！"皓祯豪气地说道。

"全力以赴，一战成功！"众人全部喊道，个个眼神坚决，意志坚定。

转眼间，两天过去了，太子皓祯等人，个个忙碌。这晚，太子忙到很晚才回府。佩儿还没睡，太子难得那么有兴致，背着佩儿，在厅中欢乐地笑着，奔跑着。丫头们都笑着旁观。太子开心说道：

"佩儿越来越重啰，爹今晚当你的马，让你尽兴地骑，好不好？"

"不好！我要骑真马！爹是爹，不是马！"佩儿笑着说。

"那么，爹就背着你跑，好吗？骑马打仗，骑马打仗，骑马打个大胜仗！"

"爹！跑快一点！驾！再快一点！"佩儿笑得嘻嘻哈哈。

太子妃走过来拦阻：

"你这是干吗？把他宠得不像话了！白羽，抱他下去吧！"

白羽抱走了佩儿，太子依依不舍地看着佩儿的背影。太子妃一个眼色示意，丫头、仆人们全部退了出去，房里剩下太子、太子妃、青萝、邓勇和几个贴心卫士。

青萝见室内安全了，就一步上前，对着太子跪下，恳求说：

"太子！我知道太子明晚就要去打一场硬仗，请你把我也带去！我不会妨碍你，吟霜不是也去吗？我就跟她在一起当她的助手！"

"不行！"太子坚定地说，"你还是待在府里，帮太子妃带佩儿比较要紧！"

太子妃也过来了，紧紧握着太子的手。

"臣妾知道早晚有这一天，但是，请你为了我，为了佩儿，也为了青萝，好好地保护你自己！你知道，你还不只是我们的，你还是本朝江山社稷的！"

太子也紧握太子妃的手，笑着说：

"你们干吗？一场小仗而已，我去去就回来！我才舍不得你们,舍不得佩儿,舍不得父皇,舍不得天元通宝的兄弟,舍不得本朝的百姓!大家都给我笑嘻嘻的!邓勇!拿酒来,我们为胜利喝一杯!"

邓勇拿了酒来,太子、太子妃、青萝、邓勇和几个贴身勇士,全部碰杯,众人豪爽而笑,一饮而尽。

这晚,皓祯和吟霜也忙到很晚,皓祯忙着去撤换羽林军,柏凯亲自去调动神威军,吟霜连天收集药材,做了许多"仙人散",交给了巴伦军队的斥候小队。又买了棉布,带着香绮、常妈剪布条,忙着制造无数"急救药囊"。到了深夜,两人才聚在一起,站在梅花树下,吟霜依偎在皓祯怀里。吟霜说:

"这次不是像以前的行动,而是十万大军对付八万大军的战争,我想起来就很害怕,请你不要太拼命,好不好?"

"别害怕!这场战争是提前发动,我们打他一个措手不及,胜算很大!说不定一战就定胜败!这伍震荣父子,我早就想让他们为你爹,为灵儿的爹,为许许多多本朝的老百姓和忠臣,让他们偿命!我现在都兴奋得不想睡呢!"

"我们是在为民除害,是不是?"

"是!我一直在想,他们要那么多火药干什么?"

"锯齿山离长安这么近,他们会不会挖一条地道,直通皇宫,到时候,把火药全部运送到皇宫下面,点火一炸,整个皇宫都灰飞烟灭!"吟霜猜测地说。

皓祯心惊胆战地把吟霜一揽:

"你实在聪明,分析得很对!就算不是皇宫,只要通到长安,造成的伤害都无法弥补！所以炸掉火药库是首要目标，就看寄南和灵儿了！这场仗太重要，只能成功，不能失败！"

"反正我跟着你一起去，我们就去打一场漂漂亮亮的胜仗吧！"

皓祯握着她的手，心悦诚服地说：

"是！执子之手，与子同袍，皓祯遵命！"

这晚的寄南、灵儿还混在众多龙伍军的军人中，在夜色里偷偷摸摸到了火药库前。寄南对灵儿低语：

"引线我都弄好了，现在就等皓祯他们的信号，到时候就炸飞他们！只是火药库有三个，我们两个人不够，只好你负责这个，我负责一个，第三个要晚一步！"

"好！我到屋顶去躲着，你也小心！火药爆炸前，一定要先逃！千万不要没炸到敌人，先炸到了自己！"

"笨！从来就不会说点吉利话！"寄南想敲她的头。

就在这时，有三个龙伍军走向寄南和灵儿。寄南反应迅速地一拳打过去，刀子握在手上，劈向另一人。岂知对方功夫了得，一闪而过，迅速地过了几招。灵儿用流星锤，击向其中一人，竟然被对方一把握住了手腕。寄南低吼：

"敢碰灵儿，我要你的命！"

"天元通宝！"对方忽然说道。

双方立即收兵，寄南、灵儿惊喜地看着来人。假龙伍军低声说道：

"见过窦王爷、灵儿姑娘！我们是巴伦将军手下，已经混进来五百人，大部分在各个伙夫队伍里，因为吟霜夫人有妙计，给他们的食物下药,让他们当'仙人',可以睡十个时辰!我们是奉大将军命令,来找你们的!"

"太好了!"灵儿大喜,"这一下,三个火药库可以同时爆炸了!赶快,我带你们去火药库,到时候,只要看到皓祯的光点暗号,一起引爆!"

"还有……"寄南指示,"鲁超和邓勇说,他们的战马,分散在六个马厩里,马匹众多,你们分一些人,先去偷一些火药,等到火药库爆炸时,用火球阵丢进马厩,吓跑那些战马,让他们的骑兵没马可用!"

"领命!"天元通宝兄弟亢奋地答道。

寄南就低低告诉他们马厩的位置。

长安城里的太子、皓祯等人,这晚各自带了不同的武器,为了统一起见,所有皇家军队一概用神威军旗帜,穿铁灰和红色铠甲,头盔上竖着红色盔缨,拿着各式盾牌。只有"八卦阵"穿着不同色系的盔甲。

三天后,汉阳获得消息:伍震荣、伍项麒、伍项魁全部不在长安,大家心里有数。所有的调兵遣将,也都在这三天内完成。

三天已过,子夜时分,大队人马就踏着夜色,浩浩荡荡出发了。

九十二

　　袁柏凯、太子、皓祯、寄南等人身穿威武的铠甲战袍，举着"神威军"军旗，率领着八万神威军来到锯齿山。虽然是连夜行军，却个个精神抖擞，即使有铠甲有武器，却静默无声，士卒一律衔枚，战马都罩着口罩，一路行来，连一声马嘶都没有。军威壮大而整齐。吟霜穿着布衣军装，没穿铠甲，免得治疗工作不便，跟在太子、皓祯身后一起骑马前进。到了山脚下，天还没亮，整个锯齿山静悄悄，居然没有发现大军已经压境。袁柏凯在那长弧形的沿山地带，轻声指挥"神槊骑兵队"作战布阵方式，然后带着"一字长蛇阵"，部署在前山山口外的草原上。并把队伍分散，让太子、皓祯去守住后山出口。

　　太子、皓祯、吟霜在一个山坳处和鲁超、邓勇会合。鲁超兴奋地报告：

　　"窦王爷传出好消息，巴伦将军的五百精兵，已经成功地混进了伍家军里！三个火药库也埋好了引线，现在就等我方的信号！"

"太好了！"太子兴奋，"赶快去帮吟霜扎起医疗帐篷，大战马上会开始，有伤兵立刻带去她那儿！"

"你们安心地去打仗，我会在后方出力，我去医疗营了！"吟霜跟着鲁超，奔向医疗帐篷扎营处。

"你也不要太累，那种'止痛药'少用！"皓祯在她身后叮嘱。

"是！吟霜遵命！"吟霜在日出的曙色中跑走了。

"我们军队都部署好了，山下前后出口也都堵死，事不宜迟，快给寄南、灵儿打暗号，我们立刻进攻！"皓祯命令道。

邓勇带着一小队人马，跑到制高点，拿出琉璃镜对着日出的光芒反射。光点折向伍震荣军营里。

灵儿和寄南正趴在火药库旁边的一个屋顶上，库房门口的士兵，完全没有察觉屋顶异状。灵儿抬头一望，终于等到对面发出了光点。灵儿欣喜低语：

"皓祯和太子来了！寄南！我们赶紧点燃引线！"

寄南身手矫捷地从屋顶悄无声息地钻入火药库。然后点燃一个早已备好的长线引信。回到隔壁屋顶，拉着灵儿就跳落地，闪电般干掉了两个守卫，飞跑着离开火药库，寄南边跑边回头看，笑着说：

"现在要过大年！放大炮了！"

在伍项麒的军营里，项麒对伍震荣急急说道：

"刚刚接到飞鸽传书，说是长安城里突然大调兵，连皇宫里的羽林军都换成了左右卫，城外的守城兵突然增加，好像连东宫太子的十卫都出动了！"

伍震荣大惊，蓦然跳起身子：

"为什么会这样？难道他们有了我们锯齿山的风声？我就知道上次到锯齿山来探路的那些人不安好心！那些胡人还说只是打猎的人！"

"爹！你赶快去长安城里，先稳住皇宫的情形再说！"项魁急急地说。

"对！爹，你先回皇宫，把卢皇后的卢全、卢准和他们的军队，火速调回长安应变！"伍项麒接口，"我们的'龙伍军'恐怕要立刻集合……"

伍项麒还来不及说完，忽然轰然巨响，天摇地动，接着，另外两个火药库也接着爆炸，震得帐篷顷刻崩塌。项魁惊声尖叫，从塌陷的帐篷中逃出，喊道：

"逃命呀！火药库爆炸了！"

伍震荣武功高强，一跃而起，跳出了崩塌的帐篷，一把拉住项魁怒骂：

"这个没出息又怕死的东西！项麒！我们赶快整顿人马，准备迎战！这明明就是太子帮联合了那窝囊皇帝，来直捣我们的大本营！我们有十万训练有素的人马，还怕他那些养尊处优的乌合之众吗？可恨！我那地道只要再过两天就可完成，他们居然抢先一步，炸掉了我的火药库！"

伍震荣就带着项麒、项魁冲到营地。只看到一片混乱，众多龙伍军奔跑呼叫着：

"快逃命呀！三个火药库同时爆炸，这座山马上要崩塌了！"

一个假龙伍军喊着。

"我家还有老父老母,死在这个锯齿山里太不值得!逃命呀!"另一个假龙伍军呼应着。

许多龙伍军赶紧从前山、后山、岩缝、山谷……的各种出口逃命!只见山头冒出熊熊火焰,无数巨石被炸得飞落滚下,压死不少龙伍军。同时,又一阵砰砰砰的连续响声,火球从空中掠过,只听到战马长嘶,马儿受惊,四面狂奔出栅,马蹄下,践踏了不少龙伍军。各队所属兵勇们呼喊着,奔跑着,亡命地奔向山前、山后的出山口。有的往山上跑去,惊动毒蛇阵,又被毒蛇咬得哀号倒地。一片混乱,呼叫声此起彼落:

"哎哟!哎哟!炸死人了!山崩了!大家逃命呀……"

伍震荣大声一吼:

"都给我站住!铠甲穿上!武器带上,我们要出征了!"

龙伍军依旧混乱着,七嘴八舌地喊:

"这山都保不住了,还要打仗吗?还是逃命要紧!不打了!不打了!"

项麒飞身进去,就把一个喊不打的龙伍军拉了出来,迅速地割喉了,喊道:

"还有谁说不打?站出来!"

众龙伍军立刻哑口无言,震悚地站住不敢再跑。

伍震荣声色俱厉地吼着:

"穿上铠甲,带着陌刀,举着我们的龙伍军旗!冲出去杀他们一个片甲不留!"

伍震荣话没说完,只见一排龙伍军,忽然东一个西一个地倒地。伍震荣大惊问：

"还没作战就先装死？把倒地的都给砍了！"

伍项麒上前察看，惊愕地说：

"他们都睡着了！"

"睡着了？"伍震荣暴跳如雷，"这个时候睡着了？一定连夜荒唐，杀杀杀，睡着的都给我杀掉，看他们还敢睡着吗……"

伍震荣话没说完，又有两个龙伍军倒地睡着了。

同时，山外，战鼓雷鸣，然后响起如雷贯耳的齐声大吼：

"伍震荣，是条虫！伍项麒，是只蛹！伍项魁，是狗熊！落伍军！落伍军！伍家有支落伍军，赶快出来见阎王！"

伍震荣大怒，喊道：

"居然把本王的'龙伍军'喊成'落伍军'，还给本王乱编绰号！"对龙伍军大喊，"组成'繁星阵'，杀出去！"

龙伍军就忙忙乱乱地组成"繁星阵"，这"繁星阵"是伍震荣精心设计的阵法，本来应该聚集在一起，见了敌军，就四散如繁星，见一个，杀一个，每个军人都有削铁如泥的匕首。是短兵相接、近战肉搏最好的阵势。进可攻，退可守。可是，这支仓促成军的"繁星阵"还在穿铠甲，拿武器，显得十分狼狈，最奇怪的是，还有的军人，莫名其妙就倒地了。伍震荣也顾不得军威不振，带着"繁星阵"就冲出山口，到了外面一看，袁柏凯的"一字长蛇阵"拿着盾牌，舞着长枪，宛若一条巨龙，几乎包围了整个山口，金戈耀日、肃静无哗；军威壮盛、气势如虹，不禁大惊。袁柏凯一见龙伍军冲出，就大喊着说：

"一字长蛇阵，转成'风卷残云阵'！"

顿时间，神威军穿插变换成无数股像飓风般的小队，对着狼狈的龙伍军卷了过来。

太子和皓祯守在后山出口。皓祯大声地吩咐：
"大家不要急，我们以逸待劳，他们的火药库炸了，一定会从这山口出来，只要见到龙伍军，大家就给我杀！但是，要注意右肩上的红色光点，那是自己人，不要杀错人！重要！重要！"
一队龙伍军声势浩大地喊着"杀"，拿着陌刀冲了出来。太子身先士卒，勇猛无比，喊道：
"冲啊！杀啊！把那些旗子给我砍断！"
两军交锋，战旗猎猎、战鼓咚咚；人啸马嘶，刀光剑影、杀声震天，血溅大地；杀得日月无光。神威军砍杀无数龙伍军。皓祯喊道：
"太子！我们把他们引到草原上，这儿施展不开！"
"我正有此意！"太子嚷道。
皓祯和太子就带队反身奔逃。龙伍军以为得胜，追杀过来。
伍项麒和伍项魁已穿上明光铠甲，手拿陌刀骑在马上，带领着龙伍军与太子、皓祯等大军团对峙。皓祯大喊：
"伍项麒！你伍家作恶多端，养兵谋反，辜负皇上恩典，你们谋逆大罪已定，快快弃械投降，回朝领罪！"
太子接口怒斥：
"亏你还是父皇钦点的驸马爷，竟然如此大逆不道，你让乐蓉公主如何面对父皇？"
伍项麒轻蔑地笑道：

"哈哈哈！乐蓉只不过是区区妇道人家，如何比得上天下至尊的皇位。李氏王朝民不聊生，也该是我伍家重振声威的时候了！"

"不用再跟逆贼废话了！把他们全部歼灭就是！"皓祯大喊，"杀啊！"

两军继续交战，神威军志在必得、战志高昂，个个如出柙猛虎。龙伍军是背水一战，困兽犹斗、身无退路。双方一番恶战，数度拉锯，战得天昏地暗，难分难解，互有伤亡。皓祯的医疗军，迅速把受伤的神威军，护送到后方的医疗帐篷里去。吟霜在帐篷里，带着医务兵，忙不迭地为受伤的兄弟治伤。战场上，太子举着昆吾剑，认清目标，直攻伍项魁的陌刀，两人开打厮杀，伍项魁打得捉襟见肘。太子边打边骂：

"就凭你这草包还想夺天下，还不就擒！"

"鹿死谁手还不知道呢！"伍项魁艰难地应付。伍项魁眼看打不过，骑马回头就跑。皓祯喊着：

"太子！伍项魁的人头，要留给灵儿来砍！"

"知道了！但是灵儿在哪儿？"太子大声回应。

只听到一声大喝，灵儿和寄南穿着一身神威军的铠甲出现。灵儿嚷道：

"太子！皓祯！我们赶到了！"

"总不能穿着叛军的军服来打仗吧？"寄南说，"为了这身铠甲，耽误了半天！怎么？要砍伍项魁的头？那怎么能少了我和灵儿！"

伍项魁一听，顿感不妙，自知昔日造孽太多，也许毙命就在今朝,慌急间,立刻策马回头,亡命奔逃。灵儿和寄南紧跟着追杀过去。无数龙伍军拦截过来,皓祯和太子很有默契地杀出重围。于是,太子等人的目标对准了伍项魁。伍项魁带着大队的龙伍军向前奔跑。寄南、灵儿带着大队的神威军追捕。

忽然,地下出现一个大洞,寄南、灵儿和若干神威军都摔落下去。

陷阱地上全部插着尖锐竹扦。寄南在紧急时,以长剑点地,将灵儿一抱,跃出陷阱。项魁大笑:

"跟着我跑,我就把你们全部活埋!看看你们的兄弟,都死在陷阱里了!你们以为这平原上,我们就没有部署吗?"

"你这个奸诈小人!你有种就站住别动!"灵儿大骂。

"干吗?你还想投怀送抱不成?"

"闭口!"寄南手里拿了一根竹扦,对着项魁掷去。

竹扦正中项魁的大腿。项魁大惊,拔出竹扦。

"敢暗算你老子,我杀了你!"项魁就对寄南冲来,两人大战。

寄南三下两下,打得项魁无招架之力,对龙伍军喊道:

"龙伍军!把这两个不男不女的家伙给本将军杀了!"

龙伍军上前,神威军也上前,双方捉对厮杀、混战成一团。

忽然,项魁被后面的人一拉,扭住了手,一把利刃抵住了他的喉咙,将他拉下马来。原来皓祯和太子已经包抄过来,擒住项魁的正是皓祯。皓祯说道:

"冤有头,债有主,伍项魁,多次放了你,只为今天杀了你!"就大喊道,"灵儿!还不动手!"

灵儿拿了官兵的一把长剑,对着项魁肚子一剑刺去。项魁中剑，大惊喊道：

"裘灵儿女侠，饶命！饶命！看在你是大夫人分上，饶命呀！"

寄南手执玄冥剑，也一剑刺向项魁胸前，怒骂：

"怕死的无赖，死到临头，还要侮辱灵儿，这剑我为我岳父裘彪而刺！"

皓祯放下项魁的身子，项魁倒地，皓祯乾坤双剑同时刺下去，恨恨说道：

"死刑对你太便宜！杀白胜龄，囚禁灵儿，侮辱吟霜……这两剑我为吟霜而刺！"

太子执昆吾剑在手，补上最后一剑，喊道：

"这剑，我为祝之同全家十口，小白菜、大理寺中死难的兄弟，无数被你滥杀的百姓而刺！"

项魁在众人联合刺杀下，终于毙命。

灵儿仰头向天，大喊：

"爹！第一个'血债血还'做到了！我们再去抓第二个！"

皓祯翻身上马，带着神威军策马向前跑，一面回头吩咐道：

"鲁超！快把陷阱中受伤的兄弟，先送到吟霜那儿去！"

锯齿山下，打得惊天动地。皇宫中也开始风声鹤唳。乐蓉公主行色匆匆进宫，直奔皇后寝宫，在宫女通报声中冲进门，走向皇后，急喊：

"母后！母后！怎么皇宫里面……"看看莫尚宫，欲言又止。

"莫尚宫是我们自己人，但说无妨！"皇后说，"什么事如此慌张？"

乐蓉着急地说道：

"连夜之间，羽林军都换人了！长安城里也在调动军队！这是怎么回事？你有没有听到荣王说起？项麒对我一个字都没说！现在，伍家人全部不在长安，听说父皇的神威军已经和荣王打起来了！"

"荣王也没跟我提起！"皇后大惊，"难道荣王起兵了！所以你父皇赶紧应战？"

"情况不妙！荣王爹爹行动没有那么快！父皇反应也不会这么快！到底是什么原因突然调动军队？我觉得太奇怪了！"乐蓉不安地说道。

"打起来也好！这场仗总归要打的！"皇后深思地说。

"母后你必须要有个心理准备！也许你马上就要登上皇位了！"乐蓉说。

"莫尚宫！"皇后疑惑地说，"出去打听打听！尤其那东宫太子，现在在做什么？再打听打听，现在进驻皇宫的，是谁的人马？还有，荣王本人，现在在哪儿？"

"是！奴婢这就去打听！"莫尚宫匆匆下去。

乐蓉面色严肃起来：

"母后！在这种混沌不明的情况下，不管情形是怎样，接下来我们都要演戏，装作什么都不知道，万一追究起谋逆罪，我们得咬定那是伍家的事，跟我们母女一点关系都没有！直等到母后坐稳那龙椅！"

九十三

锯齿山下,对立的两军,阵势已乱,变成两军混战。伍项麒正在和柏凯手下的将领作战。双方还有众多人马在后摇旗呐喊。袁柏凯勇猛无比,手执一杆长槊,策马横槊,杀入敌方阵营猛追伍震荣,槊尖到处,血光点点,刺死了众多敌军。此时,寄南、灵儿、太子、邓勇拖着项魁的尸体赶到,把尸体丢到项麒面前。

"伍项麒!"太子大喊,"赶快投降吧!不要像这个伍家人一样,变成一具尸体!投降了,或者你还有活路!"

项麒一看尸体,怒发如狂,喊道:

"李启望!我要杀了你给项魁报仇!"

项麒就向太子杀去,太子勇猛无比,沉着应战。同时,灵儿和寄南也默契地两人一组,策马和敌人周旋,杀得难分难解。皓祯向对方喊话:

"伍家军听着!伍项魁已经伏法,你们跟着伍震荣叛变,个个都是死罪!本帅体谅你们或有苦衷,只要弃械投降,饶你们不死！否则，都会像伍项魁一样！"大喊："有没有人要投降？"

对方见项魁尸体，军心动摇，有的不再摇旗呐喊，大家交头接耳。

就在这时，只见伍震荣摆脱了柏凯，带着军队，快马奔来，大笑道：

"哈哈！我那小儿伍项魁只是一个草包，死了少掉我多少麻烦！"就很有气势，大声喊道："龙伍军！拿出我们的真本领来！打给他们看！记住你们都有家人在我手里！谁敢投降，全家死绝！打呀！杀呀！"

伍震荣这样一喊，龙伍军大震，全部拿着陌刀武器，如中蛊般嘶喊着，对着神威军直冲而来。

太子一见伍震荣，指着伍震荣大骂：

"伍震荣，你豺狼成性、残害忠良，还包藏祸心，窥伺神器。人神之所同弃，天地之所不容！今面临我堂堂正正讨贼之师，还不快快下马就缚！"

柏凯已经带着大军追到，跟着大骂：

"伍震荣，你这个老贼大奸大恶、罪不容诛！你世受皇恩，竟然敢谋逆反叛、阴谋窃国！今天，就是你授首之日！"说完，带着神威军奋勇迎战。双方兵戎相接处，一片刀光剑影，血溅沙场。

一阵马蹄声传来，皓祯和太子一回头，只见斗笠大队飞驰而至。

"天助我也！木鸢赶到！"皓祯就对斗笠怪客说道，"擒贼擒王！"

斗笠怪客就大声喊道：

"天元通宝！捉住那个伍震荣！"

只见五百多个假冒的龙伍军锐不可当，全部冲向伍震荣。同时，斗笠大队、皓祯、太子、寄南、灵儿全部出动，扑向伍震荣。伍震荣大骇，拿着刀不由分说，砍死了很多真的龙伍军，大骂：

"龙伍军！你们反了！居然叛变！"

眼见斗笠大队出现，更惊，恐惧袭上心头，大喊：

"你们这些农民妖怪队伍，不许接近本王！"

伍震荣就持刀，一阵乱砍，抓到一个空当，飞骑逃走，边跑边喊：

"保护本王的龙伍军，打胜了封王、封地，全家团圆！务必把那些戴斗笠的人打死！打死一个给百两黄金！"

于是，又一群真的龙伍军，跟着伍震荣跑，一边和皓祯、寄南等人大打。更有一群龙伍军，缠着斗笠大队打。众人便又追又打地向前奔去。太子喊道：

"我们追！务必要除掉这个大奸大恶的伍震荣！"

皓祯回头喊：

"爹！你最好活捉那个伍项麒，我去追杀那个伍震荣！"

"伍项麒交给我，皓祯尽管去杀掉那伍家老贼！"袁柏凯中气十足地喊道。

伍震荣一见大势不妙，心想，只有打出最后一张王牌了。于是策马回身大喊："出动陌刀队！"

身后的龙伍军将领，闻令后立刻挥动令旗。龙伍军让开正面，伍震荣处心积虑、策划多年，手中的王牌，精锐中的精

219

锐——陌刀队,如虎出柙地出动了!

这陌刀队之所以厉害,是因为持陌刀的精兵,均能开两石强弓,膂力自是惊人。身着明光甲,可御飞矢。所持陌刀,是精铁打造,刀身长四尺,比起一般刀矛制式兵器,长出一尺,如此可以制敌先机。刀背厚重,便于劈砍;刀刃于锻造时加锡,质硬而刚、锋利非凡。全刀长九尺,刀柄五尺,便于双手持握。一刀在手,上下翻飞、耀如闪电、动若游龙,凡所近之物,人马俱碎!

这陌刀队排成阵势队形,每排五十人,"如墙而进",每十人间,留有通道缺口,以化减遇敌时的冲击力。一个陌刀兵若倒下,其后的陌刀兵立刻向前递补,所以能维持其阵势的完整。陌刀阵缓缓前进,凡是碰上陌刀的,刀飞矛断、身首异处。和陌刀队所遭遇的神威军,处处扬起片片血雾。神威军大片大片地倒下!

伍震荣见此情势,仰天狂笑道:

"哈哈,这是老夫压箱底的宝贝!且让你们见识一下这陌刀的厉害!"

正在聚精会神观战的皓祯,立刻发现了这一点;立马向太子遥指陌刀阵,急说道:"太子,陌刀太犀利了!神威军的刀矛,根本够不着陌刀兵。请太子下令,立即出动神槊骑兵,以压制陌刀!"

太子面色凝重,立刻右臂高举,蓦地往下一划,大喊:

"神威军退,出动神槊骑兵!"刚喊完,身后十数面锣,立刻大响,但见那神威军各部,立刻旋踵,后卫变为前队,迅速地让出正面,井然有序地撤了下去。

陌刀队突然间失去了敌人,有点茫然,但仍继续前进。龙伍军紧跟在后,一派耀武扬威的态势!

突然间,但觉脚下之地隐隐震动,连那脚边尘土,也被震得飞扬起来!只见龙伍军的士兵,惊慌失措地指着两侧,大喊:"骑兵!骑兵!"

伍震荣定睛一看,两旁山坡上,居高临下,不知何时,已布满了神槊骑兵。

伍震荣再度仰天大笑道:

"来得好!我这陌刀队,就是用来专门伺候骑兵的。"接着右手一挥,喊道:"变阵!"喊罢!身后的战鼓,随即咚咚响起。

但见那陌刀队,闻得鼓声,随即一分为二,面对两侧左右之骑兵。同时从龙伍军中,快速跑出两队长矛兵,列于陌刀阵之前,单膝跪地、长矛斜举。这是为了要惊吓骑兵的马,以减缓骑兵的冲击力。

神槊骑兵这边的将领见了,沉着地一挥手,说道:"列弩阵!"紧接着,鼓声咚咚、令旗飞舞,但见上百辆弩车,从骑兵队中冲出,各自在每边的陌刀阵队前,迅速排成二列横队,开始架设弩机弩箭。

这第一列横队,架设的弩机名为"朱雀蹶张弩",每两人操作一弩,每张弩弓有二十石的强度,可射二百步远,使用双棱三尺追风箭。第二列横队的弩机名为"凤凰蹶张弩",每四人操作一弩,两人张弓、一人上箭、一人瞄准发射。每张弩弓有四十石的强度,可射四百步远,使用三棱四尺穿云破甲箭,可在三百步

221

内贯穿五层熟牛皮。每架弩机一次可射三箭,中间一支为响箭,在飞行时会发出凄厉之声,以丧敌胆。

这两列弩机交错配置排列,以求发挥最大克敌效果。不到一盏茶的时间,架设上箭完成,随即放箭。

但见寒光点点、箭雨蔽空、箭去如风,箭落处,开出一朵朵的血花!那长矛兵,被射得七零八落,早已溃不成军、一片哀号;就连陌刀兵,也被射倒了不少。

陌刀兵尚在惊慌失措之时,第二波箭雨又至。陌刀阵内,开出了更多的红花!

弩阵连射五波箭雨,迅速退下。

神槊骑兵这边的将领,这时长槊平举,大喊:"杀!"身后的令旗兵,都是全军千万人中选出,膂力特强,手持两丈高的令旗,稳固端坐马上,紧随主帅之后,冲向陌刀阵。

对面的神槊骑兵,跟随着令旗而行动,同时对陌刀阵发起冲锋。

山风猎猎,令旗飘飘,金戈铁马风萧萧。

但见那神槊骑兵的阵形,初看如大海一线,再看如波涛汹涌,马鸣声如穿云裂帛,马蹄声令地动山摇,那股冲击力和震撼力,令陌刀兵们大惊失色、心中发虚!

神槊骑兵的布阵,排成数十个攻击波,每波之间,相隔五十马步,每波之内列阵三排,每排的宽度,可依敌方的阵势调整。排与排之间,相距十马步。两个呼吸的时间。

人啸马嘶,烟尘滚滚,金戈耀日,气撼山河。

转瞬间,第一波神槊骑兵已然冲到陌刀阵前。

这第一波的神槊骑兵，都是百里挑一、身经百战的用槊高手，接敌时，槊尖平举，直指敌人咽喉，双眼死盯着敌人的双眼，那股杀气，足以令敌人胆寒！

眼见槊尖直指自己的咽喉要害，陌刀兵本能地用陌刀将槊尖挡开，同时刀锋顺势搭上槊杆，欲将其削断。

不对！槊杆包铁，削它不断。不公平！陌刀兵的心里，闪过一丝寒意。

原来，这又是袁柏凯的心思！他知道陌刀锋长四尺，所以他下令，所有神槊槊杆，皆包铁四尺，加上槊尖二尺，一共六尺，来和陌刀缠斗，可立于不败之地。

陌刀兵到现在才明白其中的奥妙，但是晚了。

槊杆削它不断，神槊骑兵槊尖被挡开，顺势下压槊尖，直刺陌刀兵右胸。只听得噗的一声，槊尖穿胸而过，冒出一朵血花。槊杆遇到阻力而弯曲，随即弹直，神槊骑兵顺势一挥长槊，将尸体扫离槊尖。

接着，神槊骑兵将槊尖对准下一个目标的咽喉。

那被第一排神槊骑兵冲击的漏网之鱼，还没能喘息过来，第二排的神槊骑兵，已然杀到眼前。但见槊尖一线、寒光闪闪，所到之处，开出一朵朵的血花！只约两盏茶的工夫，陌刀阵的纵深，已然去掉一半。

伍震荣看得傻了！这陌刀队，是他筹划了多少年、灌注了多少心血、搜刮了多少的不义之财，才练成的一支劲旅，自以为海内无敌！没想到这么不经打，多年积蓄，毁于一旦，夫复何言？！

这时，更奇怪的事情发生了！

只见那些剩余的陌刀兵，突然间一个个地倒下。

"吟霜的'仙人散'！哈哈，是吟霜的迷药发作啦！"皓祯兴奋地挥臂大喊，"好吟霜！好灵儿！好寄南！你们做得好，神威军威武！"

伍震荣的看家之宝、压箱底的精锐陌刀队，就此全军覆没。

至此，大势已去！伍震荣长叹一声："罢了！"于是策马而逃。

此情此景，俨然一首壮烈的诗：

  风猎猎

  旗飘飘

  神槊闪闪战陌刀

  邪不胜正胆气豪

  刀霍霍

  马萧萧

  犁庭扫穴王师至

  金戈所指敌自消

  昆吾剑

  金钱镖

  社稷江山坚如故

  梅花英雄威力高

皓祯看到伍震荣逃走，中气十足地大喊：

"老贼，哪里走？！"带着亲卫，紧追在后。灵儿、寄南、汉阳，也跟着追了过来。

大家追着伍震荣,一路追杀到有岩石处。伍震荣功力全开,奋勇杀敌,但是敌人中有斗笠大队假冒的龙伍军,有真有假分不清,又杀死了几个自己人。身居斗笠大队里的汉阳,武功超群,一个飞跃,手起刀落处,刀尖顺势下抽,在伍震荣左手臂上划了一刀,立刻见血。太子精神大振:

"还是首领厉害!伍震荣!看我的!"

太子飞身上去,不料和也飞身上去的灵儿相撞,两人都跌下马来。

"风火球!你不能慢一点吗?"太子喊。

"抓伍震荣,一点也不能慢!"灵儿喊。

两人再度上马,只见伍震荣陷进斗笠大队中苦战,手上、身上都已负伤。

"快!我们去帮木鸢!"寄南喊。

"天元通宝!通通上,拿出本领来!"皓祯大喊。

一群天元通宝的龙伍军,帮着汉阳,攻了上来。一群真的龙伍军,不知从哪儿冒了出来,个个身手矫健,拼命缠打斗笠大队。寄南大怒:

"这个该死的伍震荣,故意把我们引到这儿来,原来这儿有埋伏!"

伍震荣转身,在冒出的龙伍军大将保护下,策马而逃。

太子、皓祯、汉阳、寄南、灵儿等人,各自率领本部兵马,紧追于后。忽闻战鼓震天价响,顿时从山腰中,横里杀出一支人马,挡住去路。

太子等人勒住马缰,定睛细看这支人马,不禁一惊。

这支人马，士气雄霸、兵强马壮、肃静无哗，一看就知道是一支训练有素的部队！

原来，这是伍震荣的另外一支奇兵，布置在此多时，专为替伍震荣断后路用的。

皓祯不禁怒骂：

"诡计多端的老匹夫，竟然还有这招！你以为这样就能逃之夭夭吗？做你的春秋大梦！"

伍震荣此时回马收缰，大笑道：

"哈哈哈，兵者诡道也！这支部队，是本王研六韬三略之精华、穷鬼谷黄石之奥妙；上应天象、下参兵机，所设的一个阵势，此阵高深莫测、变化无穷，进得来出不去，你们可要小心了。"说罢下令，"布阵！"

但见令旗翻飞、鼓声震耳、人走天干、马踏地支，按五行八卦方位，顷刻间，这支兵马，井然有序，布成了一个阵势。

伍震荣在马上得意地放声大笑：

"小辈们，可认得此阵？阵名为何？本王倒要考考你们！"

只见汉阳催马独自向前数步，扬声应道：

"这有何难？！此阵有柄有构，阵名'北斗'，是也不是？"

这"北斗阵"，又名"北斗七星阵"，是上参北斗天象，马步联军相辅而成。需七成步卒、三成骑兵来布阵。斗构部分是步兵，呈凹字形，前方开口，诱敌兵入阵。斗柄部分是骑兵，外围策应、入凹字阵内冲杀，灵活非凡。

伍震荣心中一惊，但仍狂笑道：

"既然识得此阵的厉害，你们可敢来破阵吗？"

太子、皓祯、汉阳、寄南等人，看这北斗阵，斗杓部分，纵横各约千步，阵分五层，疏密相间，中有盾牌兵、步弓手、短矛枪兵、刀枪剑戟、无一不备；军容壮盛、阵势排列奥妙，别有一股肃杀之气！汉阳、皓祯相对一看，都感到背脊发凉，知道此阵凶险至极。

"有何不敢？且看本太子率军亲自破阵！"只听到太子大声应道。

皓祯大急，说道：

"太子，这万万不可！你身份不同，是全军之魂、重中之重！怎能轻易亲自冲锋陷阵呢！如果万一有什么闪失，叫我等如何自处？如何向皇上交代？"

"皓祯，别拦我。从来这天下，是要靠自己来打的！父皇要传给我的江山，被这伍贼给弄得乌烟瘴气、污秽不堪。我当亲手剿灭此贼，以安父皇之心！这是国事，也是家事。这阵，必须我亲自来破，上慰父皇之念、下拯黎民百姓之苦！现在大功即将告成，逆贼已穷途末路，即将授首。请你们帮助我，破此阵、灭此贼！好兄弟们，来吧！让我们一起破阵，以擒元凶！"太子说罢，摧动胯下的飒露紫坐骑，手执昆吾剑，一马当先，直冲北斗阵而去。

这番话，说得情理兼顾、大义凛然！皓祯、汉阳、寄南大惊，别无他法，也拦不住太子，紧随着太子之后，冲阵而去！

灵儿也是一惊，紧随寄南之后，策马入阵。

皓祯乾坤双剑出手，高呼：

"全军压上，保护太子，随太子一起破阵！"

战场上最高贵的品德,就是勇敢!太子已经用行动证明,他是一个够资格的皇朝继承人!神威军的这批人马,被太子的身先士卒所深深感动,个个胸中热血沸腾、奋不顾身。

但见神威军的步卒、骑兵,如狂风暴雨般,直冲北斗阵而去!

太子手中的昆吾剑,化成无数道白虹,左劈右扫、前砍后刺,勇不可当,如入无人之境。白虹所到之处,扬起片片血雾。

皓祯和寄南紧紧跟随在太子马后,护定太子的左右两侧。皓祯手中的双剑,上下翻飞,迅如游龙、矫如飞鸿,连刺数名敌将翻身落马,更把阵中的敌兵,横扫倒下了一大片。

寄南手中的玄冥剑,剑出如风,剑气直冲敌兵敌将,抹挑砍刺、点回架扫,当者披靡。凡与寄南相战相持者,数招之内,就被玄冥剑的剑气和剑刃所伤毙,死伤无数。

这三人,形成一个铁三角,在阵内如入无人之境,横扫千军。

天元通宝的队伍,也紧跟在三人之后,保护太子。

灵儿手中的一双流星锤,如飞燕、似黄莺,双锤瞻之在前、忽焉在后,挥舞得滴水不漏。凡是被流星锤缠上的兵器,都脱手破空而去,变成赤手空拳;凡是被流星锤砸到的人马,都掩面而逃——因为她专门攻击敌人的咽喉要害。

汉阳眼观全局、催动各军,指挥若定,见缝插针;看到阵形有弱点处,立刻强攻。

这样的气势、这般的武艺,这等善战;其疾如风、侵掠如火,攻势既快且猛,使得整个北斗阵,为之动摇!

在太子的攻坚铁三角和汉阳的灵活指挥运用兵力之下,北斗阵的纵深,如冰雪见到太阳般地融化、消失!阵中的兵马,死伤不计其数,已经残破不堪。

汉阳看这形势,知道破阵在即,振臂高呼道:

"将士们、弟兄们,逆贼之阵,已经支持不住了!破贼就在今日,立功就在此时,杀啊!"

汉阳话刚说完,忽然看到龙伍军迅速地重组,除掉死伤的军人,剩下的只有五千人左右,却又组成一支"北斗阵",在那"杓"中,站着一个身高八尺的西域人,大声喊着:

"太子何在?本将军来取太子首级!"

太子一听,哪里忍得住,飞身就从马背上跃进"杓"中。皓祯、寄南、汉阳同时大喊:

"太子!当心有诈!"

一面喊着,三人都飞跃进那个"杓"中去保护太子,果然,那个西域人奸诈,在"杓"底,竟然蹲伏了一支手持短剑的军队,看到太子进来,全部起身,持剑去刺杀太子。皓祯手中双剑翻飞,刺杀不少敌军,眼看太子被短剑围攻,双剑不够用,环脚一踢,踢倒无数短剑兵,同时,小腿也中了敌人短剑一刺,铠甲竟然破裂,血溅战场。寄南大喊:

"那是西域'血刃'!我们的铠甲防不了……"

寄南一面喊,一面用玄冥剑砍断不少西域"血刃",太子手中的昆吾剑,也是玄铁炼成,又砍断不少"血刃",汉阳拳脚齐下,虎虎生风,一面作战,一面大喊:

"神威军,赶快组成八卦阵!太子,请进八卦阵!"

八卦阵迅速组成,却无法攻进敌营。此时,数把"血刃"对着太子刺去，寄南眼见无法全部挡住，一面挥舞手中的玄冥剑，一面合身抱住太子，只听到刺啦一声，肩上铠甲已破，鲜血溅出。太子见皓祯和寄南都已负伤，大吼一声：

"伍震荣，本太子要把你碎尸万段！"

太子一面喊，一面奋不顾身，摆脱了寄南的保护，如有万夫不当之勇，豁出去大杀敌军，寄南、皓祯也负伤作战，加上汉阳出神入化的武功，竟然把这支埋伏的"血刃"部队，全部歼灭。但是，太子作战时，中门大开，铠甲上扎着好几把"血刃"，他带着血刃，向伍震荣昂首走去，大叫：

"伍震荣，你伤我兄弟！你赔命来！"

一面叫，手中昆吾剑没停，所过之处，竟然又砍翻了不少"新北斗阵"中的兵勇。伍震荣看着太子一身扎着"血刃"，还向自己步步进逼，大骇，一面骑马逃走，一面大吼：

"弩弓队！射杀太子李启望！赏黄金一百两！"

突然间，岩石后面冒出许多胡人弩弓手，所有弓弩已上弦准备发射，通通对准太子。

灵儿一看，大叫警告：

"胡人弩弓手百发百中，能穿透铠甲，保护太子！"

"盾牌八卦阵！将太子护住！"皓祯负伤大喊。

只见万箭齐发，射向太子。皓祯双剑齐飞，又去保护太子。汉阳再也不顾礼数，飞身过来，拎住太子铠甲上的皮带，就把满身血刃的太子，拎进了由盾牌组成的八卦阵，急急忙忙地问太子：

"太子，身上这么多把血刃，是否受伤？"

寄南眼看太子进了八卦阵，也不顾自己的肩伤，就对着伍震荣飞身而上。

寄南跳到伍震荣马上，就一刀对伍震荣背上刺去。玄冥剑正中伍震荣肩头，伍震荣鲜血直冒。不料几个龙伍军大将，陌刀对着寄南砍去。皓祯、灵儿、太子、斗笠大队都在盾牌阵中尖叫。太子大喊：

"寄南！快下马！"

"寄南！小心后面的陌刀！"皓祯等人大叫。

三把陌刀对着马背上的寄南砍去，刀疾如风，寄南的上、中、下三路全被封住，手中的玄冥剑，要对付三方面的攻击，显得左支右绌、险象环生，手腕虎口，被震得发麻！手中之剑，被陌刀砍得火星四溅。

太子眼看寄南躲不开，心急如焚，拔下胸前铠甲上的几把血刃，就跳出盾牌阵，飞身上去抱住寄南，把他拉下马背。

两人滚落在地上，数把陌刀对着两人砍下。两人抱着滚开，闪躲陌刀。皓祯飞身而下，护着太子，陌刀又对着皓祯背上砍来，眼见皓祯逃不掉，太子竟然一翻身遮住皓祯，帮皓祯挡了这一刀。皓祯大惊喊：

"太子！"

"不怕！"太子在皓祯耳边说，"我有锁子甲护身！那些血刃都伤不了我！"但是，陌刀力道之大，太子已受内伤，却隐忍不说。

"太子！"寄南惊呼，"你还保护我们？快回八卦阵去！"

"别管我！去杀了那个伍震荣！"太子大喊，一面喊，就又飞身去抓伍震荣。

皓祯已经一跃而起，紧随着太子之后，大喊：

231

"太子,快回八卦盾牌阵!不要冒险啊!"

"你们都是我的好兄弟!为我负伤苦战,我怎能躲在八卦阵里?"太子喊道。

太子喊着,竟然飞身而上,硬生生把伍震荣拉下了马,伍震荣大惊,滚落在地,拼命摆脱太子,被昆吾剑连刺了两剑,吓得他连翻带滚,滚得老远,嘴里大喊:

"弩弓手!射死他!"

弩弓手又对着太子,万箭齐发。盾牌队立刻拥上挡箭,汉阳戴着斗笠大队,再飞身来保护太子,太子眼见其中一箭正对寄南咽喉而来,间不容发,寄南绝对逃不过。太子大惊,本能地伸出右手去抓箭,完全忘了手上没有锁子甲可保护。结果因背伤,手无法使力,箭没抓到,却被箭深深射进掌背!另有两箭,射在太子胸前,但被身上穿的锁子甲所挡住,掉落于地。

"鲁超!"皓祯急喊,"快马去把吟霜带来,让她把所有解毒的药都带来!只怕这箭有毒!"

汉阳见太子受伤,大怒,策马回身,和斗笠大队冲进弩弓手队伍中,一阵奋不顾身地厮杀,剑身横扫,刀锋砍劈,枪刺穿心,招招都是杀招。刀光剑影所到之处,血染黄沙,哀号惨叫之声四起,打死了一大片弩弓手,同时,李德辉带着大军,运用螳螂捕蝉黄雀在后之策,从后包围了弩弓手,一阵冲杀,把弩弓手全体歼灭。

后面在厮杀中,前面众人都围着太子,伍震荣负伤,亡命奔逃。灵儿痛喊:

"太子!你赶快躺下!"

"启望！启望！"寄南痛喊着。

只见太子傲然挺立，伸手把右手背上的箭一口气拔了出来，丢在地上，大喊着：

"木鸢，追那个伍震荣，他已被我的昆吾剑所伤，千万不要让他逃掉！"

汉阳刚刚歼灭了弓弩队，听到太子的喊声，猛地策马回身，汉阳马术精湛，人马一体，奔跃如飞，如嫦娥奔月，似夸父追日，策马来追伍震荣，转眼呼吸之间，已追到伍震荣身后三步之遥，汉阳纵身一跃，就跃上伍震荣的马背，抓住伍震荣，立马点其穴道，闪电般回到太子身边，把浑身是血的伍震荣摔到太子面前。汉阳喊道：

"太子！逆贼伍震荣带到！"

"哈哈！伍震荣！"太子的手流血却大笑，"你这叛贼还要靠胡人帮忙？你除了靠女人，靠胡人，还有几分本事？"

伍震荣全身负伤，也傲然地挺立，说道：

"能把你这个李启望打死，李氏江山也等于灭了！"

忽然冷烈不知从何处飞身而来，站在伍震荣身前，冰冷地说道：

"伍震荣！逆贼叛将，快给太子跪下！"两颗如意珠，打在伍震荣膝盖上，伍震荣顿时给太子跪下了。

太子依旧挺立大笑：

"哈哈哈哈！你这一跪，万事全休！你的春秋大梦，全部灰飞烟灭！你看看你的落伍军，已经全军覆没，你输了！哈哈哈哈！"

太子喊完,已支持不住,身子摇摇欲坠,众人全部去搀扶。汉阳急喊:

"太子!你要为江山社稷挺住!"

众人各喊各的:

"启望!太子!启望!太子……"

冷烈在这一片混乱中,高声对众人说道:

"这伍震荣和我还有旧账未了,我先带去!后会有期!"

冷烈就在众人忙着太子伤势之时,重新点了伍震荣的穴道,一阵风般将伍震荣捞上马背,疾驰而去。

太子倒在皓祯怀里。皓祯跪坐于地,拥着太子。寄南跪在太子身前。

太子看看皓祯,又看看寄南,微笑问:

"我们这场仗,打得真过瘾,打胜了吧?"

"打胜了!大获全胜!"皓祯忍着泪说道。

"启望!你撑着!吟霜马上就来了!"寄南忍着泪喊。

柏凯快马奔来,滚鞍下马,对太子一跪:

"柏凯援救来迟,太子恕罪!落伍军已经投降,伍项麒也已虏获,我们就在锯齿山下,一战而胜!"

"哈哈!太好了!"太子大笑着,看看皓祯又看看寄南,"皓祯、寄南,你们让我没有虚度此生!照顾……我的佩儿……和太子妃!"又轻声加了一句,"还有青萝!"

太子说完,头一歪,闭眼在皓祯怀里。鲁超带着吟霜赶到,吟霜急呼:

"把太子的铠甲脱掉!锁子甲也脱掉!"

邓勇奔来，和皓祯、寄南七手八脚脱掉太子的铠甲和锁子甲。皓祯大喊：

"启望！吟霜来了！你撑着！撑着！吟霜！吟霜！快救太子！"

吟霜看太子中箭的手，只见整只颜色变成乌黑，大震，脱口惊呼：

"血骷髅！中了此毒，没人能活！皓祯，我……我……救不了……"

"救他！"皓祯急喊，"他为我挨陌刀，为寄南挡毒箭，勇猛刺伤伍震荣！他是太子呀！是我朝唯一的太子呀！我们都可牺牲，太子不行……吟霜……"

"是是是！"吟霜哭着，凄然地喊着，"我试！我试……"

吟霜一面喊，一面就跪到太子面前，伸出双手，要去握住太子的双手。

皓祯眼前，瞬间闪过吟霜当初为他治蛊毒的画面，知道她要牺牲自己来试着救太子，大痛之下，连反应的机会都没有，就放下太子，扑上去一把抓住吟霜的双手，痛哭着喊：

"你想把太子的毒，渡到你身上来吗？如果你死了，太子能活吗？"

"我不知道……我不知道……"吟霜哭着说，"他是我朝唯一的太子，我死不足惜……我可以试试……但是没把握呀……"

"吟霜！吟霜……"皓祯心碎地喊着，把吟霜紧拥在怀里说，"我舍不得你，我不能……"蓦然又松手说，"去试！去试……不然来不及了……"皓祯如万箭钻心，用双手蒙住脸痛哭。

吟霜就又去握太子的手，还没接触到太子，灵儿扑过来，从

吟霜身后死命抱住吟霜,哭着喊道:

"吟霜,太子哥已经走了!你别把毒弄到自己身上来,没用了!"

同时,寄南也把吟霜的手拨开,哭着喊:

"吟霜,太子……他他他已经冷了,僵了!"说完,仰天狂叫:"启望!你为什么要救我?为什么要为我受伤?启望!我们还有好多事要一起做,你走了谁来继承天下?"痛哭失声。

"启望!不许死!不能死!"皓祯也哭喊着,"我们还要一起打造桃花源,一起维持忠孝仁义,一起共享最美好的时代……"

邓勇跪地哭喊:

"为什么死的不是卑职?太子回来呀!"

众人全部跪下,个个泪流满面,哭声震天。柏凯脸色惨白,回头看着后面的大队人马。柏凯含泪对神威军宣布:

"太子,壮烈牺牲了!"

大队士兵,顿时哭的哭,喊的喊,一片呼唤"太子"声。

皓祯终于含泪起身,带着伤站直身子,悲切而壮烈地喊道:

"太子神勇,为国牺牲,英魂永在!"

大队士兵全体肃立,用长枪触地,铿锵有声,行军礼,声势惊人地同声喊道:

"太子神勇,为国牺牲,英魂永在!太子神勇,为国牺牲,英魂永在!太子神勇,为国牺牲,英魂永在……"

虽然大胜,此时此刻,却有流不完的英雄泪,有唱不成声的英雄歌。

风何凄凄,
天何惨惨!
血溅关山,
英雄魂断!
此愿已了,
此生无憾!
兄弟同心,
沙场征战!
路漫漫其修远兮,
与子同袍共患难!
风萧萧兮易水寒,
壮士一去兮不复还!

九十四

神秘山洞里，潺潺的水声，淙淙流过山洞深处，回声反射在洞壁上，格外衬托出洞里幽静和死寂，几盏火把在山壁上摇曳闪烁着，更显得山洞的空灵。

已脱掉铠甲负伤的伍震荣，头发散乱，灰头土脸，双手和双脚被铁环锁在洞壁上，形成一个"大"字形。伍震荣从昏迷中悠悠醒来，慢慢睁眼后惊恐地四处张望：

"这是哪里？难道我已经死了？"神思迷糊，双手挣扎着："这是地狱？"惊慌喊："项麒！项魁！你们在哪里？快来救爹呀！快来救你们的爹呀！"

伍震荣惊慌之余，定睛一看，只见冷烈漠然地坐在对面一张石凳上，五只手指头不停把玩翻转他的暗器。伍震荣突然看到一脸白皙的冷烈，凄厉地喊：

"你是阎罗王派来的索命使者吗？你想要什么？"恳求："本王全部给你，饶了我一命吧！本王有金山、银山，全部都可以奉送给你！饶我一命吧！饶我一死……"

还不等伍震荣说完话，冷烈不看伍震荣一眼，就手里一甩，一把暗器向伍震荣飞去。伍震荣身上、手上、腿部中了冷烈好几个专属飞镖。飞镖上刻有"冷"字。伍震荣刺痛哀号：

"哎呀！好痛！好痛！使者请饶命！饶命呀！"

第二波飞镖再次射出，伍震荣身上到处插着飞镖，但都不在致命之处，满身鲜血直流，狼狈哀号：

"唉！不要射了！不要射了！阎罗王要审案是不是？我招！我招！"痛得老泪纵横，"是我干的我荣王全认了！不要伤害我，不要再折磨我了！求求你！放过我！放过我！不是我干的我也认了，行吗？"

冷烈走近伍震荣，面对狼狈的伍震荣，冷笑：

"哼！伍震荣！你也有今天！算你还有自知之明，知道自己该死到地狱门，不过……"把插在伍震荣肚子上的飞镖，用力再刺进更深处，伍震荣痛喊哀叫。

"阎罗王不急着见你。有一家子的血债，等着你清偿！"

冷烈说完，山洞的暗处，突然传出一阵女性响亮的笑声，一个女人走进火光照耀处，长发飘飞的九凤，依旧美丽，却面色苍白，有如鬼魅出现在伍震荣眼前。九凤不胜唏嘘：

"伍震荣啊伍震荣！我终于等到你了！看你这么多年来叱咤风云、威风八面的，哈哈哈！怎么今天落魄成这样了！哈哈哈！"

伍震荣认不出九凤，惊问：

"你是谁？也是索命使者？还是厉鬼？要让我死，就快动手，不用再耍手段了！早死早超生！"

"是谁说厉鬼不可怕,人最可怕?"九凤说,"你连人都不怕,怎会怕厉鬼?托你之福,总算让我了解什么是比厉鬼更可怕的人!那个人就是你!但是,你这个不怕厉鬼的人,我今天会让你明白,宁可见到厉鬼也不要见到被你刺杀的故人!"

"九凤?"伍震荣大惊,"你是九凤?你不是被我刺了两剑,死掉了吗?你是鬼?你是要来向我索命的九凤!"

"这么说你对我这鬼魂倒是念念不忘?我怎么被你亲手屠杀,你都历历在目,记得清清楚楚?那好!我也不废话!"喊着,"冷烈!他害你娘终身痛苦,被往事缠绕无法自拔,你把他那只挥剑的右手废掉!"

冷烈冷笑,玩弄手中暗器:

"那简单!给他肘关节几颗如意珠吧!"冷烈说完立刻对伍震荣的右肘关节,连续射出五颗如意珠,去势强劲、珠声破空,正中伍震荣右肘肘弯部的曲池、天井大穴,珠珠排列有致,像花瓣般围绕一圈。伍震荣痛得大喊:

"啊啊啊啊……"哀号声在整个山洞中回响。

同时,太子的尸体盖着皇家军旗,被放置在皇宫大殿上。兰馨跪倒在太子尸体前痛哭,喊着:

"启望哥!你醒醒啊!我不相信你就这样走了!启望哥!"

皇上抚头痛哭,悲伤万分。身旁曹安也流着泪手足无措,不知如何劝慰皇上。

"启望!早知你会葬身锯齿山,朕实在不该让你去的!你正当英年,多少大事等着你去做,朕的心愿,等着你去发扬光大,你这一走,朕肝肠寸断啊!不是给了你锁子甲吗?怎么不能防身啊?"皇上哭着说。

皓祯、寄南、汉阳、柏凯等人站在太子身后,默默拭泪。皓祯和寄南的伤口,已经被吟霜缝好治疗过,仍然行动不便。苍白的脸色,不是因为身上的痛楚,是因为再也无法挽回的事实——太子之死!

"启望是因为救我,徒手去抓毒箭,才牺牲的!"寄南语不成声地说。

"不是,启望是因为救我,背上挨了陌刀重击,才无力抓毒箭的!"皓祯哽咽着说。

"好启望,好儿子,一直都把兄弟看得比自己都重要……这是他的命!可是,启望这样走了,让朕情何以堪啊?"

皇后和乐蓉知道大势已去,脸色苍白地看着跪在殿上的伍项麒。

众大臣悲伤地跪坐在殿上两侧,个个红了眼眶。

皇上稍稍平静,拭泪不已,愤怒拍桌说道:

"伍项麒!你们伍家处心积虑,就是想要得到今天这种恶果吗?朝廷上还有多少人是你们的同谋?说!"

"说了……就怕你这皇位也坐不安稳,也许今天在场的各位大臣,都是我们伍家的走狗!哈哈哈!"伍项麒豁出去说道。

皇上气得走向伍项麒面前:

"你这可恶的乱臣,到现在一点悔意也没有!你想死,朕有一万种方式折磨你到死!凌迟、车裂、腰斩、剥皮……你选哪一样?"

乐蓉奔出跪到皇上面前，落泪求情：

"父皇！项麒虽然有罪，但也是我的驸马，他是被迫的，伍震荣掌握朝廷的一切，他是伍家长子，能不听伍震荣指使吗？罪魁祸首是伍震荣，不是项麒，请原谅项麒吧！"

"伍项麒让胡人射杀太子！罪恶滔天！罪无可赦！应该五马分尸！"寄南含泪怒吼。

"他把皇上的龙武军改成伍家的伍，自称'副统帅'，打着伍家旗帜在锯齿山挖地道练兵，预备炸掉整个皇宫！这种人居然是本朝驸马，更别说联合胡人谋逆，杀害太子！他死有余辜！乐蓉公主难道对所有事情不知情？应该一起连坐，以谋逆大罪判处死刑！"皓祯悲愤中，义正词严。

"放肆！"皇后突然冒出来，厉声喊道，"窦寄南、袁皓祯，别以为你们平定了叛臣，就可以在这儿耀武扬威！这场谋逆之罪，到底谁是主谋还需要调查，请皇上不要听信片面之词！伍项麒干了什么勾当，一切与乐蓉无关，谁都不许含血喷人！"

"皇后倒是撇得真干净啊！"伍项麒冷笑，"天天骂皇上是个昏君，说太子是个庸才，扶不起的阿斗！一天到晚诅咒太子早日升天，不得好死，这下好了，哈哈！如你所愿，太子真的……不得好死了！"

"启望尸骨未寒，你还如此诅咒他！朕也让你不得好死！"皇上气得发抖，大喊，"寄南！把你的剑给我！"

寄南拔剑出鞘，双手捧给皇上，皇上一接。寄南痛定思痛地说：

"皇上，我们一路忍着，就是要把伍项麒的人头，交给皇上处置！启望在天上看着呢！阎王在地下等着呢！"

"哈哈哈哈！"项麒大笑，"皇上，你会用剑吗？你敢刺我吗……"

项麒话没说完，皇上用力一剑刺在伍项麒的胸口，玄冥剑何等厉害，立即穿胸而过，血溅殿堂！众人震惊。皇上拔剑，再一剑由肩头劈下去，几乎把项麒劈成两半，项麒倒地，一阵抽搐，就断气身亡。

"项麒！项麒！"乐蓉大喊大叫，"父皇！你怎么可以亲手杀了我的驸马，他是我的夫君啊！父皇……"扑在项麒尸体上痛哭。

皇上痛心疾首喊道：

"将伍项麒的尸首拉到午门……五马分尸！"

"不要！不要！不要！父皇！"乐蓉哭喊，"留他全尸吧！是你把我许配给他的，怎么忍心又杀了他？你要女儿以后怎样活下去？"又去抱住皇上的腿痛哭，"父皇！项麒有再多的不是，也是你看走了眼！"

"是！父皇看走了眼，才会害死了我的太子！"皇上含泪对卫士说道，"把尸体拉下去，暴尸三日，留他全尸！"拔脚，甩开乐蓉："这是朕给你的恩典！"

若干卫士跑来，带走伍项麒的尸体。

皇上盛怒命令道：

"袁柏凯将军、皓祯、寄南、李远霖将军、李德辉将军，你们兵分多路，将伍氏一族，城里城外，通通抄家灭族！立刻行动！"大喊："汉阳！"

"臣在！"汉阳应着。

"你立刻查明长安以外,无论咸阳、扶风、渭城、凤翔、洛阳等地,各地伍家余孽,到底有多少?全部抄家灭族!"

"是!臣领旨!"

皓祯、寄南、柏凯和两将军也振奋回答:

"臣领旨!"

"抄家灭族?"乐蓉惊吓大喊,"父皇!连女儿你也要灭吗?"

皇上痛心地看着乐蓉说道:

"看在你是公主的分上,饶了你!"转眼看皇后,痛楚而酸涩地说道:"皇后!你也可以安心了,再也没有太子来和你作对,反对你卖官,造行宫,建别府,害得百姓受苦……你们母女,都下去吧!"

皇后眼看皇上手刃项麒,惊心动魄,一句话也不敢再说,带着乐蓉离去。

太子府里,太子妃抱着佩儿,哭得伤心至极。皓祯、寄南都伤心地站在一旁。

"佩儿!你还这么小,就失去了爹,以后我们母子,要怎生是好?"

屋里所有的人都悲戚不已。邓勇向太子妃一跪,狠狠给了自己两耳光,说道:

"邓勇向太子妃请罪,没有好好保护太子!邓勇自请处分,愿坐黑牢、鞭刑、杖刑都可!"

"邓勇!起来!"太子妃拭泪,"不怪你,我知道你已经尽力了!太子一生仁慈,何时用过鞭刑、杖刑对待卫士?"

寄南走到太子妃面前，落泪说道：

"太子妃！太子为救我而亡，尽管挨了陌刀，又中了箭，却挺立不倒，支持到最后，他虽然去了，精神不死！"

皓祯也走过来说道：

"太子妃，太子对我们说的最后一句话，是'照顾我的佩儿和太子妃！'从此，佩儿是我们大家的孩子！我们会用生命来照顾他，保护他！他还说了一句，'还有青萝'！"

太子妃听了，更是泪落如雨。众人全部落泪。青萝眼眶涨红，低语：

"青萝余生，都要为这四字而活着！"

"娘！你们为什么哭？"佩儿不解地问，"爹说过，勇敢的人不哭！"

青萝走来，虽然眼睛红着，却努力不让眼泪掉下来，说道：

"太子妃，皇太孙说得太好！勇敢的人不哭！我们大家都不勇敢，也不坚强，太子却是勇敢而坚强的人，我们唯一能为太子做的事，是让我们大家都坚强勇敢起来，把皇太孙培养成像太子那样的人！青萝我……终身会为了这事而侍候皇太孙！报答太子知遇之恩！"

太子妃不禁抱着青萝，也抱着佩儿，拭泪说道：

"是！青萝，你指点了我们大家一条明路，不管未来如何，我们能为太子做的事，就是把佩儿教好，让他做个顶天立地的人！白羽、枫红、蓝翎，大家都过来，我们抱在一起，温暖彼此吧！"

几个女子都过来，大家拥抱在一起，个个想坚强，却个个

245

掉泪。

皓祯、寄南、邓勇站在一旁看着,眼眶里也泛着泪。

几天之后,皓祯、寄南的伤势在吟霜治疗之下,几乎痊愈。和汉阳、吟霜、灵儿、兰馨并列驾着马儿,心情沉重地走过与太子曾经一起去过的地方。大家下马走到一棵大树之下,缅怀起太子的种种。

"这片草原是我们和太子经常骑马的地方……"皓祯一眼望去,无限感伤,"现在景物依旧,却人事已非!"

"壮志未酬身先死,长使英雄泪满襟!也许是天妒英才,这么优秀的将才,未来继承大统的明君,却这样离开我们了,这是我们百姓最大的损失……"吟霜说。

寄南突然疯狂地对草原大喊:

"启望哥!你放心走吧!现在我的命是为你活着,你没有完成的梦想,我们拼了命也会替你完成!启望哥!你死得壮烈!我窦寄南永远以你为荣!"

"启望哥是为父皇、为朝廷牺牲的,现在伍家也灭亡了,他应该会含笑九泉。寄南哥,你不要再自责了!我们都要振作起来,继续为父皇打天下!"兰馨说。

"兰馨说得没错!我们要化悲愤为力量!"汉阳冷静理智地说道,"太子会永远活在我们的心中,我们要为逝去的太子,巩固李氏江山,让太阳星永远闪耀在每一处的山河和大地之上。"

"何止是寄南自责,我们的任务就是要保护好太阳星,结果……"灵儿自责地,"我什么也没有办到!居然让太子牺牲!

太子，你在天之灵一定要保佑我们找到伍震荣，我一定要亲手将他碎尸万段！"

正当灵儿说得咬牙切齿之际，一枚飞镖从汉阳和皓祯的眼前飞过，直挺挺地射在树干上。飞镖上刻着"冷"字。

"是冷烈？"汉阳从树上拔起飞镖，一眼看到冷字，赶紧打开飞镖系着的纸条。

"冷烈？那天，他不是把伍震荣给掳走了吗？"皓祯讶异地问道。

汉阳念着纸条的文字：

"伍震荣待宰，速到仙岩洞！——冷烈。"

"原来他也要宰伍震荣！"寄南大喜，"那我们还等什么？快走！"

灵儿轻打自己耳光，一跃上马：

"我这张嘴，真是说什么应什么！我立马去杀了那魔王！"策马大喊："驾！"

众人飞骑而去。

伍震荣仍呈大字形被绑在石壁上，已被折磨得不成人形，残喘不堪，声音微弱地求饶：

"九凤！饶了我！"

"饶了你？那些被你迫害毒杀的百姓能饶过你吗？安南王府一家几十口的冤魂，会饶过你吗？就连被你抛弃、差点死在你剑下的那个冷烈，你问他会不会饶过你！"九凤阴沉地说道。

伍震荣艰难地抬起头，看向九凤：

247

"冷烈？当年抛下悬崖的不是女儿吗？难道你骗了我？那孩子没死？"

"你抛下的孩子，命大福大确实没死！"冷烈声音有如寒冰，"冷烈来自冷姓血脉，一个没有一丁点热血的家族，性子刚烈，我每天活着，都庆幸我娘让我姓冷！"再用锐器对伍震荣膝盖骨一刺。伍震荣痛喊：

"唉唉唉！痛死了！痛死了！我终于明白了！原来你才是九凤的儿子？也是我的亲生儿子，求求你不要再刺了，天下无不是的父母，饶了我！饶了我！"

"你这恶魔还敢称为人父？'贱女所生，怎配是我的骨肉？'这话你还记得吗？冷烈就是贱女所生的儿子！"九凤愤怒地说，"在你抛下无辜婴儿、在你狠心刺死我的时候，你可曾想过你是为人父母者？"冷笑："哼哼！我安南王府的九凤，注定命不该绝，今天就要亲手解决你！冷烈会好好地侍候你到死！"

此时，皓祯、寄南、汉阳、吟霜、灵儿、兰馨一起冲入山洞，众人都听到九凤的话语。灵儿尤其震惊，冲向九凤喊道：

"你是安南王府的九凤？你是我的亲娘？原来你没有死？你还活着？"跑向九凤跪下痛哭："娘！我是你女儿，那个被伍震荣抛下悬崖的女儿！"

九凤看到灵儿悲喜交加，赶紧跪向灵儿，哭着诉说：

"错了！错了！我何德何能成为小姐的亲娘！婢女不敢！婢女对不起小姐！悬崖一别二十多载，寻寻觅觅，今天终于可以光明正大地和小姐见面了！"对灵儿磕头："婢女九凤叩见小姐！"

灵儿傻眼愣住了。吟霜、皓祯、寄南、汉阳、兰馨等人都吃惊地喊道：

"小姐？"

"难道灵儿不是你的亲生女儿？"吟霜问九凤，"难道灵儿是安南王府的女儿？"

"正是如此！"九凤回答，"在处死伍震荣之前，我先把灵儿的身世说清楚……"

于是，九凤说了下面的故事，那是丙戌年十月十九日戌时。

安南王府已经乱成一团，在夫人房中，夫人临盆，婴儿呱呱落地。外面一片喊杀声。月娥、九凤、双喜三个侍女围着夫人接生，房内充满紧张。伍震荣的声音传来：

"安南王的首级已经在此！大家杀呀！一个活口都不要留下！"

夫人躺在床上，九凤和月娥包起婴儿。双喜害怕地对夫人说道：

"夫人！是个小姐！外面已经杀成一团了！"

夫人满头冷汗，衰弱却坚决地说道：

"月娥、九凤、双喜！你们都是我的亲信，等于我的家人，王爷去了，我也不能独活！这个女儿，就交给你们了！赶紧想办法带她逃出去！如果能够看着她长大，告诉她，她的爹娘是如何惨死在伍震荣手下！"

夫人说完，从枕头下拿出预藏的匕首，对着脖子用力划过去。

鲜血飞溅，三个女仆惊叫。

"夫人！夫人！"三人扑上去看，个个哭了。

"夫人断气了，我们带着小小姐快逃！"月娥说，"可是，逃到哪儿去呢？外面官兵见了人就杀！我们已经无路可逃了！"

九凤抱着婴儿，抓了几块接生时的染血衣物，紧急说道：

"跟我去柴房！就说我刚刚生的，那伍震荣早就玷污了我，也知道我怀了身孕，我来应付伍震荣！或者可以保住小小姐一命！"

三人抱着婴儿，打开一点门缝，往外溜去。

众人听完九凤的叙述，个个震撼，灵儿已经呆了，泪流满面。九凤说道：

"灵儿！你的父亲安南王爷大名康远鹏，因军功封王，你姓康！不姓裘！"

"这么说，我爹不是伍震荣，是安南王爷康远鹏！原来我姓康，我娘在我出生时就抹了脖子！"灵儿无法置信地说着。

九凤依旧跪着，痛哭道：

"后来在柴房，袁大将军饶了我们一命，为了不引人注意，我们三人分头逃命，我当时怀了六个多月的身孕，幸好衣服宽松，都没人发现我有身孕，我抱着小小姐遮住腹部，跑到悬崖，伍震荣追到悬崖，先把小小姐丢下悬崖，再刺了我两剑，他以为我死了，我却被一个武功高强的老者救活，三个月后，生下了冷烈。老者收留了我和冷烈，也教会冷烈武功和所有暗器的绝顶功夫。"

"这么说，冷烈多次出面相救，是为了追踪伍震荣？"

"没错！"冷烈说，"当我功夫练成之后，恩师就让我下山，一边受到母命，寻找安南王府遗失的小小姐；一边伺机刺杀伍震荣。"

吟霜把九凤从地上拉了起来,眼中充满了泪,震撼地对灵儿说道:

"丙戌年十月十九日,灵儿,你跟我是同年同月同日生啊!"吟霜喊道,"我也是那个晚上出生的,被放在杏花溪随水漂流而去!可是,我们竟然相识,情同姊妹!命运特别帮我们安排的吗?"又看着九凤说道,"九凤,你带来的真相,给灵儿的安慰太大了!灵儿一直痛苦自己是伍震荣的女儿!恨到曾经想亲手结束自己!"

"这种感觉我深有体会!"冷烈说道。

"还有我!"兰馨阴沉接口。

"灵儿!"寄南悲喜交加地对灵儿说道,"真相大白!你变成'小小姐'了!你再也不是'小小的'了!"

"冷烈!你又如何查出灵儿就是安南王府的小小姐?"汉阳不解地问。

"伍震荣屠杀安南王府那天,躲在树林里目睹的不只裘彪,我师父亲眼看到裘彪爬下悬崖救走了灵儿,他才救走了我娘!我娘曾经为一个杂技班的老板裘彪,送东西吃。所以,我有一天在东市,看到裘家班的台柱灵儿在表演。当时我心中非常震撼,也猜出了灵儿就是安南王府最后的命脉!"

"后来我们知道裘家班被屠杀的惨案……"九凤激愤地说,"小姐!现在是你为安南王府和裘家班数十条人命报仇的时候了,你不是发誓要血债血还吗?"把长刀交给灵儿:"我把伍震荣留到现在,就是等你来动手!"

兰馨也拿起旁边的刀剑：

"恭喜灵儿，身世大白，终于和这大魔头撇清关系！我真替灵儿叫好！现在我也要为启望哥报仇！我要将伍震荣千刀万剐！"

伍震荣疯狂地大笑：

"哈哈哈！原来安南王府还有漏网之鱼。我怎么生了一堆逆子，兰馨、冷烈，你们身上流的是我荣王的血啊！你们这样亲手弑父，不怕天打雷劈！"

"本公主如果是你的种，才叫孽种！我是本朝公主，我要为民除害！"

"早就告诉你，我姓冷！我出生的使命，就是亲手结束你！"

"伍震荣！你死到临头居然还如此狂妄！可悲我朝居然任你为非作歹，丧尽天良！今日不送你上黄泉路，才会对不起天下百姓！对不起天地！"汉阳正色说。

寄南拔出玄冥剑看天：

"启望！我们一起替天行道，杀死恶魔！"

皓祯也拔出乾坤双剑，大声说道：

"启望！正义虽然会迟到，却一定不会缺席！"

冷烈、皓祯、寄南、汉阳、灵儿、兰馨，全部举剑，指向伍震荣。只有吟霜不敢动手，选择转头不看。

"替天行道，杀死恶魔！"皓祯大喊。

"我会变成厉鬼……"伍震荣狂叫。

"厉鬼不可怕！"九凤大笑，"你这个人才可怕，我终于懂了！各位英雄儿女，还不动手？"

众人同声大喊，声音响彻山洞：

"正义虽然会迟到,却一定不会缺席!"

七柄剑分别从七个方向,刺进伍震荣的身子。因为皓祯用了双剑!

伍震荣嘴里喷出一口血,身子痉挛了一下,头一垂,再也没有发出声音。作恶多端的大魔头,终于死在七柄正义之剑下。

灵儿见到伍震荣死去,冲出山洞,仰天大喊:

"我天上的两位爹爹!娘!我终于帮你们报仇了!终于血债血还了!"

九十五

皇后在室内像困兽般走来走去。乐蓉坐在卧榻前地毯上,恨恨地靠在卧榻上。

"没想到父皇那么狠心,居然亲手杀了项麒,还让他暴尸三日!现在伍家每户都抄家灭族……母后,我们母女是不是再也没有出头的日子了?"

皇后走到卧榻前坐下,还抱着希望,说道:

"还没完!震荣还不知下落,他是个打不死的铁人!等他带兵回来,说不定一举平天下!"

"锯齿山十万大军都投降了,哪儿还有兵可带?"乐蓉看皇后,"母后,你知道锯齿山有藏兵的事吗?项麒从来没跟我说过!"

"本宫当然知道养兵的事,但是不知道距离长安这么近!"皇后一怔,说道,"震荣保密到家,生怕消息走漏!"扼腕叹息:"就差这么一步!不过,那最重要的太子还是死了!剩下的皓祯和寄南,本宫一定要让他们死得更惨!"

"当初伍项伟奉命去杀巴伦,从此整队人马都失踪了!听说这次锯齿山就有巴伦,项麒也太不小心!"乐蓉说。

"巴伦?本宫还记得此事!"皇后深思着。

莫尚宫冲进房内,喊道:

"皇后!听说荣王的头,已经被少将军和窦王爷送进皇宫了!"

皇后大惊,脸色惨变:

"什么?"看向乐蓉,"赶快把我们准备的那密道夺宫图拿来!"

皇宫大殿上,皇上紧急上朝,文武百官几乎都列席,跪坐两侧。兰馨也破例在座,跪坐在汉阳身边。皓祯、寄南拿着锦木盒装伍震荣的人头,肃穆地从中间走道,走向坐在殿上的皇上。卫士高声有力地喊道:

"逆贼伍震荣的首级到!"

皓祯、寄南走到皇上面前,单膝下跪,双手高举木盒过头。

"陛下!"皓祯肃穆地说,"这是伍震荣的人头!伍氏一族已灭,叛贼之首伍震荣伏法!终于可以告慰太子在天之灵!"

神情哀伤的皇上精神为之一振,喊道:

"伍震荣的人头!皓祯、寄南,给朕亲眼看看!"

皓祯和寄南面对皇上,打开盒子,让皇上验明。皇上落泪,悲伤至极地说道:

"启望!这个人头让你送了命!朕宁愿你还能和朕促膝谈心,一起骑马,畅谈治国之道!这个人头却让你一去不回……"厉声喊道:"来人呀!把伍震荣的人头,高挂在城门上示众,直到它化成飞灰!"

"是！"卫士一拥而入，拿去人头。

寄南见皇上落泪，不禁也落泪，见皇上面容憔悴，诚挚说道：

"陛下！乱臣贼子都已伏法，太子哥求仁得仁，请陛下为了本朝社稷，节哀顺变！"

汉阳、柏凯、世廷、众臣皆匍匐于地，诚挚喊道：

"请陛下节哀顺变！节哀顺变！"

皇上勉强提起精神，拭去眼泪，说道：

"伍氏谋逆一案，终于可以平息了。为了百姓社稷的安宁，也请各大臣回归本位，体民所苦，知民所痛！让百姓生活安康幸福，才是我儿启望的心念！"

众臣匍匐于地，齐声喊道：

"臣遵旨！"

方世廷跪起发言：

"启禀皇上，太子英年早逝，正是国殇之痛，臣以为应该昭告天下，百姓同悲，以国恤之礼为太子送行。"

众臣全体再磕头，齐声说道：

"请皇上节哀！以国恤之礼送行太子！"

这时，皇后带着一卷图，突然眼露凶光，冲入大殿，喊道：

"且慢！这太子帮到底是英雄还是叛党，不能因为他们杀了伍家就下定论！锯齿山虽然是伍家养兵谋逆，但是，太子帮何曾没有养兵谋逆？我这儿有证据，证明太子、袁皓祯、窦寄南去年就在唐兴养兵！训练士兵的将军名叫巴伦！"

众人大惊！皓祯立刻跳起身子，激动而坦白地说道：

"陛下！巴伦将军确实为太子和我们训练过士兵，目的就是要抵制伍家的叛乱，一共也不过训练了五百人，这次锯齿山之役，他们也勇猛潜入敌营，成为内应，才让我们能够一举得胜！皓祯正想为巴伦将军请求陛下论功行赏！"

寄南更是义愤填膺地喊道：

"皇后怎知巴伦将军在唐兴的事？那次，巴伦险遭刺杀，去刺杀他的人名叫伍项伟，正是伍家人！幸好我们得到消息，杀了那伍家人，皇后居然知道这伍家的内幕，难道皇后正是伍家谋逆者宫中的内应？"

寄南话才说完，皇后冲了过来，就给了寄南一巴掌，喊道：

"放肆！小心你的脑袋！"

寄南完全未想到皇后会冲来打他，挨了响亮的一巴掌，顿时怒发如狂，厉声大喊：

"皇后！你是一国之母，居然在这大殿之上，出手打人！这是欲盖弥彰吧？"

兰馨更是跳了出来，大声喊道：

"母后！你要再兴风作浪！就别怪我掀开你的老底！"

皇后更怒，冲过去想给兰馨一巴掌，汉阳欺身而上，一手挡下，就把兰馨挡在身后。

皇上再也忍不住，大怒喊道：

"谋逆！谋逆！谋逆！这个谋逆，那个谋逆！朕的王朝就是一个让你们个个想推翻的朝廷吗？身为皇后，你说这话可要有真凭实据！"

皇后冷眼注视皇上，缓缓打开手中的卷轴，展开在皇上面前。密道图立即呈现在所有人眼前，精密而详尽，大臣们哗然。

皇后斩钉截铁地说道：

"这就是太子拟定的密道夺宫图。太子早有弑君计划，以皇宫密道引兵，再冲入皇上的寝宫，企图夺取皇上的天下。皇上圣明，这算不算真凭实据？"

皇上惊愕无言。寄南大吼大叫，冲向皇后：

"皇后你鬼扯！这图是假的！你如何污蔑我窦寄南无妨！太子都已经为保卫朝廷牺牲了，不许你冤枉他！"气得去推皇后。

皇后的卫士，立即向前保护皇后，用力拉开寄南。寄南一气，一记"黑虎偷心"，对着皇后的卫士胸口，就是一拳。众卫士全部拥上，和寄南开打。皓祯忍不住，也加入寄南，和卫士们大战。

众臣大惊！纷纷从地上爬起身躲避。皇上站起身，身子摇摇欲坠：

"反了！反了！你们心中还有王法吗？……住手！统统住手，不可打寄南、皓祯……"皇上话还没有说完，就昏倒在地。

方世廷大惊！跑向皇上大喊：

"皇上！曹安！快宣太医！快宣太医！"

朝臣大惊！曹安惊慌喊道：

"是是是！宣太医！宣太医！"

皇后趁乱追击，大喊：

"来人呀！将袁皓祯和窦寄南抓入大理寺大牢候审！谁敢违抗，格杀勿论！"

"皇后且慢，皇上没有下旨……"袁柏凯急喊。

皇后又从衣服里拿出一面"尚方御牌"，高高举着。

"皇上的尚方御牌在此！你们还不跪下！"

众臣突然见到尚方御牌，又是个个一愣，仓促下跪。皇后对卫士大喊：

"快动手！逮捕袁皓祯、窦寄南！"

众多卫士一拥而入。汉阳急忙对皇后说道：

"既然皇后说这些都是证据，请将证据交给臣来查办！"

"不必了！此案本宫已决定交给大理寺卿陈大人来审理！"皇后大声地说道，"你只是大理寺丞，无法审此大案！"

众多卫士便把皓祯和寄南制伏，两人挣扎着，拳打脚踢，奈何卫士众多，无能为力，在柏凯、世廷、汉阳和一干大臣的目睹下，被拖下了大殿。

皇后逮捕了寄南和皓祯，立刻在御书房召见右宰相方世廷。世廷行礼说道：

"皇后突然召见世廷，不知有何吩咐？"

"方宰相是伍震荣的知己吧？"皇后单刀直入地问。

"知己谈不上，曾是过从甚密的同朝宰相而已！"世廷谨慎地选择用词。

"方宰相也别撇清，朝廷上谁不知道，方宰相和伍震荣是知交！现在伍震荣因谋逆而死，方宰相能够逃掉被调查的命运，要拜皇上突然生病晕倒的福气！不过，太子去世，皇上又病倒，本宫被皇上器重，曾给予尚方御牌，只好一切代劳了！"

"皇后有何指示，不妨明言！"世廷小心翼翼地说。

"首先，要给方宰相一个好消息，本宫和皇上都一直很欣赏汉阳,所以已经决定,把兰馨公主赐婚给汉阳!等到太子事件尘埃落定,就举行婚礼!"

"皇后!"世廷大惊失色,"只怕犬子配不上兰馨公主!当初兰馨选驸马时,也不曾看上过汉阳,此事恐怕要请皇后三思!"

"三思什么?"皇后不悦地说,"这样的恩典,你还不谢恩?难道你们宰相府,因为兰馨是二嫁,而看不起兰馨吗?"

"下官怎会看不起兰馨公主,只怕汉阳无法讨公主欢心!此事恳请皇后和皇上仔细考量,不要误了公主的终身!"世廷惶恐地说道。

"兰馨已经知道赐婚的事,皇上问过她,她也同意了!汉阳常常带兰馨去骑马,相信也是两情相悦,此事已定,不用再谈!"皇后强势地说。

"皇后……"世廷还要抗拒,才开口就被皇后打断:

"现在谈另外一件事,就是皓祯、寄南两人协助太子谋逆的事!伍震荣已经死了,本宫倒是真心想重用方宰相,宰相心里有数,以后是荣华富贵,还是和伍震荣连坐,都在方宰相一念之间!"

"皇后殿下!"世廷惊看皇后,"太子尸骨未寒,这谋逆案来得太快,会不会过于草率?"

"那就要看你如何审理了!"皇后咄咄逼人地说,"汉阳年轻,和皓祯、寄南走得太近,避嫌不得接触本案!这案子,就交给方宰相和陈大人一起审理,直接向本宫回报!他们两个,依本宫看是罪证确凿,你们赶紧问出口供,早日定案!"

世廷惊看皇后,哑口无言。

方世廷回到宰相府，心事重重，满脸沉重，在客厅来回踱步，对采文烦恼地骂着：

"凭什么让我的独生子，去捡袁皓祯不要的老婆！这让我们方家的脸往哪里摆！真是欺人太甚！欺人太甚了！"

"刚刚经过锯齿山大战，朝廷不是正在纷乱中吗？"采文困惑地问，"太子还没入土，皇后就急着宣布赐婚？"想想，又说道，"兰馨配汉阳，不也是我们之前心心念念，渴望得到的良缘吗？何必生这么大的气？骂皓祯又有什么用？"

汉阳急急踏入家门，一进门就问：

"爹，听说皇后召见你？"

世廷突然看到汉阳，更加生气：

"你这不孝的儿子，你不是离家出走了吗？一听到赐婚又滚回来了？回来也好，快把我朝所有的律例去翻个遍，想办法引经据典，依法依理地推掉皇上的赐婚！"

汉阳急在心里，语气不佳地说：

"这时候就要我拿出朝廷律例引经据典？平时办伍家的案子，爹怎么都不让我引经据典？"

"伍家人都死了！说那些有什么用？"世廷大声说，"现在皇后明摆地要给你难堪，你不赶快想办法推掉这婚事，还有心思跟我计较？我的心事，你何曾了解过？"

采文急忙劝阻双方：

"你们父子就不能好好说话吗？汉阳！赐婚的事你怎么想？"

汉阳突然坚定地说道：

"命中注定，是谁的人就是谁的人，当初选驸马，我抱住兰馨，已经一见钟情了！这是上苍的安排，爹何必如此食古不化？"

世廷气坏了，瞪着汉阳：

"一见钟情？那你怎么败给了皓祯？这么说，你是同意这门婚事的了？"

"当初输得有点冤，但我对兰馨的心意从未改变！也不在乎兰馨与皓祯的过去！"

"世廷！汉阳不在乎，你何必在乎？"采文震撼地说，"兰馨……就像汉阳说的，大概是命中注定，要嫁进方家！咱们就顺应天意吧！"

世廷越想越气，说道：

"忠臣不事二主，烈女不更二夫！跟袁皓祯做过夫妻的女子，你们还想让她过门来？如果当初袁皓祯好好地对待公主，兰馨何须再嫁？这残局要让我们方家来收拾，这让我怎么能咽下这口气！你们母子俩倒是一个鼻孔出气！简直是气死我！这个袁皓祯，上辈子跟我有仇吗？哼！"

方世廷气得拂袖而去。采文听到世廷最后一段话，心中剧痛，有苦难言。

汉阳在世廷身后吼着、追着、喊着：

"我回来不是为了兰馨，是为了皓祯和寄南，那案子应该交给我来办！"

方世廷早就不见身影了。

皓祯和寄南被皇后逮捕，就给推进了地狱。在大理寺大牢的刑房里，两人上身赤裸，下身穿着囚服，双手被吊着绑在屋顶垂下的铁链上，上身已经鞭痕累累。陈大人恶狠狠地质问：

"你还不老实招供！你们和太子是何时计划谋逆的？"

皓祯虽然狼狈却潇洒地回答：

"这是个好问题，不如陈大人去天庭问问太子？"

"对！"寄南附和，"再去地府问问伍震荣，是谁在锯齿山养兵，是谁在挖地道，是谁弄了可以炸飞长安城的火药？他和皇后是何时计划谋逆的？"

陈大人抓了鞭子就猛抽着他们的上身：

"你们死到临头还在贫嘴！"陈大人自己力气不够，再把鞭子交给衙役，"继续打，打到他们招！"

衙役对着皓祯和寄南猛烈地抽着鞭子。两人咬牙忍痛，虽被痛打却不曾讨饶。

方世廷跨进了刑房。陈大人见到世廷，礼貌却强势地说：

"宰相爷！您怎么亲自来了？这两位公子交给下官就可以！"

"陈大人！本官奉懿旨必须亲自审问！"世廷说，见两人身上血痕斑斑，有点心惊胆战。陈大人礼貌地应着：

"是是是！宰相爷慢慢审，下官陪着您！"说完退到一边。

方世廷就走到皓祯面前，注视皓祯，严肃地说：

"袁皓祯，太子谋反，你有没有参与？老实说！"

皓祯就抬起头来，朗声说道：

"我就说实话，伍震荣谋反，我参与了！皇后谋反，我也参与了！太子谋反，我当然参与了！连皇上谋反，我都跟着参与了！你方宰相谋反，和陈大人谋反，我都参与了！所有的谋反，

263

我一个个参与，全部参与了！"

"皓祯！你这样说就不对了！"寄南喊道，"不能把本王爷的功劳也抢去！各种谋反，是你一半我一半好不好？"

世廷看看两人，怒道：

"你们这是向本官显示你们的潇洒，还是你们的威武？现在你们两个死到临头，还不知收敛，一定要本官把你们定罪才甘心吗？难道参与谋反，也算英雄吗？"

"我从来没有认为自己是英雄，我做我该做的事，杀我该杀的人！被封为骁勇少将军，保护我朝江山社稷，保皇杀敌是我的使命！在锯齿山或是本朝任何地方，如果有人因我而丧命，一定是罪大恶极之人！"皓祯侃侃而谈。

"说得好！"寄南喝彩，"今天窦某能与少将军一起被囚，听着少将军的高论，即使被冤死也无憾！"

世廷瞪着皓祯和寄南，对这两人的视死如归，也心生佩服。陈大人忍不住上前：

"宰相爷！这两个人犯，能说善道！您这样问案，太客气了！还是交给本官来处理吧！本官有把握，让他们招出所有的罪状！"

陈大人说完，就对衙役喊道：

"重重地打！打到他们肯说真话为止！"

鞭子又一鞭鞭抽在两人身上，鞭鞭见血，陈大人再喊：

"准备盐水！"

"陈大人！屈打成招不是上策！"世廷提醒道，"毕竟他们两个也是皇上器重的臣子！"

"宰相爷此话错也！"陈大人说，"太子还是皇上的儿子，照样谋反！"喊道："泼盐水！"

两盆盐水浇在两人伤口上。两人痛楚到发抖，却咬牙忍耐着。皓祯痛到狂笑：

"哈哈哈哈！这盐的用意，我总算明白了！"

寄南也狂笑着：

"兄弟！有鞭子一起挨，有盐水一起泼，有阎王一起见，只是……可怜了那两个傻傻的好女子！"

世廷心有不忍，看了两人一眼，就掉头出门去。

与此同时，将军府里，汉阳匆匆赶到。和袁家众人、灵儿都集合在大厅中，个个都脸色苍白，惶急无比。

灵儿气呼呼地满屋子绕：

"哪有这种事？还以为皇上会在朝廷上论功行赏，个个升官，结果突然就来个大转弯，居然把皓祯和寄南给下狱了！"

吟霜急得快哭了：

"皇后分明是在为伍震荣报仇！我有很坏很坏的预感，爹、娘，怎么办？我觉得这情况，比他们面对伍震荣的十万大军还严重！我们必须赶紧去救他们啊！"

"唉！除非皇上马上能清醒！"柏凯叹气，"怎么会给皇后'尚方御牌'呢？"

"那御牌可能是皇后从皇上那儿偷去的，谁知道是真是假？密道图就肯定是假的，皇后早有预谋要陷害太子党！"汉阳说道。

大家一听，更加愁云惨雾。灵儿问：

"汉阳！你总可以从你爹那儿探听消息吧？"

"我爹是奉了懿旨,和陈大人一起办案,可……他根本不许我插手!"汉阳无奈。

雪如看着汉阳,着急说道:

"你到底是大理寺丞,你总有办法进到大理寺,不管怎样,皓祯和寄南现在情况怎样,你总可以帮我们打听一下。"

"是是是!我一定会去大理寺!"汉阳说,"我赶来就是要告诉大家,先稳住情绪,案子在大理寺,我非管不可!如此明显的冤狱,我更不能坐视!"

皓祥着急地喊道:

"连锯齿山那样凶险的大战都打胜了,难道就败在皇宫里一个女子手中吗?汉阳大人,我看不如劫狱!我要去救出我哥哥!"

"皓祥!你别乱说!"翩翩急道,"好不容易死里逃生,怎么能去干犯法的事?你要吓死娘吗?还是大家商量商量,有没有方法,要不,先给他们送点吃的、喝的进去!听说那地牢又湿又冷!不挨鞭子都要生病的,何况……"

"二娘说得是,汉阳!那儿不是人待的地方,你赶快想办法吧!"吟霜落泪了。

"还有一条路,我们去找兰馨!"汉阳深思地说,"她一定比我们还生气!对付皇后,她有她的办法!"

众人眼睛一亮!经过共同击毙伍震荣,大家都成了同仇敌忾的兄弟姊妹,怎会忘了兰馨?于是,灵儿和吟霜带着医药包,在汉阳安排下,大家在皇家马场相见。吟霜着急心痛地说:

"公主!请你快想办法吧!皓祯、寄南现在一定被用重刑了,不知道会不会有生命危险?"

"公主！之前你都有办法拿到特赦令，让皇上刀下留人！这次一定也能有办法，救下皓祯和寄南对不对？"灵儿慌乱地问。

"说实话，这次的情况和上次不一样，我母后失去伍震荣，她恨死皓祯和寄南，她现在更急迫地想抢下李氏江山，妨碍她的人，恐怕都没好下场，我不是很有把握……"

吟霜和灵儿两人担忧地紧握双手。

"除非……"兰馨想着，"我直接去找我父皇说清楚！我把母后和伍震荣淫秽的肮脏事全部抖出来！让他废了母后……可是，父皇好像还没清醒过来呢！"

"公主万万不可！"汉阳阻止，"就算皇上清醒了，你现在去说这些，恐怕会让皇上的病更加严重，脸上无光，恼羞成怒！这样对事情更加不利，就怕公主说的话，反而引来反效果！何况，现在皇上的身体是最重要的事！"

"直接去大牢吧！我相信大理寺不敢不买公主的面子，我们先去大牢看看皓祯和寄南的情况，只要见到他们，起码知道他们现在是不是安然无恙！我们带着外伤的药，多少能有点帮助！"吟霜说。

"对对对！我们先去大牢！我们有大理寺丞，还有本朝公主，谁能拦阻我们？"灵儿振振有词，"我们去探监总可以吧？"

兰馨首肯，大家不敢耽误，就直奔大理寺而去。

在大理寺刑房里的皓祯和寄南，被吊着手，打得更加凄惨！世廷在一旁观看。

皓祯满身伤痕，嘴角流血，想到方世廷可能是自己的亲爹，更是痛心无比，泛着泪光对方世廷说道：

"方大人！就算伍家对你有恩，人在人情在，人走茶凉，你何苦为伍震荣那种千古罪人，让双手再沾满血腥，折磨自己？你看过的血腥场面还不够多吗？"

"现在是大理寺卿陈大人和本官联合办案！你居然想策反朝廷命官，当心本官让你罪加一等。不如把你们谋反的经过，完完整整地交代清楚，免得再受皮肉之苦！"方世廷说道。

"快说！"陈大人凶狠，衙役不停抽打两人。寄南散乱了头发，被打得有气无力：

"我已经说了几百次，各种谋反，我通通有份！参加了太多次，怎么记得细节？"鼓起力气挑衅地："怎样？你杀我呀！有种你放了皓祯！杀我呀！"

卫士冲进刑房报告：

"报告宰相大人、陈大人，兰馨公主和汉阳大人求见！"

世廷暗怒，自言自语：

"汉阳这不孝子，居然联手兰馨公主来对付本官了？皇后赐婚，本官都还没答应呢！"就说道，"陈大人，你继续审案！"心想："我就出去会会公主，直接让她死了嫁给汉阳的心！"

方世廷走出大牢门口。吟霜、灵儿、兰馨、汉阳都迎上前去。

"宰相大人！大理寺抓走了皓祯和寄南，本公主想探监！"兰馨着急地说。

世廷无视公主，怒视汉阳：

"汉阳！你身为大理寺丞，难道不懂朝廷重犯不得探监的规矩吗？"怒气冲冲地说，"我可还没答应婚事，你就急着和这个准备再嫁的公主，同心协力来对付你爹了吗？"

"爹！请你口下留情！"汉阳在乎兰馨的感觉，急喊。

兰馨听了脸色大变。吟霜心里只有皓祯，一跪落地，哀求道：

"宰相大人请饶了皓祯和寄南！"情急生智说道，"大人！吟霜是来投案的，所有谋反都是民女干的！我是狐仙，我蛊惑大家谋逆的，大人押错人了！押我吧！我是白狐呀！"

灵儿听吟霜如此说，也跪下了：

"不不不！是我！是我！我为了替我们杂技班报仇，我怂恿太子假谋反，才能杀了真谋反的伍震荣！"

"是谁谋反方大人心里早就有数！"兰馨霸气地挺身而出，"方大人身为朝廷命官，怎能残害忠良，快放了皓祯和寄南！"

"爹！人死不能复生，请你不要一错再错！"汉阳痛喊，"快放人吧！你这样做，让身为大理寺丞的我，无地自容啊！"

"本官在处理谋逆大案，在官场我不是你爹！是一国宰相！"世廷怒吼，"你们这些闲杂人等，不要妨碍公务，通通出去！"大喊："来人啊！把他们赶出大理寺！"

方世廷说完，转身再进入大牢。众多衙役粗鲁地把吟霜、灵儿、兰馨赶了出去，但对汉阳却有怯意。吟霜与衙役拉扯喊着：

"大人！宰相大人！您不能赶我们出去啊！我们是来投案的，我才是谋逆的主谋呀！大人！"

汉阳忍无可忍，对众人喊了一句：

"你们等在这儿！大理寺毕竟是本官的衙门，我闯进去看看！"

汉阳说完，就厉声对众衙役大喊：

"你们退下！"

衙役一惊，让开，汉阳就直奔大牢而去。

九十六

衙役还在鞭打着皓祯与寄南,两人已经被打得奄奄一息,惨不忍睹。

忽然汉阳风一般地冲进了刑房。陈大人一惊喊道:

"汉阳,你来了?"

汉阳冲到寄南和皓祯面前,对衙役大吼:

"住手!住手!"

衙役住手退后。汉阳看着皓祯和寄南满身的鞭痕和伤势,惊痛至极。皓祯忍着痛楚,看着汉阳说道:

"汉阳!你终于出现了!锯齿山大战,仙岩洞刺杀大魔头,还有以前的挥泪送英雄!此生太值得!我身上的伤没关系,你千万不要告诉吟霜,让她担心!万一我不能活着走出这个大牢,请帮我照顾她!"

寄南也急道:

"还有灵儿!如果你能收她在身边,培植她成为一个女神捕,她一定会很开心的！告诉她，她不笨不笨一点都不笨，是我欺负她……"

汉阳挥着袖子，激动地喊道：

"你们不要像交代后事一样跟我说话！你们要对吟霜说的，要对灵儿说的，你们亲自对她们说！我不是来听两位遗言的！"

汉阳就冲到衙役处，夺下鞭子，对两个刑求的衙役胡乱抽去。汉阳似乎打得毫无章法，乱挥一通，却鞭鞭抽在衙役脸上身上。世廷惊喊：

"汉阳！你疯了吗？快放下鞭子！"

汉阳丢下鞭子，冲到世廷面前，沉痛地吼道：

"爹！你打碎了我对你的尊敬，打碎了我们父子感情！你要真相是吗？真相是我在谋反，你信吗？现在有一群人来自首，明天，可能有几百几千人来自首！你还要另一个真相吗？你因为皇后突然赐婚兰馨，丢了你宰相的脸，你这是公报私仇！打皓祯、寄南出气！你还要真相吗……"

"住口！你这个不孝子！"世廷大惊喊道。

汉阳对世廷恨恨说道：

"你没有'不孝'子！因为你失去我了！我不是你儿子了！"

汉阳喊完，就回头对陈大人怒道：

"陈大人！请你立刻给他们松绑！否则我马上进宫，把皇上请来这儿参观一下你们的杰作，皇上对少将军和窦王爷的宠爱你不会不清楚吧？"

"把皇上请来？"陈大人大惊失色，急忙看着方世廷，"方大人您看这？"

"汉阳！你这是在威胁谁呢？我和陈大人是奉懿旨办事，你胆敢在此干扰审案，还不退下！"世廷瞪着汉阳说。

"我身为大理寺丞，决不允许对未定罪的人犯严刑逼供，屈打成招！方大人、陈大人是不相信本官说到做到吗？还不快给他们松绑！"

"你……你这个逆子！"世廷气结，想出手打汉阳，汉阳正视着父亲，毫不畏惧。世廷打不下去，气得手一挥示意衙役松绑。

衙役上前，松开两人吊着的双手，皓祯和寄南立刻瘫倒在地。

汉阳对陈大人命令地说道：

"少将军的夫人白吟霜还在外面候着，她的医术高明，尽人皆知，我去请她们进来给两位治伤！两位大人，可以先行休息，放心！我绝不会擅自释放嫌犯，给两位大人添麻烦！"

汉阳说完便大步流星地出去。世廷对衙役吼道：

"你们都看紧了，出任何差池，就别想活着离开！"

世廷拂袖而去，胆小怕事的陈大人急忙跟了上去。

于是，吟霜、灵儿和兰馨都进了刑房，在汉阳的大吼下，衙役拿来两条毯子，让皓祯和寄南趴在两张毯子上。吟霜赶紧上前诊视，见两人遍体鳞伤，拼命忍泪。知道时间宝贵，不敢耽误，立刻仔细地为皓祯上药，在伤口上方轻轻吹着，帮他止痛。皓祯看到吟霜，咬牙忍痛，笑着说道：

"吟霜你别被那些伤口骗了，不过是鞭子嘛！不痛的！"

"是是！"吟霜说，"你别说话，让我帮你上药！"就一面吹气，一面上药。

灵儿为寄南上药，再小心，寄南还是忍不住地叫疼，脑门冒汗。

"啊……啊……好灵儿,你轻点行吗?"

灵儿心疼却嘴硬:

"我看皓祯的伤不比你少,人家怎么没你这么吵!"

"吟霜是妙手神医,又温柔,又轻巧,哪像你,粗手粗脚,又凶悍,又用劲!"

"你还嫌弃我!"灵儿故意用劲地把药膏抹上伤口,寄南疼得大叫:

"啊……谋杀亲夫啊!"

灵儿一怔脸红,大家被寄南逗笑了。灵儿说:

"你胡说什么呀!"

"寄南这是苦中作乐,他忍着痛还逗大家开心,他多不容易啊!"兰馨说。

"哎!知我者兰馨公主也!"寄南说。

"皓祯!你疼就叫出来,别尽忍着,我知道鞭子抽的伤口有多疼!他们还泼盐水,真是太残忍了……"吟霜忍不住掉下泪,滴在皓祯的背上,皓祯看不到但察觉了。

"吟霜别哭,我不疼,在这么恶劣的环境里,能够有你的陪伴,还有大家的苦中作乐,所有的疼痛都化为感动了!"

大家听了吟霜、皓祯两人的话语,都醉了。灵儿嘟着嘴说:

"寄南!你就不能像皓祯这样说几句感人肺腑的话给我听听!就会嫌弃我!"

"行!只要我能出去,咱们俩钻进被窝,我给你说上几天几夜!"寄南说。

"你们一定能平安出去!"汉阳和兰馨异口同声地说。

两人都意外地看着彼此,有点不好意思。皓祯惊觉,不胜感慨,冲口而出:

"公主跟汉阳真是好默契!"

汉阳跟兰馨又互看,微笑起来。寄南说道:

"有你们的双重保证,我的伤口好像不太疼了!"

"汉阳!"吟霜担心地说,"我们这样帮皓祯、寄南上药,明天陈大人会不会过来又是一顿鞭刑?"

"不会的!在他们离开大牢之前,我不会让任何人再碰他们一根寒毛!"汉阳坚决地说。

"我们会尽快把皓祯、寄南弄出去!"兰馨说,"待会儿我就会去看父皇,只要他清醒了,你们就得救了!"

"真的吗?那就好!"吟霜打开瓷瓶倒出药丸,"这个药丸,能止痛,还能安神,之前皓祥也服过,很有用的,但药味苦,我需要水让他们服下去。"

"我去!"兰馨和汉阳再度默契地说道。

汉阳率先出去了。

"我没听错吧!寄南,什么时候,咱们也默契一回!"灵儿说。

"哈哈哈!成!啊……疼!"寄南又笑又喊痛。

大家就这么苦中作乐着。汉阳拿了一葫芦瓢的水过来。

"两位将就着喝吧!"

吟霜一面喂药,一面对身边的兰馨低低说道:

"兰馨!请你想办法把这些衙役通通弄出刑房,我要用我的方法帮他们两个治伤!这样擦药效力太慢!这个药膏里我掺了薄荷叶汁，所以擦上去有清凉感，能帮他们止疼止痒，但凉性会慢慢消失，疼痛感就回来了！"

兰馨点点头，忽然跳起身子，对衙役痛骂：

"你们知道这样虐待别人，要付出多少代价吗？我有经验，只要你们还有一点天良，噩梦会永远追着你们，后悔会永远缠着你们！痛的不只是被害人，也是加害人！你们这些狗东西，懂吗？懂吗？"

汉阳、皓祯、吟霜、灵儿、寄南都被兰馨的话震撼了。兰馨赶着衙役：

"你们这些刽子手！给本公主滚出去！"

衙役们被兰馨这样突如其来的举动吓得不知道该走该留。汉阳喊：

"还愣着干吗？万一公主下令把你们关起来，我也只能照办啊！快滚！"

衙役们急忙离开了。吟霜赶紧说：

"汉阳！请你帮我守在外头，气功治疗中最忌突然中断，万一受到打扰对我跟病人都是伤害。"

"没问题！我和汉阳守在外头，杜绝所有的干扰，你慢慢为他们治疗吧！"

两人出去。吟霜看到人都走了，灵儿帮忙，她赶紧用白布巾盖住两人背部的伤口。吟霜就忙着将双手放在盖着的布巾上，轮流用气功为两人治伤。

吟霜额上不断冒出汗珠。寄南、皓祯逐渐减轻了痛楚。灵儿拿着帕子，不停地为吟霜拭汗。

刑房内正忙着治伤，刑房外，衙役带着陈大人、方世廷快步地走向刑房门口，汉阳、兰馨立即警觉地一拦。世廷喊道：

"汉阳！里面发生了什么事，快让我们进去！"

"方大人别紧张，他们好好地在里面治伤，我跟汉阳出来透透气，这大牢里的寒气逼人，阴森又潮湿，我快透不过气了！"兰馨说。

"公主不会把人放走了吧？微臣担不起这责任啊！"陈大人狐疑地问。

兰馨冷哼，讽刺地说道：

"本公主知道陈大人向来没有肩膀，趋炎附势，贪生怕死，我怎么会私自把人给放了，让陈大人项上人头不保呢！本公主只是留给这两对苦命鸳鸯一点时间，说说体己话，陈大人、方大人可以通融片刻吗？"

陈大人不敢多言。方世廷知道兰馨指桑骂槐，气得火冒三丈，只能对着汉阳出气：

"你大闹监牢，是要我把你也关起来吗？你这一幕，是冲着我来的？"

"这一切，汉阳都只有一个理由！为了正义！"汉阳悲痛地看向世廷，"希望宰相大人，也能有一颗悲天悯人和正义之心！"就热诚地说道："爱在人，谓之仁，义在我，谓之义！爹！忠孝仁义，忠孝仁义啊！"

世廷大震，被汉阳这几句话着实震撼了。

刑房中，皓祯已在歇息。吟霜脸色苍白地为寄南运气治伤，灵儿继续为吟霜拭汗。吟霜累得快要虚脱，皓祯看着心疼又不舍。

刑房外，世廷仰天狂笑，感叹：

"哈哈哈！想我方世廷一生，年轻时为仕途奋斗换得家庭温饱，中年为朝廷奉献换得有子承衣钵，没想到老来却让唯一的儿子，来教训我不懂忠孝仁义！哼！骂得好，就让我这不懂得忠孝仁义的爹，亲手把这个逆子打死！"

世廷出手就要打汉阳，汉阳不动如山地站着，准备受打。

兰馨突然挡在汉阳前面，世廷即时收住了手。兰馨就对世廷说道：

"方大人！兰馨知道您对我有很多意见，大人与其把气出在汉阳身上让我看了难受，何不和兰馨彻底把心结打开！汉阳，借你的书房用用！"

世廷一愣。兰馨自己就转身走了，世廷只好跟去。

汉阳啼笑皆非，欣赏地注视着兰馨的离开。

到了汉阳在大理寺的书房，世廷背负着双手，在室内走来走去，郁怒着。兰馨用一对明亮的眼睛，坦率地看着世廷，朗声说道：

"本公主知道宰相大人，对父皇把我赐婚给汉阳的事，耿耿于怀！也知道皓祯是受了这事的牵累，才被打得这么惨！"

世廷不悦，也直率地回答：

"既然公主知道，不如去对你父皇说，拒绝这门婚事，让公主和汉阳都能解脱，我方家也不必为难！"

"宰相一定要这样做？哪怕牺牲了汉阳的幸福也不在乎？"兰馨问。

"本官看不出来汉阳跟公主的联姻，会带给汉阳什么幸福！"

"那么，宰相也看不出来，不联姻，会带给汉阳不幸？"

"什么不幸？怎会不幸？"世廷郁怒地问。

"第一，父皇会震怒，一定影响宰相的仕途！第二，汉阳会失望，一定影响父子的感情。第三，汉阳终身不娶，方家从此绝后！"

"什么叫汉阳终身不娶？何以见得除了公主，汉阳就不能娶别的女子？"世廷大惊，愤愤地看着兰馨。

兰馨直视着世廷，很有把握地说道：

"宰相要不要跟兰馨赌一赌？如果宰相不了解汉阳，那么，本公主很了解，他在朝廷上，只忠于一个姓氏！他在私人感情上，也只忠于一份感情！即使本公主再嫁别家，他还是不会另娶！心唯一，谓之忠！"

世廷瞪着兰馨，确实被她的话深深震住了。

这晚，在宰相府，汉阳背着一个包袱，从自己房间走进大厅，坚决地说道：

"娘！汉阳来跟您告别！"

"什么？告别？你要去哪里？大理寺那儿能长住吗？"采文大惊问。

世廷色厉内荏地喊：

"让他走！他今天可神气了！带了公主、吟霜她们大闹监牢，对我又吼又叫，简直无视我这个爹的身份，也无视我这个爹的苦衷！让我太失望了，我就当没有他这个儿子，尽管走！"

汉阳怒看世廷，有力地说：

"我无视你的苦衷？你有什么苦衷？这么多年来，你知道我的苦衷吗？你一点也不了解我！在刑房里我就跟你说了，我不是你儿子！宰相大人，汉阳告辞！"

汉阳说完，背着包袱就向门外走。采文又惊又急地扑过来，抱住汉阳不放。

"有话好好跟你爹说呀！什么叫你不是爹的儿子？你不是他的儿子，你是谁的儿子？为什么你们父子，一定要闹成这样？"

汉阳抬头对采文，恨恨地说道：

"娘！爹已经变了一个人，他不是我爹了！他居然伙同陈大人，把皓祯和寄南关进大牢里，刑讯逼供，打得遍体鳞伤！"

采文更是惊痛，看着世廷，气急败坏地喊道：

"什么？那皓祯和寄南现在怎样？伤得严重吗？"

"已经快要去掉半条命了！"汉阳说，"鞭子抽还不够，还泼盐水，泼完再打，这样的酷刑凌虐，跟伍震荣的暴行有什么两样？皓祯和寄南刚刚大战锯齿山，砍了伍震荣的脑袋，为本朝建立大功，却被爹毒打……"

"住口！"世廷大怒，喊道，"你没有资格来批评你爹，朝中之事也不是你这个初出茅庐的后生晚辈能理解的，不要以为皇上提拔了你为大理寺丞，你就了不起了，还早得很呢！我再告诉你，这个袁皓祯为了成就自己伟大的感情，现在害得咱们方家来帮他收拾烂摊子，兰馨公主在我面前张牙舞爪地一顿训斥，等她进了家门，我们还不知道有什么麻烦呢！袁皓祯是始作俑者，你告诉我，我还能对他有好感吗？"

汉阳忍住了不反驳。采文已经急到语无伦次：

"你……你不喜欢他,就这样对待他吗?你根本没有理由不喜欢他,没有资格不喜欢他!"采文所有的压抑,全部忍无可忍地爆发了,"他他他……他是你的恩人,他是让你能够生存下去的人,他是让你一路做到宰相的人!而你,却这样对待皓祯……你……你才是不仁不义的人啊!"

世廷又气又莫名其妙地喊:

"你满嘴说些什么?他怎么会是我的恩人?你语无伦次,乱七八糟!皓祯是皇后下令抓起来的!我是奉懿旨办事!这些朝廷里的事情,哪是你妇道人家能懂的!"

采文冲上前去,抓住世廷的衣袖,一阵乱摇,失控地喊道:

"我是妇道人家,做错了一堆事,当年为了给你请大夫治病,让你能够活下来,让你吃饱饭,让你考科举……你要感激的不是伍震荣,是……是……是……是皓祯!早知你会和伍震荣勾结在一起,现在,还要处心积虑杀皓祯,我错了!我错了……"就噼噼啪啪地左右开弓,打着自己的耳光,眼泪夺眶而出:"我真应该去死……我真应该去死……"突然对门柱撞上去:"我不如一头撞死!"

汉阳大惊失色,闪电般冲上前去,一把抱住采文,阻止了她撞柱。

"娘!你这是干吗?娘!你说什么呢?我一句也不懂!"

世廷惊愕至极,瞪着采文喊道:

"你为了袁皓祯要一头撞死,你糊涂了吧!"

采文终于崩溃地大喊:

"世廷!皓祯他……他是你的儿子!他是我们的儿子,我们那个生下来就被抱走的儿子！"大喊："我们方家的骨肉！你讨厌的、你折磨的、你鞭打的是你亲生的儿子……亲生的儿子呀！"

世廷瞪大了双眼，说不出话。汉阳震撼地问：

"娘！你在说什么？皓祯……是我们方家的孩子？"

"汉阳！那是你弟弟！是跟你一个娘胎的亲弟弟……"采文哭道，"因为你的祖母、我的婆婆、世廷的娘做主，我失去了那个儿子！"采文开始哭着述说一段过去……

婆婆拉着大腹便便的采文，在乡间旷野的石屋外，哭泣着哀求：

"采文！这是我们唯一的办法，我们有了汉阳，方家已经有后了！我也收了牙婆的钱，不能后悔，你答应娘，就把这第二胎让出去吧！我们就当这个孩子投胎来方家报恩的！"

"娘！别的事我都可以依你，这事，我做不到啊！"采文哭着说。

"那你要看着世廷病死吗？要看着汉阳饿死吗？全家的希望，都在你肚子里这个儿子身上！人家是出了高价来买呀！"婆婆含泪说道。

"如果我生的是女儿呢？"采文问。

"如果是女儿，他们当然不要，付的订金就给咱们！他们希望你吃得好一点，让孩子健康！如果是儿子，他们会再给咱们很多钱，足以让我们渡过所有难关！娘求你了！求你了！为了世廷和汉阳的命，你答应娘吧！"

采文趴在石屋的墙上，痛哭捶墙：

"那我希望我生的是女儿！我要生女儿！老天啊，请给我一个女儿吧……"

采文说完这段经过，哭着继续说：
"结果，我偏偏生了一个儿子，就这样被牙婆抱走了……"
方世廷震惊地瞪大眼珠看着采文，大吼：
"你简直胡说八道！胡说八道！你疯了！"
"我没有疯！皓祯上回入监的时候，我去看过他！也告诉过他！"
世廷气坏了，咆哮道：
"你是不是袁家的故事听多了，听糊涂了也来编造一个！我绝对不相信！我只有汉阳一个儿子，我们的老二不是出生就夭折了？娘怎么会骗我呢！"
"那孩子没有夭折，那孩子是皓祯！"采文哭喊。
"娘！何以见得皓祯是我们方家的？你有什么证据？"汉阳震动已极地问。
"因为牙婆还活着，她来找过我！告诉我她亲眼看着皓祯被抱进袁家！他真的是我们的孩子！他长得和我弟弟很像，汉阳！他和你也很像啊！"
汉阳怔着，忽然想起在亭子里看地图，两人都有"过目不忘"本领的事，想起皓祯一直是"木鸢"最欣赏的人，许多默契都在他面前展开，想起每次"木鸢"的短笺，只有皓祯可以立刻解出来。想起两人一起画洛阳和长安的地图，有相同的见解……越想越惊，越想越有真实感。

世廷震惊！无法置信地瞪着采文。

"你们婆媳两人竟然联手做出这种荒谬的事，还说是为了我的前途？为了我的仕途……我是卖子求荣的人吗？"

采文哭得痛彻心扉：

"卖了儿子，我也后悔了一辈子！是我对不起皓祯……现在他就在眼前，你怎么可以不认？还要治罪于他？还要鞭打折磨他，你于心何忍？让他认祖归宗吧！让他回到我们身边吧！我发誓，他是我们的儿子！一个让人骄傲的儿子！牙婆我把她安置了，如果你不信，我马上把她接来做证！"

方世廷又惊又怒又痛，跌落在坐垫上双眼发直。

"原来我的功名和生命，是你卖儿子得来的！"看着采文，难以置信，"袁皓祯……他真的是我儿子吗？"

采文痛哭流涕，拼命点头：

"千真万确！从我知道皓祯是我的儿子，我没有一夜能安睡，无时无刻不想让他回到我身边，即使不能，最起码听他喊一声娘！"

汉阳一直听着，震撼无比，问道：

"娘！你说去牢里看过他？那么，皓祯怎么说？"

"他……他把我赶走了！"采文哭倒在地，"他不认我啊！他怎会要一个卖儿子的娘？现在……还多了一个要打死他的爹！"

汉阳眼前，又闪出采文追囚车的画面，哭着狂喊的情景。再冒出皓祯陪灵儿、寄南回家，采文差点跌倒，皓祯飞跃过去扶住。和采文送鸡汤，皓祯和采文双双烫伤的画面，汉阳惊痛回忆，脱口痛喊：

283

"难怪最近提到皓祯，娘经常一把鼻涕一把眼泪，看到皓祯就像着魔一样。"再一想："我会和皓祯一见如故，原来我们是亲兄弟！"大喊："皓祯是我的亲弟弟！没错！他的视死如归，他的英雄气概，他的侠骨柔情……他就是我的亲弟弟！不管他要不要认我们，我要认他！我要认他！"

汉阳一喊，乍然惊醒了方世廷。

九十七

这夜,在大理寺的刑房里,皓祯和寄南席地而坐,两人的气色都好多了。

忽然,陈大人带着汉阳、世廷和采文一起进门。采文手里还拿着两套干净的衣服。寄南惊愕地说:

"宰相夫人!您居然来了大牢?不会是怀念我这个在贵府吵吵闹闹的浪子吧?"

采文红着眼眶,看着两人,见到两人身上的血污,心痛至极。

"你们……你们的伤……是不是很严重?"祈谅地看着皓祯,含泪地说,"听说吟霜来帮你们治疗过,是不是好些了呢?"

皓祯看到采文,立刻警戒起来:

"我们都很好!夫人请回吧!"

汉阳见皓祯冷淡的态度,心中痛楚,走上前来,看着皓祯,诚恳至极地说道:

"我娘对你们一直很关心,知道你们安全了,就迫不及待地过来探望。"

皓祯接触了汉阳的视线，更加不安。寄南见状，机灵地笑道：

"哈哈哈！宰相夫人太给咱面子了，经过吟霜神医的治疗，还会有什么问题呢？"寄南说着，就站起身子，活动了一下，勉强地走了两步。

皓祯抗拒地看着世廷和采文，坐着不动，冷淡地说：

"宰相和夫人，是来探监的吗？我们用不着，如果是来审问的，就赶紧继续审问吧！如果是要刑讯，就干脆刑讯吧！"

"少将军误会了！"陈大人说道，"宰相和夫人，还有汉阳，是来接你们出狱的！方大人用了皇上的尚方御牌，排除了皇后的反对，力保你们出狱的！"

皓祯和寄南同时一惊：

"啊？宰相也有皇上的尚方御牌？"

世廷就对皓祯伸出手去，温和地说：

"来！能行动吗？你们可以出狱了。"

采文急着过来要搀扶皓祯，哀恳地说道：

"先回家里好好吃一顿，我都准备好了！你们……都受苦了……"

皓祯看着采文，再看世廷，突然有点明白了，脸色一变，用手撑着地，自己站起身。寄南不明就里，觉得奇怪。皓祯已经说：

"出狱？看样子，这牢狱之灾已经告一段落，那么，寄南，我们赶快回将军府！"

汉阳诚恳到近乎哀求地说：

"皓祯、寄南，先回宰相府吧！时候不早了，府里已经准备了热水,总要洗去监狱里的尘埃,收拾干净再回将军府吧!"

"也好!"寄南不知情地答道。

"不必!将军府有的是热水!"皓祯抗拒地说道,一脸的怒意。

寄南一怔,更糊涂,闭嘴了。采文就怯怯地送上衣服,说:

"那么……换上这两套干净的衣服吧?总不能穿囚衣回去,是不是?"眼光始终祈谅地、哀恳地看着皓祯。皓祯几乎是粗鲁地,一把抢过了衣服,冷冷地说:

"你们方家人退后,距离我远一点!"

寄南惊奇地看着这场面。世廷就痛楚地看看皓祯,说道:

"那你们换衣服吧!换好衣服,我们送你们回将军府!"

"我们自己会走,不劳宰相、夫人费心!"皓祯粗声地回绝。

世廷、采文、汉阳三人都脸色惨然。汉阳就去端了一盆干净的水来,说道:

"不回宰相府,脸也要洗洗,头发整理好,别让将军和夫人看到你们这么狼狈!"就亲手绞了帕子,双手送到皓祯面前,低语:"如果你对方汉阳有气,就算接受木鸢的歉意,如何?"

皓祯一把抢过帕子,胡乱地擦着脸,再把帕子重重地摔进水盆里,溅了汉阳一脸的水。汉阳脸上淋着水,也不擦拭,用祈谅的眼神,深深看着皓祯。

寄南困惑不已,却因要出狱而兴奋着,打着哈哈:

"哈哈哈!宰相、夫人,皓祯这人就是别扭,坐了几天冤枉牢,现在气不打一处来!想我窦寄南,能有宰相亲自接出狱,荣幸啊荣幸!至于那些鞭子,也就不计较了!"

皓祯一步也不想停留地往外走,寄南赶紧跟上。方家人无奈地随后走出。

皓祯、寄南出狱,将军府完全不知道。画梅轩里,吟霜焦虑万分地说道:

"爹、娘,皓祯和寄南被打得全身是伤,我必须再进去,帮他们换药和治疗,但是,上次已经是汉阳和他爹翻脸才把我们带进去的,现在不知道还有什么办法能进去?"

"现在真是一团乱!皇上病倒,皇后抓权,我们总不能才打赢了锯齿山一战,就再发动劫狱之战,那就坐实太子、皓祯和寄南都是谋逆,必须先顾全大局!"柏凯说。

"大将军!"灵儿急坏了,"别顾全什么大局了!带着神威军、左骁卫大干一场吧!连锯齿山都打赢了,还怕那座监牢?我们就去劫大牢!要不然,他们还是死路一条啊!"

小乐冲进门,激动不已地喊:

"将军!将军!宰相方大人和夫人,还有汉阳大人,用轿子把咱家公子和窦王爷送回来了,在大厅里!"

"什么?他们回来了?"袁家人全部震动着,不知道这个灾难是如何解除的。

"我们赶快去大厅吧!"雪如喊着。

大家进了大厅,就看到方家三口站在客厅里,个个形容憔悴,眼睛红肿。皓祯和寄南穿着干净的衣裳,坐在垫子上,看来没有再被打,不禁惊喜交集。吟霜冲向皓祯喊:

"皓祯!皓祯!我真不敢相信你们居然这么快就出来了!身上的伤怎样?"

皓祯忍着痛，握紧吟霜的手：

"被你治疗过了，还会怎样？已经好了一半！"

灵儿翻着寄南的衣服，急切地嚷着：

"你这混蛋！快让我看看，伤口愈合了没有？"

"哎呀！"寄南窘迫地说，"这么多双眼睛看着，你要脱我衣服，也等到私下无人时呀！"

灵儿一听，就胡乱地打着寄南：

"满嘴胡说八道，没有一点正经的时候！"

"哎哟哎哟！"寄南叫痛，"皓祯说好了一半，那是安慰吟霜的话，你这样一打，肯定又流血了！怎么这样粗鲁呢？"

柏凯看到皓祯和寄南回来，又惊奇又意外。看到世廷和采文，更是意外。

"方大人！是皇后释放了他们吗？关于那些莫名其妙的罪名，难道都已经调查清楚了？为什么刑讯逼供，现在又突然深夜送回？这事太意外了！"柏凯说。

方世廷脸色凝重难开其口，吞吞吐吐：

"是……是……"

灵儿自以为聪明地说：

"一定是皇上清醒了，立刻就释放了他们！皇后奸计没得逞！哈哈！"

"你别插嘴，让方大人说！"吟霜阻止灵儿。

"请将军屏退左右，有要事必须相谈！"世廷看看四周。

柏凯不解，却交代着：

"鲁超！把所有人都带下去！关好房门！你在门口守着！"

"是!"鲁超一挥手,将袁忠、秦妈、香绮都带出大厅,严密地关上房门。

采文见房内只有家人了,就泪眼看着皓祯不语。皓祯和采文眼睛相对,采文的泪就落了下来,皓祯像触电般跳起身子,抗拒警告地喊:

"方夫人!你那一套故事在我家人面前,不许说!"

众人被皓祯这样一吼,都怔住了。雪如说:

"皓祯不得无礼!"惊问,"夫人亲自来,一定有什么要事,但说无妨!"

世廷眼中含泪,拉着采文。两人对柏凯、雪如行礼,世廷说道:

"袁大将军!夫人!谢谢你们帮我养大了皓祯,而且把他培养教育得这么好!世廷感恩不尽!请受我们两人一拜!"

两人就对柏凯和雪如跪下了。雪如变色惊问:

"什么?你说这话什么意思?你们快起来,不要跪我!"

"是啊!方大人快起来说话!"柏凯拉着。

寄南和灵儿诧异地交换眼神,吟霜就去看皓祯。皓祯突然暴怒地说道:

"爹娘!送客吧!"对世廷和采文说道,"你们有什么资格来将军府大放厥词,造谣生事!要不就再把我抓回大牢,快把我抓走!一刀砍死我!不准骚扰我的家人!"

采文哭倒在皓祯的脚下。

"皓祯!皓祯!求你不要这样!难道你宁愿死,都不愿原谅我吗?让我们相认吧!皓祯!"

"我不会认你们！别跟我家人提你那荒唐的故事！不管我从什么地方来的，总之，我绝对不可能是你们的儿子！"皓祯喊着。

"皓祯怎么会是方家的儿子？"柏凯糊涂了，"到底是怎么回事？皓祯！你得让方大人跟我们说清楚啊！"

"爹！不要听他们的任何一句话！不要相信！"皓祯愤怒而痛苦。

"皓祯！你冷静一下好吗？相不相信等他们说完，让大家自己判断！"汉阳说。

在场的人都一脸狐疑，等待真相揭开。世廷老泪纵横地说道：

"一切都是我的错！一切都是我的错！今天我们全家就是来与皓祯相认的！当年……是我们抛弃了皓祯……皓祯是我们方家的骨肉！"

"不！不是！不是！不是！"皓祯厉声抗拒，"我说过多少遍了，你们为什么还执迷不悟，我不是你们的儿子，就算我是将军府抱来的，也绝不是你们方家的儿子，我再说一次，你们认错人了，听明白了吗？"

吟霜抱着皓祯，试图稳定他的情绪：

"皓祯！你身上还带着伤，你先不要激动啊！"

"你们大家都听我说，不管亲生与否，我只认一个爹一个娘，我是袁家的儿子！袁家的儿子！"皓祯坚定地说，说完，不顾众人，径自地走出了大厅。

"皓祯！"大家喊着。

"爹娘！我去追他回来！"吟霜说，追着皓祯而去。

皓祯才跑到庭院，吟霜已经追了过来，皓祯一把搂住吟霜，紧紧地将她抱个满怀，痛楚地说道：

"让我好好抱着你，吟霜！只有你是真实的，他们都不是真实的，我如何去承受不真实的父母兄弟？"

吟霜感同身受，紧紧地抱着皓祯：

"你的感觉，我当初完全经历过！所有的挣扎和抗拒我都懂！但是，我们无从逃避，只能面对！进去吧！说不定面对以后，你的感觉会不一样！相信我！"

吟霜就拉着皓祯回到客厅坐下。皓祯依旧满脸的痛苦和抗拒。

采文神色凄然，痛心疾首地说道：

"皓祯！你真的是铁了心都不认我这个娘是吗？"坚定地喊："血书！我有一封血书！交给了牙婆，希望有必要时，把我的血书带给收养皓祯的人！"跪爬到雪如面前："你们看过那血书吗？"急切地说："一封血书！血书！"

大家的眼光都看向雪如。雪如脸色沉重地问：

"什么血书？我从来没有见过血书！"突然一想，奔到门前，打开门对外喊："鲁超！你快马加鞭，去把我大姊雪晴接来将军府，让她把二十一年前的血书带来！重要！重要！快去！快回！"

"是！我立刻就去！"鲁超跑向马厩。

采文痛苦叙述那一天……

那一天，丙戌年十月十九日辰时。

采文抱着婴儿，坐在简陋的书桌前。桌上摊着一张纸。采文用一把小刀，割破了右手食指，鲜血涌了出来。采文一手抱着婴儿，一手开始用鲜血写着血书。

采文写完，看着怀里的婴儿，泪水滚落，低低哭道：

"儿子！对不起，娘太穷了，娘太没用了，娘不配有你，希望你到一个好人家，被爹娘宠着爱着……好好长大……好好长大……"

采文折叠信笺，放进信封。泪不可止。

采文说到这儿，看着皓祯，哽咽说道：

"上次在监牢里，我曾经告诉你，马车来接你了，我抱着你不肯放手，口口声声说我后悔了，不卖了！可是，你还是被抱走了，我追着马车跑，追得摔倒了！那时，我才生下你几个时辰而已，没有体力，跑不动啊！然后……"

那一天，丙戌年十月十九日午时。

车夫一拉马缰，马车往前奔去，婴儿啼哭声骤然传来。采文哭着大喊：

"等一下！等一下……让我再喂他一口奶喝……我还有东西要给他，等一下……等一下……"

采文开始追着马车跑，追着追着，脚下一个踉跄，跌落在地。采文匍匐在地上痛哭，哭喊着：

"儿子！儿子……原谅我……原谅我……原谅我……"

牙婆回头看，不忍采文在后面苦追，停下马车。采文赶紧起身，跑着追来将血书交给牙婆。采文哭着说道：

"请把这血书交给收养孩子的人，如果将来孩子像你说的，生活快乐幸福，这血书就永远不用拿出来！如果不是，如果孩子有一天想知道生母是谁,把血书给他看!告诉他,他的娘对不起他!但是,他的娘爱他!千千万万个对不起!千千万万个舍不得!告诉他!告诉他……"

牙婆感动,收起了血书,马车又开始前行。采文再度追着马车跑,哭喊:

"儿子!儿子……我养不起你,我要救你爹,我要救你哥哥,原谅我……原谅我……原谅我……"

追上来的婆婆抱住采文,婆媳紧拥着哭泣。

不远处的另一辆马车里,雪晴目睹了一切,跟着落泪。

大厅里,众人听完了采文的叙述,个个震动着,包括汉阳和世廷。只有抗拒的皓祯,依旧脸色苍白,眼睛发直,动也不动。雪如拭泪看采文说:

"所以,你就这样失去了皓祯?"

采文点头。此时,鲁超带来了雪晴,雪晴神色凝重地踏入客厅。皓祯见雪晴出现,心中各种滋味翻滚,五味杂陈!吟霜心痛地握紧皓祯的手。

雪晴看到哭得很惨的采文和眼眶红红的雪如,心中就明白了。她从怀里掏出一封年代久远的血书,长叹一声,说道:

"唉!我本来想把它烧掉的,后来想,只要我不拿出来,就不会造成任何问题,人生无常,留着以备万一也好!"

皓祯接过血书,看到那已经变色的斑斑血迹。采文颤抖着念出上面的文字:

"母别子,子别母,白日无光哭声苦,生儿就是离别时,从此心碎无法补……宋采文于丙戌年十月十九日辰时"

皓祯听采文一字不错地念出来，再也无法否认他跟方家的关系，觉得内心绞痛。吟霜握着皓祯的手，含泪说道：

"我们是同年同月同日生的，我们都有爱我们的爹娘，他们……在各种无奈中，放弃了我们，苍天接手，让我们的人生没有遗憾！"

皓祯终于泪流满面，身不由己地向采文跪下，采文赶紧跪在他对面。皓祯悲痛，语不成声：

"我……我……我不知道该说什么……"

采文哭红了双眼，伸手摸着皓祯的手：

"不用说什么，不必说什么！还好……还好……这些年，你在一个好家庭，你没有受苦！倒是你的亲爹，在不知情下伤害了你，他也痛不欲生啊！"

世廷跪向皓祯，此时才觉得痛楚莫名。

"儿子！我为人臣子，身不由己把你关入大牢，眼看陈大人刑讯你！不曾出手相救，真是大错特错呀！"

汉阳也对皓祯一跪，说道：

"皓祯！原谅爹吧！他什么都不知道！也原谅娘吧！别再让娘伤心了，娘每天一早就对祖母上香，常常哭红眼，现在汉阳才明白了！娘守着这个秘密，也守得好苦啊！你就认了我们吧！"

皓祯流着泪，凝视着采文，哽咽说道：

"这些年……你，受苦了！"

"是！每天都苦，苦了这么久，如果你肯叫我一声娘，我想我就再没遗憾了！"

皓祯同时对着雪如和采文，伸出双手，一手抓住一个，痛哭大喊：

"娘！"

屋里众人感动得哭成一片。吟霜落泪，情不自禁地跪在皓祯身旁。皓祯就骄傲地对采文慎重介绍：

"你见过的，吟霜！这是你儿媳妇，为了她，我辜负了兰馨公主！"

汉阳终于喘了口大气，拭去眼角的泪，拍拍皓祯的肩膀，充满感性地说道：

"放心！你辜负的，让哥哥来帮你弥补吧！"

世廷带着感动的泪眼说：

"是的！是的！就让汉阳来给兰馨公主一辈子的幸福吧！现在我终于知道，天意是什么！兰馨，她一直是属于汉阳的！当初选驸马，你就把她推进汉阳怀里！她注定是方家的儿媳妇！"

皓祯正视着世廷，严肃地说道：

"宰相大人，我看了血书，认了娘！我也认了我的哥哥汉阳。但是你这位宰相，一直是伍震荣的知己，帮着伍震荣做尽坏事！我不能认密谋篡位的人做我的爹！所以……我不能认你，我无法认你！"

"什么？你不认我？"世廷大震，跳起身子。

"你现在又暗助皇后，要把李氏江山，变成卢氏天下！我不能认贼作父！"

"皓祯！请你相信汉阳，我会说服爹的！"汉阳急喊。

皓祯直视世廷，坚持地说：

"他助纣为虐多年，满手血腥，如何能够洗净一身的罪恶？我无法以他为荣，又怎么能作为他的儿子？"

世廷凝视着正气凛然的皓祯，突然跌坐在地，仰天长叹，痛彻心扉地说道：

"皇天在上，我方世廷活到今日，自认忠孝仁义，不改初衷！此时此刻面对我最爱的家人竟如此悲凉！长子说他不是我儿子，次子根本不认我。你们这些英雄好汉，可曾知道要隐瞒自己的真面目，在伍震荣身边当走狗的滋味吗？七年了，不止七年，为了布局，前前后后十年了！我是伍震荣的知己，我是他的谋士，为他出谋划策，做出丧尽天良的坏事！但……如不是这样，我如何能保护木鸢，去成立'天元通宝'，去集合有热血有忠心的好男儿，来拯救这岌岌可危的李氏江山……我为皇上的一片赤胆忠心，只能祈求老天让皇上苏醒，再还我清白了……"

这番话震动了皓祯、柏凯等众人，汉阳睁大了眼睛，惊跳起来，激动打断：

"爹！你知道我是木鸢？"

世廷泪眼看汉阳，大声道：

"我知道你是木鸢，我知道你会武功！你的师父也是我的知己啊！如果我不'忍辱偷生'，如何保护你的大业？这朝廷，没有天元通宝，早就是伍震荣的了！"看着皓祯和寄南："你们还记得伍震荣逼着皇上，要处死四王那天吗……先是逼着皇上写御笔诏书，喊着死刑，死刑！接着又喊着刖刑！刖刑！如果我当时不把'流放'坐实，四王就会死！因为他们的流放，才有'天元通宝'的援救！这些点点滴滴，我默默地做着，你们看到真相了吗？"

"为什么你不告诉我？我们是父子呀！你可以亲自跟我说呀！"汉阳激动地说。

"如何说？"世廷瞪着汉阳，"当我做了右宰相，伍震荣就送来二十个卫士作为礼物，我们家里，处处都有伍震荣的人！你把我当敌人，总好过让秘密泄露！"忽然怒道："如今，伍震荣已死，皇上心中大患去除大半。你们不认我也罢！我乐得从此再无牵绊，无虑生死，专心对付卢皇后，不负皇上对我重托。但请你们好好孝敬你们的亲娘，她年轻时为我牺牲奉献，年老时还要担惊受怕，实在太不值得了！"

"原来，宰相大人才是天元通宝的总指挥，但是，锯齿山大胜之后，宰相为什么还不让我们知道真相呢？"吟霜如梦初醒地问道。

"只杀伍家人就能救李氏江山吗？"世廷说，"你们看看，皇上病倒才几天工夫，卢璿、卢瑰、卢武、卢安、卢勇、卢平、洪储存……这些卢家人，纷纷进宫，封官晋爵，卢皇后显然要总揽大权，我这个人，在皇后眼里，还有一些作用，我必须利用伍震荣的残余势力，来控制皇后，所以戏还要演下去，被儿子骂到狗血淋头，也要忍下去！儿子不要认贼作父，我这恶人夫复何言？"

"寄南被宰相管束多时，却没学到一点东西！"寄南跪向世廷，"宰相大人，不管他们两个如何？请先受我这小小靖威王一拜！"寄南感动佩服至极，就要磕头。

"别拜本官，我担当不起！"世廷一伸手阻止寄南，看皓祯又看寄南，"这场牢狱之灾，你们也明白，就是皇后要杀了你们两个！但是，我深信皇上病愈，就会救你们两个！本官一直深得皇上信任，这才有尚方御牌！顺便告诉你们，皇上特别重视皓祯，怎会将皓祯问斩？你们'挥泪送英雄'那天，我就握着御牌站在人群里！如果两个特赦不到，我的御牌就会出手！我和你们一样在等待奇迹，而且相信最后时刻，奇迹会到！"

"原来如此！"汉阳震撼地说，"连我都被蒙在鼓里！"

皓祯听得傻住了，目不转睛地看着世廷。世廷继续说道：

"这次，让你们坐几天牢、挨几鞭，总比送命好！当陈大人鞭打你们的时候，我也不忍呀！那被泼着盐水鞭打的，岂是只有你们两个？我也在跟着挨打呀！我试着阻止，但是，不能让我的身份暴露，我只能做到那样，我连'屈打成招'四字都说了！"

汉阳此时彻底大悟，奔上前来，在世廷面前跪下，痛喊：

"爹！请原谅孩儿不孝！对您百般误会，还闹离家出走，罪该万死！"

皓祯起身对世廷直挺挺地跪下了，落泪喊道：

"原来真正的英雄，是忍辱负重的右宰相！不！"对世廷磕下头去，哭着喊道："是我爹！我爹！"

汉阳也喊道：

"原来成就木鸢的，成就'天元通宝'的，是我爹！我爹！"

"皓祯！我没有白白养大你！我为你的亲爹骄傲！"柏凯含泪喊道。

采文哭着，跪到世廷身边，紧搂着两个儿子：

"世廷！你瞒得大家好苦啊！自己还受了这么多的委屈，现在我们全家终于团聚了！你不能丢下我们了无牵挂，儿子是你报效皇上的最大助力,你怎么能撇下他们呢!"

寄南、灵儿、吟霜都喊着:

"方大人,还有我们呢!"

顿时,两家人都奔过来,跪着,紧拥着,又哭又笑。雪如哭着搂住采文说:

"这方家、袁家,是怎样的缘分!同一天生儿育女,同一天放弃儿女,想想看,如果当初我没有失去吟霜,你也没有失去皓祯,我们大家的命运会怎样?吟霜会在袁家长大,不可能成为神医,皓祯可能在穷苦生活中长大,也不可能成为少将军!他们两个也不会相遇!那么,木鸢的故事、天元通宝的故事,恐怕都没有了!"

"是的!是的!"柏凯震撼地说,"这对儿女的相遇,让我们失去的又回到身边,还造就了一群英雄人物!改写了一个朝代的命运!"

"还有我!我也是那一天生的,被伍震荣丢下悬崖的孩子!在这房间里,居然有三个同一天出生的人,也同一天换了爹娘,带着身世之谜二十多年,现在却成为兄弟姊妹!"灵儿一连串地说着,"太感动了!大家都有爹有娘,大家都有情有义!真好!"

灵儿说着,感动得眼泪直流,寄南举起袖子给她,她拿着袖子,就擦眼泪,擤鼻涕,满脸乱擦,还要拖着那袖子去给吟霜擦泪,寄南赶紧收回了自己的袖子。

"灵儿!"寄南说道,"我的袖子可以借你用,吟霜只能借皓祯的!"

吟霜跪在皓祯身旁,真的拿起皓祯的衣袖,就擦着眼泪,对世廷夫妇磕头说道：

"爹、娘，儿媳妇吟霜叩见公公婆婆！"再回头看皓祯说："是不是面对以后，你的感觉不一样了？"

"是！"皓祯心悦诚服地说，"你永远是对的！我们现在都有两对爹娘，两对爱我们的爹娘！我还多了一个木鸢哥哥！命运对我，实在太照顾了！"就跪行上前拥抱着世廷和采文说道："爹！以后你有两个可以分忧的儿子，许多苦，不用一个人扛着！娘！你的血书，你的追马车，你的苦都结束了！一切是值得的！把我卖到袁家，让爹和汉阳有机会为国尽忠，让我也有同样的机会为国效力，还认识一群忠孝仁义的知己，和命中注定的吟霜，一切都是值得的！您没有做错，没有做错！"

采文听了，哭得稀里哗啦。大家彼此互望，彼此帮对方拭泪，连旁观的雪晴和鲁超，都泪不可止。

这种场面和情景，只能用几句话来形容：

> 天道有忠义
> 杂然赋流形
> 或则在侠气
> 或则在此心
> 于人曰浩然
> 沛乎塞苍冥
> 时穷节乃见
> 处处垂丹青

九十八

皇上病榻前,方世廷愁容满面迎向太监曹安,关切地问:

"皇上昏睡这么多天了,还没有清醒吗?御医到底怎么说?"

"曾经睁眼了一会儿,但几乎都是昏睡着!"曹安担心地说道,"御医说皇上因为太子骤逝,悲伤过度造成了旧疾复发,现在结代脉又有心衰喘症,才会一直昏睡。皇上不清醒,汤药一直送不进御口呀!小的……也是担心极了!"

"唉!"方世廷叹息踱步,"太子丧事未办,此时国事如麻,皇上可一定要挺过来呀!"

皇上突然梦呓喊着,伸手挥舞:

"启望!启望!儿子呀!不要走!"睁眼喊道,"启望!寄南和皓祯,已经把伍震荣的头送来了!儿子呀!你没有白死,你没有白死啊!"

曹安急忙冲向皇上卧榻前:

"陛下!您醒来了!"跪下喊着,"陛下!陛下!"

方世廷也赶紧趋前,喊道:

"陛下您醒了,真是苍天有眼啊!万幸!万幸!"

皇上虚弱地艰难起身,神志迷糊地问道:

"朕躺了多久了?"看看方世廷,"右宰相怎么也在这儿?"

"陛下已经昏睡五日了,臣甚为挂念,不敢远离!"世廷恭敬担忧地说。

"躺了五日?"皇上惊愕回想,忽然心惊胆战地问道,"那日皇后来闹……皓祯和寄南可好?"

"他们俩……"方世廷迟疑地说,"唉!千言万语,总之,他们难兄难弟,被关入大牢又遭了皮肉之苦!"

"什么?皮肉之苦?"皇上喘息不顺,咳着,"喀喀!朕仅剩的两名爱将又被陷害了?"再一想:"是不是皇后拿着尚方御牌下的命令?"愤怒说道:"她手上拿的御牌是假的!是假的!那是朕送她玩的,上面刻着她的小名,根本没有'御'字呀!"又咳着:"她居然用假御牌发号施令……世廷!你怎么不验明正身?当初送你的才是真的!太子也有一面真的……喀喀喀……"咳得严重。

"陛下息怒,都是臣太疏忽了!"方世廷跪在龙床前,"当天情况太乱,大家都反应不过来!陛下,请保重龙体!不管皇后那御牌真假,皓祯、寄南因查无谋逆实证,臣做主,已将两人释放!请皇上安心!"

皇上一听,这才透了口气:

"释放就对了!世廷,办得好!办得好!不管什么人诬蔑皓祯和寄南,朕一概不信,通通赦免!"颤抖举着手:"快召皓祯、寄南进宫,朕要看看他们!他们才是真心护主,保卫李氏江山的忠臣！"悲从中来，孱弱地说着："看到他们，就像看到启望的影子，启望……朕可怜的太子……"话没说完又昏倒了。

方世廷着急摇着喊着：

"皇上！皇上！"又喊，"曹安，传御医！快传御医！"

御医赶来，再度诊治，幸好皇上只是一时昏迷，施针之后就又苏醒了。皇上看着世廷，不胜感慨地说道：

"世廷，恐怕你要准备朕以前叮嘱你的事。没想到，朕深深信任爱护的皇后，无论她做错什么，朕一再袒护，不忍追究，她却得陇望蜀，朕……错了！"

"皇上，现在什么都别说，等到皇上龙体康复，再来计划下面的事！请皇上，千万千万要保重龙体呀！"世廷恳求地说道。

皇上醒来不久，乐蓉就站在皇后面前，愤愤地说道：

"父皇一醒来，居然就只惦记着一个死人的名字！皓祯和寄南这两个打不死的人！"恨得牙痒痒："又让他们逃过一次！那方世廷怎会有尚方御牌？母后，干脆你也拿出尚方御牌，把他们两个再干掉！"

"我那尚方御牌根本没用，是你父皇送我的礼物而已！要不然我早就用了，还等到现在吗？第一次唬住了大臣，第二次就唬不住了！现在你父皇醒了，八成也不会让我们母女好过，假传圣旨，打了皓祯、寄南，还不知道他会不会追究？"皇后愁容满面。

"母后！现在局势对我们越来越不利了，方世廷居然是袁皓祯的亲爹，这真是太荒唐了！想必方世廷也不能再用！我们虽然已经召集在朝为官的舅老爷，但是，和袁柏凯、方世廷他们比起来，力量实在太小！何况，皓祯、寄南、汉阳那些年轻人，声望也都如日中天！现在该如何巩固母后的势力和威信呢？"

"有你愚蠢的父皇存在，就凭你那几位舅老爷的能耐，本宫如何巩固势力？又有何威信可言？连方世廷都变成皓祯的亲爹了，兰馨这着棋大概也没用！就拿方世廷会从陈大人手中救走皓祯、寄南，就明白他是哪一边的人了！"

乐蓉靠近皇后身边，压低声音说道：

"父皇这次似乎病得不轻，听御医说，病症来得凶猛，不如我们一不做二不休，就让他来个医药不灵，群医束手无策！如何？"

皇后一怔，瞪大眼珠，深思着。

皇上醒来第二天，皓祯和寄南就奉旨进宫，两人走进皇上寝宫，看到皇上憔悴消瘦的容颜，都大吃一惊，心痛地跪在皇上病榻前。曹安扶着皇上缓缓地坐起身。皇上虚弱地、慈祥地看着两人说道：

"皓祯、寄南，听说你们又受苦了！快平身！走近点，让朕看看你们，身上的伤势严不严重？"

"我们年轻体健，伤势不严重，请陛下无须牵挂，倒是陛下的身子，要赶紧恢复才是！"皓祯走近皇上说。

"陛下！不要担心我们了，我皮厚挺耐打的，就一点皮肉伤而已，算不了什么！不过，透过这次的牢狱之灾，反而得到皇上坚定的信任，这比什么疗伤补药都来得强！"寄南真心真情地说道，"寄南什么都不怕，就怕皇上误会寄南！"

皇上宠爱地看着寄南：

"朕何时误会过你？"拉着皓祯和寄南的手，"看到你们，有如启望依然还在朕面前一样。朕梦里都是启望和你们，这'三人同心'终究少了一人！喀喀……"又咳着。

"陛下，没有少！"皓祯真挚地说，"太子一直跟我和寄南在一起，我们依旧是'三人同心'，永远是'三人同心'！太子之死是我们每个人最深刻的遗憾和伤痛，恳请陛下保重龙体，不要悲伤过度！"

"是啊！"寄南接口，"请陛下为我朝子民多多保重！也为启望哥保重！陛下思念启望哥，我们也是，太子因我才受伤中箭，日后寄南一定为启望哥，孝顺陛下，效忠朝廷，永无二心！听说陛下已用药多日，但不见起色？或者，要不要让皓祯家的神医吟霜来为陛下诊诊脉？"

皇后悄悄来到众人身后，大声呵斥：

"放肆！一个不明不白的民间女子，何德何能可以为皇上诊脉？窦寄南，你不要刚走出大牢，就又想破坏皇室的规矩，惹是生非！"

"吟霜不是不明不白的民间女子！她是护国有功，袁大将军的女儿！她身份高贵，医术高明，哪里不配给皇上看病了？"寄南怒冲冲顶撞着皇后。

"寄南！皇上身体欠安，你少说几句，让皇上清净清净吧！"皓祯克制地说。

"哼！"皇后嘲讽地说，"什么护国有功，连生个儿子女儿都搞不清楚！到头来……还冒出个卖子求荣的故事，啧啧啧！这一家子真是精彩啊！"

"是！"皓祯忍无可忍接口，"皓祯身世，确实精彩，有坚持忠孝仁义的亲爹方世廷，有出生入死为国尽忠的义父袁柏凯，皓祯深以为荣！最重要的，还有知人识人的陛下，让臣等深入锯齿山，打败了我朝最大的逆贼！相信皇后也以陛下为荣吧？这些事迹，远比臣的身世重要！"

"住口！"皇后怒喊，"犯下欺君之罪的钦犯，有什么资格在这儿侃侃而谈？"

"你……"寄南忍不住想开口。

"喀喀喀！"皇上不悦地说，"朕才醒来就不得安宁，皇后不会是专门来吵架的吧？皓祯和寄南都是朕的爱将，什么欺君之罪，既往不咎！任何人不许再提！"

皇后立即转变脸色，关心地走向皇上，脸色一变，柔声说道：

"臣妾不是来吵架的，是来探病的！陛下思子过深，都得了郁病了！皇上千万千万要为国为民保重呀！"

这时，御医送来皇上刚熬好的药，曹安接手，捧着药碗过来，禀道：

"陛下，该吃药了！让微臣侍候陛下吃药！"

"吃药？怎么没有试药官？"皇后狐疑地问，抢过曹安手里的药碗，看着皇上，深情说道，"让臣妾来为陛下试药！虽然宫里都是忠心耿耿的人，依旧小心一点好！"

皇后就端着药碗，亲自拿起银汤勺，在众人面前，用银汤匙舀了一匙喝着试毒。然后等着药凉，在等待时，已经神不知鬼不觉地，从指套中撒进了一些白色粉末到药碗中。她手里摇着药碗，轻轻送到嘴边去吹着。皇上看到皇后亲自试药，感动不已，看着皇后说道：

"试药这事，皇后怎能亲自来试？找试药官就行了！"

"唉！"皇后叹息，眼光恳切地看着皇上，"臣妾不放心啊！"

皓祯、寄南退到一旁，亲眼目睹皇后试药，谁也没有看出任何异状。

皇后就端着汤药上前，一勺勺地喂着皇上喝药。皇上虚弱地喝着汤药，一边恳切地对皇后说道：

"皇后亲自试药，想必也是在乎朕的！几句真心话，皇后就放在心里吧！太子还没有安葬，你就让朕的皇宫安宁一阵子！不要再用那御牌，也别假传圣旨大动干戈了！更不能伤害寄南和皓祯！太子走了，他们两个，就像朕亲生的儿子一般！"

皇后镇定地继续喂着皇上喝药，说道：

"是！臣妾明白了！"

"朕醒了，药也喝了！"皇上精神还不错，说道，"寄南，明日进宫，陪朕去御花园走走。"

"是！寄南遵旨！"寄南看到皇上有起色，急忙说道。

第二天，寄南扶着皇上走在御花园小径上，曹安和卫士在远远的后方保护着。

"太子一走，让朕老了十岁！"皇上一叹，"启望天资聪颖，心地善良，这么好的一个儿子，居然与朕的缘分如此单薄！朕每次一想到启望，就心如刀绞！"

寄南急忙慎重说道：

"陛下！太子并没有离开我们，他身子虽然离开了，但他的英魂一直活在我和皓祯,还有无数个忠贞贤臣的心里。他未完成的理想,我和皓祯会拼了命去为太子完成!只要陛下一声命令,我们绝对抛头颅捍卫陛下!这是寄南对陛下的誓言!"

"寄南!朕真的没有看错你!很欣慰启望生前有你这个好兄弟,陪他出生入死。每次看到你,也让我想起窦妃!"叹息,"唉!那窦妃冰雪聪明,温婉儒雅,可惜却死得不明不白!"皇上身体仍虚弱,坐进凉亭,一面说,一面从口袋里掏出一个精致的小玉盒:"朕有样东西送给你,在这玉盒里,有个小玉玺!"

"玉玺?"寄南惊愕,"陛下!玉玺是皇上的印鉴,怎能送给寄南呢?"

"你听过'龙凤合璧,玉玺至尊'这句话吗?"皇上问。

"没有!"寄南困惑地摇摇头。

"这是朕登基后的规矩,除了正式的大玉玺之外,还有个小小的玉玺,是随身之物!有时,朕微服出巡,如果有紧急文书和密令,就用这玉玺盖印!朕这小玉玺,就叫'龙凤合璧'!这玉玺比朕那大玉玺更能代表朕,所以是'玉玺至尊'!"

"哦?难道这小玉盒里是'龙凤合璧'吗?"

"是!朕这个'龙凤合璧'的玉玺,上面刻了一条龙和一只凤!"

皇上打开玉盒,出示那个玉玺。寄南惊奇地说道:

"多么精致的玉玺!怎么从来没看到陛下用过?"

"十几年来,这玉玺只是带在朕身上,留作纪念而已!"就怜惜地看着寄南,"现在,朕把它送给你,这是朕珍爱的东西!你千万要带在身上,不能遗失!"眼光深邃地看向虚空,"那只凤是窦妃的闺名!窦妃去世后,朕就不用这小玉玺了!"

寄南赶紧双手接过玉盒,赞叹地欣赏了一会儿,就揣进自己衣服的内袋里。

"陛下!这礼物太珍贵了!寄南无功不受禄,有点惭愧!"寄南感动地说。

"为了你冤枉的挨打,为了你陪启望历尽艰险,为了你是窦妃的侄儿,为了你总能让朕开心发笑,为了你锯齿山建功……为了很多的原因,你就好好收下吧!"

寄南不禁感动地看着皇上,两人深深互视,有种奇妙的感情闪耀在两人眼底。寄南觉得,皇上似乎还有很多话要跟他说,但是倦了,欲言又止,只是用手,紧紧地握了寄南的胳臂一下,说了一句:

"以后的天下苍生,都靠你们这一辈了!"

寄南怎么也没有想到,这次谈话,竟然是他和皇上最后的谈话。

两天后,皇上病榻沉睡中,乐蓉公主端着药汤,随着卢皇后进入皇上寝宫。曹安迎向皇后,想接手药汤,行礼说道:

"皇后娘娘金安,皇上又该吃药了是吧?但是皇上还在睡觉……"

皇后命令曹安和宫女:

"你们都下去吧!皇上由本宫侍候!"

"可是……"曹安犹疑。

"可是什么?"乐蓉生气地说道,"由皇后娘娘亲自陪伴皇上,你还有什么不放心的！通通下去！每天在这儿侍候，也没让父皇康复，只怕你们个个偷懒，不曾尽心！"

"是是是！曹安知错了！"

曹安惶恐地说道，带着所有卫士、宫女离开，关上房门。

母女两人就走到窗边去低语。皇后再次用她的指甲套，撒着白粉进入药汤里。乐蓉公主对皇后低语道：

"母后，那方子，一天天地加重，父皇应该已经病入膏肓了！"一狠心说道："趁今天把曹安那些人都打发了，干脆加重分量，一次解决吧！"

皇后眼光阴沉，点点头，从衣服里掏出一包药粉，把整包药粉都倒进药碗里，用药勺调匀，低低说道：

"很好！咱母女就等他醒来吧！"咬牙愤恨地说，"这事，早在伍震荣活着的时候，本宫就想做了！不过，那伍震荣在锯齿山的军队，居然叫'龙伍军'，把我们姓卢的放何处？乐蓉，记住了！女人想成大事，不能尽靠男人！男人都是不能信任的！本宫现在都想明白了！等到本宫坐上龙椅，这些该死该杀的，一个也不能放过！"

此时，皇上更加虚弱苍老，缓缓地醒来，咳嗽着。皇上咳几声，睡眼惺忪地问：

"皇后怎么来了？"

"还有女儿呢！"乐蓉公主上前请安。

"乐蓉公主真有心，说要亲自来为陛下送汤药。"皇后把汤药端到皇上面前。

"难得乐蓉也有孝心，项麒的事情……"皇上歉意地看着

311

乐蓉。

"父皇别提项麒了，项麒率领龙伍军篡位，死有余辜！这几天来，乐蓉都想明白了！只怪乐蓉的命不好，不怪父皇！"含泪孝顺地说，"父皇先喝药吧！母后已经亲自试过药了！"

皇后端着药碗，直接让皇上就口一喝，突然乐蓉压着皇上的身体，皇后用力强灌着皇上。皇上连续喝了好几口，呛得大咳，全身抽搐，脸色大变。皇上突然明白过来，摔了汤碗，一把掐住卢皇后的脖子，咬牙切齿地说道：

"皇后！你想毒死朕？你这狠毒的女人！朕一直不忍处置你，你却丧尽天良……朕先掐死你！要死……一起死！"用着全身最后的力气，箍紧皇后的脖子。

皇后大惊，不断咳着，眼睛看着乐蓉公主。乐蓉上前，双手抓住了皇上的手，拼命想拉开皇上的手指。皇上已喘不过气，挣扎地瞪着乐蓉：

"乐蓉！你在为伍项麒报仇是吗？兰馨呢？"找着兰馨，"看样子，只有兰馨是向着朕的！"看向卢皇后："当初窦妃，也是你下的手？"

卢皇后咳着断续说道：

"窦妃？喀喀……还用不着我亲自下手，几个心腹就把她解决了！喀喀喀……是皇上的宠爱杀了她！"

皇上大怒大痛之下，双手再度箍紧，双眼瞪着皇后，恨恨不已。乐蓉急喊：

"松手松手！父皇，你到现在还不明白吗？你的皇位，是母后的！你只是帮她先坐热而已！"

乐蓉一面说着，一面用力拉开了皇上的手，把已经全身无力的皇上推倒。

皇上倒向床，皇后立刻翻身，用一个软垫，死命压住皇上的脸。皇后恨恨地说：

"死吧！死吧！你这个毫无魄力的皇帝，早就该死了！"

皇上一阵抽搐，身子不动了。皇后还紧压了一会儿，才拿开软垫，只见皇上嘴角鼻孔流血，不省人事地倒在床上。皇后用食指测试皇上的鼻息确定身亡，露出惊魂甫定的神情，摸着脖子说：

"好险！差点被他掐死……总算达到目的了！"转向乐蓉公主，"女儿，天下终于是我卢皇后的了！"

皇上突然暴毙，兰馨正在和汉阳谈话，得到消息，气急败坏。两人赶到皇上寝宫，兰馨对跪着一地的御医悲愤痛斥：

"你们这么多御医高手，是怎么医治父皇的？怎么会让父皇暴毙？你们说！你们开的是什么药方！"迅速从墙上拔剑，对众御医比画："本公主要你们偿命！"

"公主饶命啊！公主！臣等冤枉啊！"众御医惊吓磕头。

汉阳追来，抢下兰馨的剑：

"公主！请节哀！也请勿急躁！让臣来问个明白吧！"对御医："据知，皇上得的是结代脉病症，各位大臣开的是什么药方？"

御医上前递上药方：

"这是臣等御医共同开立，归心经的药方，请公主和方大人过目，各种药材都是益气活血、助阳通脉的配方，完全不可能会

313

造成皇上暴毙。煮好的汤药臣也带来了,臣等愿以项上人头保证,汤药安全无误,请公主明察!"

汉阳审视药方,又沾了一小口药汤说道:

"这药方如果没有问题……"眼神锐利,"那么皇上暴毙的成因,必另有隐情!"

兰馨一怔,凝视汉阳:

"难道是她?"大喊,"曹安!是谁最后来探视父皇的?"

曹安泪流满面,上前跪地磕头说道:

"是皇后娘娘和乐蓉公主!"

汉阳、兰馨脸色大变。兰馨悲痛至极,扑倒在皇上尸体上,痛哭失声。

"父皇!父皇!女儿不孝,早就应该说的事,始终没说出口!只怕父皇承受不住背叛,只怕父皇伤心难过,不料却要了父皇的命!父皇……兰馨不孝啊……"

皇上驾崩,整个朝廷都乱了。这天,汉阳到了将军府,在画梅轩里,大家激烈地讨论着皇上的死因。皓祯激动地喊道:

"什么?皇上证实是卢皇后毒死的?我曾经和寄南看到皇后亲自试药,喂皇上喝药,也没有出事呀!何以见得是皇后干的?"

"宫里面,我早已安置了天元通宝的人,皇上过世当天,皇后没有带试药官,而且还特意遣走贴身侍候皇上的曹安。"汉阳说着,拿出药方,"我在和御医谈过皇上的药方之后,火速派人潜入皇后的寝宫,发现皇后的指甲套里有粉末反应。一送去检查……确实和皇上所中的毒素藜芦,完全吻合!"

"藜芦？"吟霜一怔说道，"皇上的药方我看看！"接过汉阳手上的药方一看，震惊地说道："配药有个十八反的禁忌，御医给皇上开了归心经的专用药丹参，藜芦和丹参是一对相反的药材，两个同时吃就变成毒药了！"

"没错！藜芦是治疗癫症的药材，过量本身就有中毒的危险，没想到皇后毒上加毒，利用丹参相克的藜芦，造成皇上内脏出血暴毙。这是一场谋杀，皓祯和寄南看到的是皇后侍药的表面，实际上，皇后在试喝之后，趁大家不注意之下，从指甲套里下毒！不只皇后，乐蓉公主也有份！"

寄南眼眶泛红，想着皇上送他"玉玺至尊"，就是两天之前的事，没料到太子尸骨未寒，皇上也跟着被害！悲痛气愤得一塌糊涂，说道：

"皇上死得太冤了！现在宫里大乱，一大群亲王大臣要为皇上报仇！如果成功，就拥护皇子启端当皇帝！但是，那皇子启端弄了一群道士，想当神仙，不想继位！"伤感落泪："上次进宫才和皇上深谈，不料竟是最后一面！"

柏凯沉重接口：

"各方将军都联络我了，大家想找个日子，从玄武门、玄德门攻进去，里应外合务必杀了卢皇后！否则，天下就是卢皇后的了！"

"这次的行动，加上我一个！"皓祥挺身而出，"我现在武功已经练得很好了！为国尽忠，也是我的事！哥！你要答应我！"

"好！你加入，但是不许冒险！要跟着爹一起行动，绝对不能单独行动！"

"大家轰轰烈烈地展开锯齿山灭伍大战,以为灭了伍家,就天下太平了!谁知皇后更狠,那乐蓉公主,是皇上的亲生女儿呀!她们怎么下得了手?"吟霜叹息。

"太子都还没有安葬,现在皇上又驾崩了……这不是要天下大乱了吗?"灵儿看汉阳,"兰馨怎样?她一定伤心死了!"

"可不是吗?"汉阳气愤地说,"想到她爹就哭不停,口口声声说要帮皇上报仇!"

"卢皇后非杀不可!这个'灭卢计划',必须尽快执行!"皓祯坚定地说,看着汉阳问,"木鸢兄,你有指示给我们吗?天元通宝全力配合!"

"我确实有一个计划,不必大战,可能成功!"汉阳说,"皇上和太子的灵堂,要在宫里摆一个月,我们最主要的,是要杀掉卢皇后,我的计划是……"

汉阳就压低声音,细谈"灭卢计划",众人全部围拢,聚精会神地倾听着。人人的神情,专注而悲愤。

九十九

皇上和太子的灵堂肃穆哀戚，两具梓宫并列。灵堂里，一排排白幡如雪，壮观地陈列着。一座座白色烛台上，燃着白色的蜡烛。道士在做法事，喃喃诵经，宫里上下皆穿着白色孝服。皇后、莫尚宫及若干宫女在灵堂前烧纸钱，低声地哭泣着。兰馨一身白色孝服，汉阳身穿白衣随侍在侧，两人带着乔装成宫女的吟霜和灵儿，一起来到灵堂。

皇后见兰馨和汉阳前来上香，装腔作势地大哭特哭，说道："皇上！先帝！你怎么能狠心丢下我们母女，你要我们往后怎么度日，兰馨和汉阳还没成亲，你怎么忍心先走？"转头对兰馨说道："快给你父皇上香……"

莫尚宫点香交给兰馨和汉阳，两人神色肃穆地上香。兰馨上香之后，蹲在卢皇后身旁跟着低头烧纸钱，一面烧着，一面恨恨地说道：

"母后，是不是终于达成心愿了？快要登基当女皇了？今天父皇去世已经十五天,听说你没有一天闲着!早上在这儿上香,晚上和年轻俊秀的朝臣寻欢作乐!"

皇后起身怒斥:

"兰馨!这是什么场合,你还想栽赃你母后?这是你父皇和太子的灵堂,你满嘴胡说什么?"

"我胡说了吗?"兰馨跟着起身怒吼,"要不要我掀开父皇的棺木,问问他是被谁害死的?你跟乐蓉联手毒死他的,是不是?"

"你这大逆不道的公主!来人啊!掌嘴!"皇后气得发抖。

汉阳毫不客气,护着兰馨大吼:

"你敢!大理寺已经掌握指甲套里的证据!"

"哈哈哈!证据!"皇后忽然狂笑,"你那个大理寺,本宫立刻就废了它!以后,本宫说什么就是律法,根本不需要大理寺!"

"那也得皇后先当上女皇才行吧?"汉阳冷笑。

皇后定定地看着汉阳:

"是!你会等到这一天的!"

就在这时,吟霜一步步走向皇后,眼光犀利地瞪着她,幽幽地说道:

"皇后!难道你连一点点悲天悯人的善念都没有?一点点仁慈都没有?你知道心存恶念,天地不容吗?"

吟霜话还没说完,忽然间,门外刮起大风,将灵堂大门冲开。皇后见到吟霜一怔,又听到风声更惊,慌张喊道:

"你这白狐!什么时候进宫的?想对本宫作法吗?来人啊!把这白狐拿下!"

狂风吹进屋里,白色幡旗随风飒飒地激烈飘荡着,白色纸钱到处飞扬，皇上和太子的灵柩被吹得发出了咯咯声响。狂风吹熄了灵堂的蜡烛，灵堂阴森森更显诡异。兰馨阴冷地说：

"这阵风来得古怪，看样子，父皇和太子哥哥要来向母后讨回公道！"

灵儿早就躲在皇上灵柩后面，模拟皇上的声音，阴沉沉说道：

"皇后！还我魂魄来！还我魂魄来！"

宫女卫士们吓得尖叫逃出灵堂。大家七嘴八舌惊喊：

"皇上显灵了！皇上显灵了！"

皇后脸色大变，惊恐万分，转身就逃出灵堂，尖叫着：

"白狐出现了！白狐在作法！莫尚宫！莫尚宫……来人呀！保护本宫呀！"

皇后跑出灵堂，汉阳、兰馨、吟霜、灵儿和宫女、卫士们都跟在后面。因为人人一色白衣，吟霜、灵儿等人都没人注意。灵堂外是广场，白幡阵更加壮大，一排排成队竖立着，像个白幡组成的大森林。

大风吹袭下，白幡飘荡，呼啸发出的声响，尖锐又深沉，有如来自幽冥地府。皇后在白幡阵中奔跑，惊恐地喊着：

"莫尚宫！莫尚宫！你在哪儿？"

莫尚宫急忙迎上前去，抓住卢皇后的手，安慰地说：

"皇后！卑职在这儿！只是突然刮起大风，别怕！别怕！现在正是刮风的季节！"

吟霜又走向皇后，眼光直勾勾地看着皇后，嘴里不由自主地喃喃念着：

"正心诚意，趋吉避凶！心存恶念，天地不容！"

"那个白狐在对本宫念咒！莫尚宫！她在念咒！"皇后恐惧地说。

只见无数白色圆形纸钱，随着狂风到处飞舞。灵儿弄了一大袋纸钱，趁着风大，对着皇后撒去。圆形纸钱便飞扑到皇后脸上，有的遮住了她的眼睛，有的粘在她的嘴唇上，有的粘上她的发丝，更多的纸钱对她飞舞扑打，像许多活着的白蝴蝶。同时，白幡在强风下摇摇晃晃，旗帜乱飘。皇后拼命用手拨去脸上的纸钱，眼睛才睁开，就看到吟霜那黝黑的眸子，对她审判般地注视着。皇后凶恶地喊着：

"你……你这白狐……居然跑来宫里作怪，这阵怪风是不是你弄出来的？"怒吼，"来人啊！有刺客！快来救驾啊！白狐又出现了！"

只见一匹快马，直奔而来，皓祯大喊道：

"有白狐？骁勇少将军到！"

皓祯身后，一队白衣军跟随，杀了过来。

寄南也骑马疾驰而来，大喊道：

"有白狐？靖威王窦寄南到！"

寄南身后，一队黑衣军跟随，杀了过来。

两军气势汹汹，勇猛无比，攻进白幡阵。惊吓逃命的宫女和卫士，更在满天飞舞的白幡阵中奔窜。皓祯对皇后大喊：

"皇后！各方的将军和亲王已经从玄武门杀入！李远霖将军已经攻入皇宫，乐蓉公主伏法，剩下你这弑君谋逆的淫妇，你还不纳命来！"

灵儿瞬间拔出流星锤，与皓祯和寄南会合。皇后惊吓地拉着莫尚宫逃命，狂喊：

"乐蓉！乐蓉！你不会死，你在哪儿？"

寄南边骂边追着卢皇后：

"毒死皇上，谋害亲夫，卖官帮伍震荣养兵！你坏事做尽做绝，死有余辜！你的春秋大梦结束了，看你这淫妇往哪里逃！"

"救命啊！救命啊！兰馨、汉阳快救救母后啊！"皇后狂喊。

皓祯、寄南、灵儿合力追赶扑杀皇后。皇后在灵堂外的白幡中到处乱窜，皓祯的乾坤双剑刺来，皇后居然推出了莫尚宫帮自己挡剑，莫尚宫立刻被皓祯双剑刺中。莫尚宫愕然地发现自己中剑，手捂着伤口鲜血直流，双手沾血，对着皓祯一笑，撑着最后一口气说着：

"少将军，当初是我冒险让皇后和我，都喝了下蛊的汤，才弄到你的解药……天元通宝……"莫尚宫话才说完便倒地身亡，手心里滚出了一枚沾血的天元通宝钱币。

吟霜已经奔来，震撼至极地说道：

"原来当初宫里也闹蛊虫，是莫尚宫做的事！"

吟霜赶紧蹲下身子，运起内功，想救莫尚宫。皓祯震惊地捡起钱币，无法置信地说：

"原来……宫里的内应是莫尚宫，我居然误杀了自己人！吟霜！赶快救活莫尚宫呀！"

吟霜起身，眼中含泪：

"皓祯！莫尚宫走了！我救不活她！"

寄南眼见一切经过，赶到皓祯身边：

"皓祯！这都是我们天元通宝成员的宿命，你不要自责！快！

完成大事要紧！"

皇后见莫尚宫被刺死，尖声狂叫，忽然一面白幡倒了下来，压住卢皇后。

"来人呀！来人呀！救命啊……"皇后在白幡下挣扎大喊。

"你这凶手！你这淫妇！你的死期到了！"灵儿痛骂，一剑刺下。

皓祯追过来，再双剑刺下，寄南刺下第四剑。皇后最终倒卧在血泊中。

"大风起兮，除我国贼。白幡倒矣，皇上显灵！"皓祯朗声说道，"皇后不是相信鬼神，相信清风道长吗？本朝被你祸害多年，你就相信是皇上在为民除害吧！"

大风渐渐平息，纸钱仍在空中轻轻飘动。汉阳和兰馨来到一息尚存的皇后身边。

兰馨充满怨怒，抓着皇后的肩膀说：

"在你合眼之前，坦白告诉我！我的生父究竟是谁？"

皇后奄奄一息地握着兰馨的手，气若游丝地说：

"你……确实是……皇上的……女儿……我当初那样说，只是想要拴住荣王的心，现在……也不用骗你了！"说完便咽下最后一口气身亡。

兰馨、汉阳终于得到真相亦喜亦悲。兰馨泪流满面地说道：

"母后你罪孽深重，别怪女儿对你无情……"兰馨伤心地转身向着吟霜和灵儿，喊着："吟霜！灵儿！"就过去，抱住两人哭道，"为什么我要生在帝王家？看到这么多悲剧？现在死去的，是我的亲娘，还是我的杀父仇人？"

汉阳拥着兰馨，沉痛地说道：

"是你的杀父仇人，是我朝最大的敌人！是弑君谋逆的罪人，也是忘恩负义的恶人！现在大家帮你报仇了！"

"兰馨！别哭！我们都为我们的爹或娘报仇了！"灵儿说。

"报仇不重要！重要的是，以后不会再发生这么多家破人亡的悲剧了！"吟霜说。

三个女子紧拥着，个个眼中含泪。以前的恩恩怨怨，都化为一片亲情。

柏凯、皓祥带着几位将军及大批羽林军、左骁卫赶到。柏凯大声问：

"卢皇后在哪儿？亲王们要她的头！"

皓祥发现了皇后的尸体，回头对羽林军大喊：

"卢皇后已经伏法！她的头在这儿！快把尸体拖到前面广场上去！"

寄南举起两面白幡，对迎面而来的众将军和羽林军喊道：

"杀呀！我们继续去取卢璿、卢瑰、卢安、卢勇、卢全、卢准、庐平、洪储存……那些贪官的头！"

羽林军响应，喊声震天。此时，一位将军举旗大喊：

"别忘了和伍震荣一伙的方世廷！"

"我们还要那只恶犬方世廷的头！"另外一位将军呼应。

"方世廷在皇宫广场！杀呀！我们去取他的人头！"第三位将军喊道。

汉阳、寄南、皓祯、柏凯、兰馨、吟霜、皓祥等人大惊。只见羽林军吆喝着，追随着三位将军而去。汉阳等人急忙跟着狂奔,白衣军、黑衣军、左骁卫也跟着狂奔。

广场上,人头攒动,除了文武大臣,还有羽林军、黑衣军、白衣军、左骁卫、天元通宝兄弟等。人群鼓噪着,卢瑨、卢瑰、卢安、卢勇、卢全、卢准、庐平、洪储存等人已被制伏,上了脚镣手铐。一位将军大喊:

"卢家人已经全部落网!方世廷在哪里?轮到你去见阎王了!"

广场上喊声一片:

"方世廷!方世廷!方世廷……"

皓祯、吟霜、寄南、灵儿、汉阳、兰馨、皓祥、柏凯带着人马奔至。只见高台上,方世廷大步走上台。皓祯、柏凯、寄南等人生怕世廷遇害,全部飞跃到台上,个个紧张地手持刀剑,挺立在世廷身边捍卫着。

世廷从怀里拿出尚方御牌,对着台下一照,阳光闪耀在御牌上。世廷朗声说:

"皇上尚方御牌在此!各位少安毋躁!"

台下见到御牌,就有大部分人纷纷跪地。另外一位将军大喊:

"你跟伍震荣同伙,就算骗了皇上的尚方御牌,也不能为你除罪!"

"御牌不能除罪,遗诏可否除罪?"世廷拿出一卷御用诏书,"各位!请安静听我念完皇上的遗诏,如果仍然认为世廷有罪,愿一死以谢天下!"

柏凯挺身而出大喊:

"护国大将军袁柏凯在此!请大家安静听方宰相宣读遗诏!"

众人安静了,个个看着世廷。世廷打开遗诏,开始朗诵:

"皇帝亲笔御书,今乃己亥年八月,本朝文武百官,良莠不齐,官高爵重者,常挟天子以令诸侯,朕即使身穿龙袍,也有眼盲之忧。荣王伍震荣,从先帝封侯,一路青云直上至左宰相。朕虽重视其功劳,却惧其野心勃勃,贵宠日隆、穷奢极侈、专权仗势、骄恣不法、无所不为!生恐养虎为患,特令方世廷为右宰相,与之交好,实则为朕之耳目也。唯恐世廷有朝一日,有口难言,特发此诏,说明原委!并赐予尚方御牌一枚,以资佐证!钦此!"

世廷念完,将诏书面对群众,打开给众人观看验证。玉玺大大地盖在上面,清清楚楚。三位怀疑的将军和若干大臣,都亲自上台,确认了诏书的真实性。众臣喊道:

"确是皇上御笔诏书!"

柏凯举剑高呼:

"皇上英明,留此遗诏!方宰相多年辛劳,忍辱负重,终于让逆贼伏法!袁柏凯在此行礼!"双手持剑对世廷行军礼,皓祯、吟霜、寄南、灵儿、汉阳、兰馨、皓祥等人就一个眼色,全部对世廷半跪行礼,并高声喊道:

"方宰相忍辱负重、苦心孤诣、运筹帷幄、智勇兼备、夙夜匪懈、劳苦功高!"

台下众人,立刻一呼百应了,个个亢奋地喊道:

"方宰相忍辱负重,劳苦功高!"

刚才怀疑的将军惭愧感动,在台上喊道:

"在场的诸位将军大臣,现在贪官皇后都已伏法,国家一日不可无君,请方宰相与袁将军召集文武百官,早日拥立继位皇帝!"

大臣和将军们又开始鼓噪,议论纷纷,各有意见。世廷喊道:

"各位安静一下!皇上有三位皇子,谁能担当重任?不是世廷和柏凯说了算!本朝还有比我们更有分量的人,可以共同商量此事!"

台下众人大喊:

"还有谁?还有谁?除了袁将军和方宰相,还有谁更有分量?"

皓祯、寄南、汉阳、吟霜、灵儿、兰馨异口同声喊道:

"忠、孝、仁、义四王!"

台下顿时一片哗然。

数日后,长安巨大的城门"哐啷"一声大大地打开。皓祯、寄南、汉阳三人穿着官服骑着大马,带着四王的队伍浩浩荡荡驶入城门。四王乘坐在四面敞开的轿子上,轿子没有任何遮蔽却简单庄重,每乘轿子由八个武士抬着。

忠孝仁义四王个个穿着素衣,精神抖擞,神情悲凄地向民众挥手。世廷、柏凯骑着两匹马,迎上前去。世廷恭敬地说:

"世廷恭迎四王回朝!"

"忠孝仁义,国之栋梁!四王回归,是百姓之福!"柏凯也恭敬地说。

忠王不禁含泪说道:

"世廷、柏凯,今日一见,恍如隔世呀!"

"可惜皇兄遇害,太子战死,我们四王痛心至极!"义王含泪地说道。

百姓们拥挤着，欢呼着：

"欢迎四王回朝！欢迎四王回朝！"

激动的群众，几乎挤满了长安大街，七嘴八舌地议论着：

"真想不到四王还活着！咱们忠孝仁义四王还活着！"

"天助我朝！伍震荣这大奸臣死了，咱们四王居然复活回来了！"

群众此起彼落地大喊：

"欢迎四王回朝！欢迎四王回朝！欢迎四王回朝！"

世廷和柏凯就跟在四王身边，骑马缓缓前进。

寄南为首，皓祯、汉阳次之，各在一王身边，每人情绪也被众多的群众激荡着。寄南在忠王旁边说道：

"忠王！我们当初承诺一定迎你们四王回长安，今天我和皓祯都办到了，没有对你食言！"

"多亏太子、你和皓祯，办了那么多轰轰烈烈的大事，老夫终于等到这一天，可惜皇上和太子不能亲眼目睹！"忠王感动至深，中气十足地喊，"咱们终于回长安了！"

孝王对身边的皓祯说道：

"还要感谢吟霜那什么灵丹妙药，把本王的中毒治好，还把本王的身体都调理好了！"

"最重要的应该感谢汉阳的安全部署，才能保住四王今日的平安归来！"皓祯说。

"都听说了！"仁王看向汉阳，"汉阳和右宰相的事，和皓祯的关系，你们真是一门忠肝义胆的大功臣呀！幸好本朝还有你们！都是一群英雄儿女啊！"

汉阳恭敬地对四王说道：

"四王回朝就是我朝的定心丸！往后还要倚仗四王为我朝人民效命！"

"你们几个青年才俊，个个文韬武略，胸怀天下！我们李氏江山的未来，都要靠你们了！"义王含泪看天，"皇兄！太子！你们的英灵，将与我们同在！"

众多群众夹道欢迎四王，四王向群众挥手致意。万人空巷，热烈的欢迎几乎撼动了长安城：

"欢迎四王回朝！欢迎四王回朝！欢迎四王回朝！"

四王回朝后，这天，大家都聚集在将军府大厅内，气氛庄严隆重。

世廷、柏凯、忠孝仁义四王，雪如、翩翩都在座，最奇怪的是，从来不喜欢露面的钦王爷和夫人也来了，让寄南纳闷不已。皓祯、吟霜、寄南、灵儿、兰馨、汉阳、皓祥等小辈，都围绕着席地而坐，室内有股神秘的气氛。鲁超严密地把守在门外。

皓祯迷糊地说：

"各位长辈，这么郑重地要我们全体集合，是要研究三位皇子，由谁登基吗？此事长辈们做主即可，我和寄南、汉阳一定效忠！"

"可是……"世廷说，"现在还有第四位皇子！一直被神秘保护的皇子，如果要讨论由哪位皇子登基，不可错过此位！"

"对！"忠王说，"今日一早，咱们四王和柏凯，都在世廷那儿看到了证据！咱们还有一位皇子！"

柏凯看着寄南说道：

"本将军今天看到证据，这才如梦初醒！"

"还有一位皇子？不可能！我从小出入皇宫，从没见到还有什么皇子！"寄南惊奇地看兰馨，"兰馨！你见过那位皇子吗？"

兰馨深深地看寄南：

"兰馨也是刚刚听到汉阳提起，这才恍然大悟！怪不得当初太子哥去向父皇提起兰馨婚事，父皇坚决地说，寄南不行，绝对不行，因为我们是兄妹啊！"

吟霜脱口惊呼：

"难道那'第四位皇子'，就是靖威王窦寄南？"

钦王爷这才拼命点头，对寄南说道：

"咱们窦家，战战兢兢地养着你这位皇子，今天总算真相大白，可以把你还给皇上了！我这'钦王'，只是被'钦点'抚养你的王爷呀！"

"所以什么都是'皇上做主'！所以管不了，要送到宰相府去管束！"夫人接口。

寄南大惊，急忙喊道：

"什么？！我只是小小的靖威王，不是皇子！我怎么可能是皇子呢？不是！不是！你们不要因为三位皇子都不适合登基，就给我创造出一个'第四位皇子'来！这是绝对绝对不可能的！你们要创造，也创造给皓祯，比我合适！"

"兰馨你们在密谋什么？"灵儿跟着惊喊，"一定又是汉阳和方宰相的计策！灵儿先声明，当靖威王的小厮我已经勉勉强强，

329

如果他是皇子,而且可能登基……"惊喊,"哎呀!"抱住身边的吟霜大喊:"救命啊!"

吟霜抱着灵儿,安抚地拍着,看着世廷问:

"什么证据?爹,皇上留了好多诏书在你那儿吗?赶快拿出来给大家看看!"

雪如看看柏凯,明白是真的了,抓着翩翩的手说道:

"不得了!翩翩!咱们家把皇子留在家里喊来喊去,对他从来没有恭恭敬敬过!"

"是呀!是呀!我以前还动不动就骂他!"翩翩惊吓地说。

"我还打他呢!"皓祥更惊。

"宰相爹!你赶快把证据拿出来吧!"皓祯催促说。

世廷就恭敬地拿出一封信来,说道:

"这不是诏书,是皇上写给寄南的一封信!这封信是皇上在几个月前交给我,要我必要时转交给你看!那时皇上已知道伍震荣有不轨之心!等你读完这封信,我们再来研究其他的问题!"

寄南赶紧接过那封信,打开信封,拿出信笺,就急忙看去。

"是皇上的御笔!"寄南惊呼。

皓祯挤到寄南身后:

"我能一起看吗?等不及了!"

皓祯一挤,汉阳、兰馨、吟霜、皓祥、灵儿全部挤在后面看。寄南念着信:

"寄南吾儿,当吾儿读此信时,朕恐已不在人世!关于你的身世,虽然朕答应过汝母窦妃,尽量保密,心中却早有无法保密之预感……"

大家随着那封信，几乎看到了二十几年前，那个深宫里的晚上：

室内灯光幽柔。整个房间，只有皇上和窦妃二人。皇上坐在坐榻上，窦妃坐在他脚下，依偎着他，仰头看着他，年轻而美丽的脸庞带着忧愁，盈盈大眼中，含满了泪水。

"皇上！"窦妃哀恳地说，"臣妾虽然已有身孕，却不敢告知太医，更不敢惊动任何人，只敢偷偷告诉皇上！如果皇上真的宠爱臣妾，请千万千万保密！"

"窦妃！你有了龙种，是件喜事呀？为何要保密呢？"皇上惊讶地问。

"这是臣妾第三胎了！前面两胎，第一次怀胎三月就小产，没有保住胎儿，第二次生下的，居然是死胎。这第三胎，我只想让他活着生下来，活着长大！皇上已经有四个儿子，请允许臣妾这胎，回娘家秘密生产，无论是男是女，让他姓窦，让他平安顺利快乐地长大，我还能常常接他进宫，或归宁看视他，臣妾就心满意足！"

"你的意思，前面两胎都不是意外，而是被下药了！"皇上激动地问。

"我没把握是被下药，但是，我强烈怀疑是下药！"就抱住皇上，哀求道，"皇上，算是您给我的恩典，让我即日归宁，生产之后，无论是男是女，都算我哥哥的孩子！臣妾没有奢求，只想做个平凡的亲娘，能保护好自己的孩子！"

窦妃说着，就跪在地上，对皇上磕头。皇上忧伤不舍地说道：

"窦妃的意思，朕明白了！朕同意这孩子姓窦，但是，如果有一天，朕需要他，社稷需要他，窦妃也要允许朕，让他认祖归宗！"

大厅内人人安静肃穆，寄南继续念着那封长信：

"窦妃在甲申年四月十七日，于窦家生下一子，朕亲自取名为窦寄南，南者，男之谐音也，暗指朕寄养于窦家之男儿也。寄南从小出入皇宫，深肖朕躬，封为靖威王。寄南吾儿，汝母英年早逝，朕至为遗憾。太子启望甚是优秀，其他三子，无一子成器，堪与寄南相比。若朕不幸早逝，愿吾儿寄南认祖归宗，辅佐太子，并顺位于启望之后，承担本朝天子之重任……"

寄南念到此处，已经念不下去了，把信笺搁在膝上，痛喊出声：

"怪不得皇上要我做这个，要我做那个，把我送去宰相府，不只是管束我，还要保护我啊！他只信任方宰相……"眼泪流下。"我还常常跟皇上嬉皮笑脸，没大没小，怪不得每当我和皓祯出事，他总是向着我们！怪不得他给我龙凤合璧……原来他是我的亲爹！原来太子启望是我的亲哥哥！我娘，原来是窦妃啊！"

皓祯、吟霜、灵儿个个震惊无比。尤其灵儿，简直呆住了。

世廷就看着寄南说道：

"现在你明白你的身世了吗？现在你承认是第四个皇子了吗？"回头看了柏凯和四王一眼，使了一个眼色。

柏凯就起身，和四王及世廷，一起过来，跪在寄南面前，同声喊道：

"请靖威王遵旨，登基以慰先皇在天之灵！吾皇万岁万岁万万岁！"

寄南触电般跳了起来，拉着大家说：

"起来！起来！你们都是长辈，怎能跪我？"

"等你当了天子，我们这些长辈，都要跪你的，你先习惯一下吧！"雪如说。

"不行不行！这个责任太大，这个真相也太震撼！我放荡不羁，自由自在惯了，怎会是当皇上的料！即使知道了我的身份，我也不能当皇上！"寄南说着，就狼狈地仰天喊道，"皇上！你要怎样说服百姓啊？怎样说服百官啊？哪有姓窦的可以接李氏天下？这下准会引起大乱的！"

汉阳急忙拍拍寄南的肩。

"关于这个，皇上已留下铁证，我和我爹还有大将军、四位王爷，会安排得妥妥当当！你只要登基，当个爱民如子的好皇帝，当个忠孝仁义的好皇帝就行了！你想想，除了你，还有谁更能当皇帝呢？谁比你更接近民间，了解百姓呢？"

皓祯兴奋起来，说道：

"寄南，你就顺了先皇吧！现在皇子启端已经公开说了，他不要当皇帝，他学道学得入迷，只想遁入空山当神仙！皇子启博已经在弥留状态！皇子启俊还小，不学无术，如果他当皇帝，将来本朝的天下，会变成怎样？"

汉阳接口：

"你一天到晚，在做护国大业的事，在保护社稷江山，难道都是空话？何况，你接手的皇室，会是一个最富有的皇室！因为伍家和卢家的财富,都会陆续进入国库!你可以大刀阔斧地救济苍生了!"

"就是!就是!"皓祯急急说道,"今天这个皇位落到你头上,是天意!你明明是皇上和窦妃的亲生儿子,你父皇一定懊恼极了,让你姓了窦,要不然,窦妃可能就是皇后了!现在你有义务,你不能逃避呀!如果你逃避,你就是不忠不孝不仁不义!"

"寄南王爷!不,寄南皇子,你当了皇上我皓祥可以跟人夸口,皇上还跟我平起平坐过!好极!好极!"皓祥说。

"寄南!"吟霜终于开口了,"原来我们个个都有身世之谜,你这个谜最震撼!你当皇上也好!本来我和皓祯说好了,灭了伍家、卢家,我们要离开长安,云游天下,去为偏远地区的百姓治病!假若你当皇上,或者可以安排一批人给我,让我训练他们成为行医天涯大队!"

"吟霜和皓祯要离开长安?不要!不要!我舍不得!"兰馨喊道,"行医天涯大队在长安训练就可以了!城市里一样需要大夫呀!"

"你们要逼我当皇帝,还要离开我去偏远地区?"寄南急道,"不许!不许!"一手抓住皓祯,另一手抓住汉阳,"如果要我当皇帝,除非你们两个当我的左宰相和右宰相!"

皓祯急道:

"你这安排不对,我和汉阳都太年轻,不能担当宰相的职位,无法说服百官和百姓!现在内举不避亲!我建议,左右宰相就由我的生父方世廷和养父袁柏凯担当吧!一文一武辅佐你!"

汉阳接口:

"皓祯的意见好极！四王都长住长安，是寄南的'太师、太傅、太保、太尉'！我和皓祯，一定是你的左右手，官位不要紧，要紧的是我们那片爱国的忠心和对你的信心！我们兄弟俩，会为你两肋插刀的！"

寄南看众人，慌乱震动地喊道：

"皇上呀！他们怎么一人一句说得像真的一样？"

在大家热烈的谈话中，灵儿一直没有开口，只是关心地倾听着，听到这儿，气呼呼站起身，掉头就飞奔出房去了。寄南立刻放开皓祯和汉阳，跟着奔出门去。

世廷喊道：

"寄南！还有好多大事要商量，你去哪儿？"

寄南头也不回地喊，

"我家那个'小厮'不同意，就算有皇上遗诏也不成！"

皓祯、吟霜、汉阳、兰馨一看情况不对，全体跳起身子，跟着追出去。

一百

灵儿骑着一匹快马,逃也似的飞骑在原野上。寄南、皓祯、吟霜、兰馨、汉阳骑着五匹马,紧追在后。寄南喊着:

"灵儿!你这是干什么?你不能跟我生气呀!你跳上马要到哪儿去?"

"我离开你越远越好!你成了皇帝,我算什么?"灵儿头也不回地说。

"灵儿!我们帮你看着寄南,他不会负你的!"皓祯喊着。

"寄南!你赶快跟她说清楚!"吟霜也喊着。

"灵儿!"寄南急呼,"假若你这么抗拒,我不当也无所谓!"

汉阳飞马上前,追到灵儿,正色地说:

"灵儿!你早就是天元通宝的女将,你要以大局为重!别再跟大家赛马,咱们下马来谈个明白!"

兰馨也追了上来,霸气地说道:

"灵儿!父皇原来大智若愚,他居然藏了一个儿子在窦家!

你如果是个女英雄,就别婆婆妈妈,逃避责任!接受你的宿命吧!"

皓祯、吟霜也上前,大家围着灵儿,灵儿只得停马,率直地、有力地说道:

"我裘灵儿现在就清清楚楚告诉你们,我这一生以我爹裘彪为荣,以你们大家的情谊为重,我跟着窦寄南,当了一年多的小厮,也以为今生就是他的人。可是,如果他是皇帝命,我裘灵儿自知没有皇后命!想把我关进那个皇宫里,让我变成飞不动的鸟儿,还要让我和宫里那些嫔妃一起生活,这是绝对、绝对、绝对办不到的事!所以……"看寄南,"太子保重!灵儿告辞!"

灵儿说完,一拉马缰,又飞骑而去。寄南大喊:

"裘儿!不!灵儿!你给我回来!谁许你告辞?"急追上前,大声嚷道:"你没有皇后命,我也就没有皇帝命!你再跑,我追你到天涯海角,打你屁股!那皇帝不做就不做,我们再推举更合适的人就是!"

皓祯等众人面面相觑,全部呆住了。吟霜看着寄南和灵儿,深为了解地说:

"这'第四位皇子',恐怕永远是放浪不羁的靖威王而已!"

皓祯点头看汉阳和兰馨:

"为了灵儿,他可以要求和鲁超、小乐挤一个房间,可以睡个大半年的地铺,还差点在长安大街滚三圈……除此以外,他一直是匹脱缰野马,连皇上都控制不了他,我的宰相爹,明知他是皇子,奉命管束,也没管束成功,他还是窦寄南!"

"不错!"汉阳回忆说道,"怪不得我爹说他是'头痛人物',

教训他时还被他的'打嗝放屁论'弄得啼笑皆非,我娘看他没大没小、放浪形骸,常常被他吓住!"

"嗯!"兰馨回忆,"除了对国家大事,他从来没有正经的时候,在宫里也会大呼小叫,在父皇面前也会突然动手打人!"

吟霜深深点头,看着汉阳、兰馨:

"至于灵儿,确实像她自己说的,她已经忽男忽女这么久,跟寄南两个动手又动口,在江湖中长大,可以独自一人去闯项魁府,是个'风火球'!她能胜任当端庄稳重的皇后吗?你们认为,他们这一对宝贝,真的适合天子和国母的地位?真的能说服百官和天下百姓?"

大家你看我,我看你,谁都没有把握。

四王和长辈们仍然在大厅中议论纷纷。皓祯、吟霜、寄南、灵儿、汉阳、兰馨都因跑马而脸色通红,大家笑吟吟,进门跪坐于众人面前。

寄南对长辈行礼,郑重地说道:

"寄南经过仔细的思考,现在来答复各位!从小我就认为自己是窦家的儿子,生活自由放荡,无拘无束!灵儿和我投契,也因为是我同路之人!我俩都不认为有能力当个称职的皇帝和皇后!而且,现在天下纷扰,必须有个强而有力的继承者来承担王位,才能说服本朝所有官员和百姓!我既已姓窦,就丧失了这个'说服力'!所以,寄南不能继位!"

"你父皇的书信,难道还没有说服力吗?"世廷急道。

"大家都帮你设想得周周到到,你怎么又变卦了?"柏凯也急道。

"除了你,还有谁更有说服力,更能当个称职的皇帝呢?"忠王问。

寄南看着义王,清清楚楚地回答:

"我的皇叔,义王!正统的皇室血脉,当了二十多年的义王,深深了解民间疾苦,还曾手刃四个伍家逆贼!我朝皇上,经常由兄传弟,父皇就是如此!义王比寄南更有朝廷经验,更加劳苦功高!是个真正配得上忠、孝、仁、义四字的贤王!"

义王惊跳起来:

"什么?怎么讨论来讨论去,讨论到本王身上来了?二十几年前,我就不曾想过要当皇帝,现在……"

皓祯、寄南、汉阳、吟霜、灵儿、兰馨异口同声接口:

"现在,是义王必须继位的时候了!"

众人惊看这六个异口同声的年轻人。世廷深思着,突然兴奋起来:

"义王!你继位吧!寄南所说,句句合理!有这六个英雄儿女,他们会挺住本朝江山,成为你最大的助力!你不能推托,我那'忠孝仁义论',就等你来完成了!"

顿时,所有人都对义王匍匐于地,喊道:

"吾皇万岁万岁万万岁!"

义王睁大眼睛,看着皓祯、寄南等人虔诚的神情,泪盈于眶,无言以答。

义王登基那天,晴空万里、风和日丽,灿烂的阳光,普照着大地原野，照耀着滚滚东流的渭水，照耀着灞桥边迎风摇曳的丝丝杨柳，照耀着万千张喜形于色百姓的脸，也照耀着喜气洋洋的内庭宫殿。皇宫广场空前地热闹。这是灭了"伍卢之祸"后，第一个庆典，也是皇上和太子奉安入土后，皇室和百官，第一次聚在一起，不是个个面带愁容，而是个个面带笑容。更是第一次可以不穿孝服的日子。广场上，四周旗帜飘扬，羽林军穿着全新的红黑色铠甲，手拿长枪，头盔和长枪的顶端，都有红色的盔缨和锵缨，整齐地站在广场两侧，肃立无声。广场大殿门前的玉石台上，摆着豪华龙椅。龙椅后面，曹安带着众位太监侍立。大红地毯从正殿前铺到广场的走道上。皇宫钟声响起。仪仗队入场，鼓乐队入场，众多宫女手捧着鲜花，以整齐划一的队伍，鱼贯走到广场两侧。广场上弥漫着庄重肃穆又充满温馨的气氛。

紧接着忠、孝、仁三王与袁柏凯、方世廷、李远霖、钦王为首的大臣们个个穿着朝服正装。陆续列队在广场上等待登基大典开始。雪如、翩翩、采文、钦王夫人、太子妃等众多大臣的女眷和家属也出席在列，个个盛装欣喜等待着。本来，登基大典是男子的事，女人皆不列席。但是，义王与众不同，想到吟霜、灵儿当初救四王的种种，认为男女同样重要，何况男子皆女子所生，怎可轻视女子？所以，特别指示，这次的登基大典，女子也是贵宾。

汉阳、兰馨、皓祯、吟霜、寄南、灵儿六个人坐在一起，都穿着正式服装列席。本来皓祥也在，但是，汉阳为他介绍了一位天元通宝的女将——祝雅容。他立刻惊为天人，就坐到雅容身边去了。

皓祯等六人聚在一起，吟霜感慨万千地说道：

"真没想到我们六个人的命运是这样……"看皓祯，"你知道吗？我们六个人，都是身世和身份成谜的人，今天在这样的场合相聚，是我当初怎样也料不到的！真是太离奇了！"

"确实太离奇了！"皓祯说，"你最离奇，人呀！妖呀！狐呀！都当过了！"

"喀喀！皓祯还在取笑我，为吟霜鸣不平呀？"兰馨轻咳两声，抗议地说。

"吟霜说得也不对，你们五个身世都成谜，我可是爹娘清清楚楚！"汉阳说。

"你的身世虽然没问题，你的身份却是最神秘的！你是木鸢啊！"吟霜说。

皓祯一震，被提醒了，问汉阳：

"现在义王当了皇帝，我们那'天元通宝'是不是应该解散了？"

"不！"汉阳正色说，"天元通宝永远不会解散！权力、金钱、欲望是天下最可怕的东西，我们要监督着义王，万一他变了，天元通宝还是会教训他！"

"对对对！不过，木鸢老哥，以后你别用金钱镖了！直接通知吧！"寄南说，又看着灵儿说，"你别后悔，以后只能当窦夫人了！"

"谁答应你要当窦夫人？"灵儿瞪他一眼，"讲到身世，我最麻烦，姓裘？姓康？万一嫁给寄南，还不知道是姓窦还是姓李？"

"什么万一？"寄南抗议，"已经是一万了！不管是窦夫人，

341

还是李夫人，总之是我靖威王的夫人！"

宫廷乐队吹奏起乐声，大典的钟鼓，咚咚咚，一声声地敲响着。司仪大喊：

"登基大典开始！"

红毯的彼端，义王的龙轿由众多一色红衣的武士抬向大殿。龙轿停下，义王在武士簇拥下，走向龙椅坐下。众人全部匍匐于地，喊道：

"皇上万岁万岁万万岁！皇上万岁万岁万万岁！皇上万岁万岁万万岁！"

当欢呼声告一段落，义王忽然起立，伸手向众人示意，众人全部起立，安静下来。义王就朗声说道：

"各位贤卿，朕今日登基，完全是个意外！既然穿上了这身龙袍，就背负了整个社稷百姓的重任！朕誓言将带给本朝一个真、善、美的社会！从此官场没有杀戮，宫中没有恶斗，百姓将丰衣足食！并以'忠孝仁义'四字，为立国之根本！"

义王说完，两手一抬，便有侍立的羽林军，齐声地、声势惊人地喊道：

"尽心报国谓之忠，真诚事亲谓之孝，广爱天下谓之仁，牺牲小我谓之义……"重复地喊了好多遍。

在羽林军的口号声中，整个皇宫广场，人山人海，旗帜飞扬，壮观无比。

皓祯等人，感动震撼，无以复加。寄南抬头看天，虔诚说道：

"启望！你看到了吗？我们会把你的理想，发扬光大！而且把佩儿培养成顶天立地的男儿！你，可以放心了！"

一年后，先皇和太子孝服期满，汉阳和兰馨先奉旨成亲，寄南和灵儿，也接着成亲，皓祥娶了祝之同的女儿祝雅容。皓祯和吟霜，也在方家和袁家的坚持下，再度举行了一次婚礼。于是，本书中的三对璧人，皆成佳偶。婚礼的排场和礼仪，大同小异。唯独洞房情调，却各有千秋。值得在这儿一提！

先提汉阳和兰馨的洞房。

新房中充满喜气，喜娘、宫女围绕。兰馨已经行过"解缨之礼"，端坐喜床床沿。崔谕娘高声说道：

"请新郎、新娘行'洞房合欢之礼'！"

崔谕娘带着众宫女退出了新房，关上房门。

汉阳呼出一口大气，说道：

"公主，终于只剩下我们两个了！这条婚姻之路，汉阳走得好辛苦！"

兰馨浅笑中，却略有担忧地说：

"怎么突然叫我公主，我是兰馨，是你的妻子了！"

"是！兰馨！"汉阳忽然一把搂住兰馨，霸气地瞪着她的眼睛说，"考你一个问题，在本朝律例里，偷什么没有罪？不许说'偷笑'！"

"驸马要在洞房考我？"兰馨一愣。

"是！"汉阳说，"当初那个'偷笑'，害汉阳怄到今天，必须也考你一下！"

"除了偷笑，想不出还有什么答案！"兰馨思考着说。

"这个都答不出？是'偷心'！当初公主选驸马，被皓祯推进我的怀里，汉阳死命一抱，就被公主偷走了一样东西，这东西现在还被公主藏着没还我！"

兰馨心里甜甜的，忍不住扑哧一笑。

"那时……如果我知道你是木鸢，有这么好的武功，就不会选皓祯了！你还怪我？你才欠了我一年的大好年华，差点没有疯掉！"

"是！汉阳知错了！愿用以后一生，来弥补这个错误！"

汉阳就伸手去解她的衣扣，兰馨娇羞而担心地低问：

"你和皓祯是亲兄弟，不知道你有没有'恐女症'？他因为这病，让我至今还是完璧之身！"

"哦！"汉阳沉吟着，"恐女症？那个病……就要让下官实际试试看才知道喽！"

汉阳说完，就温柔地抱住兰馨，两人缠缠绵绵地滚进那张喜床。

再谈寄南和灵儿的洞房。

喜娘丫头鱼贯出房去。喜娘在门口回头说道：

"春宵一刻值千金！请新郎、新娘行'洞房合欢之礼'！"

房里剩下已经换了华丽寝衣的灵儿和寄南。寄南看着坐在床沿、千娇百媚、穿得很女性的灵儿，心里小鹿乱撞，喜悦地说道：

"今晚，你可赖不掉了！和你同房那么久，断袖那么久，本王爷今晚总算可以和你'同床共枕'了！真是太不容易！"

寄南说着，就把灵儿一抱。岂知灵儿像鱼一样，从他臂弯里

溜到床里去了,喊道:

"不忙!不忙!你站在床前别动,如果想占我便宜,我就大喊救命!"

"什么?"寄南大惊,"你是我的新娘,今晚,就是我们彼此'占便宜'的时候,你别害羞,我会很温柔的!你总不至于到今晚还要赖吧?"说着就欺身上前。

"不许碰我!要碰我,有三个条件!"灵儿大声说。

"啊?还有三个条件?什么条件?说来听听看!"

"第一,从此和你那些老相好断掉,除了亲人关系,不许再有别的关系!"

"哦……断掉呀?"寄南惋惜地说,"那会有很多姑娘伤心的!你真残忍,都不为那些姑娘着想!好吧好吧!还有呢?"

"第二,你要像皓祯一样,对我忠心,不许讨小老婆!"

"啊?"寄南又一惊,"你知道我们王府人家,都是三妻四妾,你现在当了大老婆,还不满足?我是大男人,你一个人侍候不了我!我答应你,将来顶多再娶两个!就这样,不要跟我讨价还价……"

寄南话没说完,灵儿扑了过来,对着他没头没脑地乱打一通,喊着:

"就知道你这种男人不能嫁!还要两个,你敢!"

寄南慌忙抓住了她的两只手,笑着看她:

"跟你开开玩笑,我那些男人毛病,在皓祯的潜移默化下,在你的各种折磨下,早已不见了!为了你,连皇帝都放弃,后宫三千佳丽都没了!"不禁叹息。

345

"第三，不许和任何人玩断袖！"

这一下，寄南脸色一变，皱皱眉说道：

"这个有点难！自从我有了个小厮裘儿以后，我看到漂亮小伙子，就会心跳加快，呼吸加速……恐怕这个断袖病是永远改不掉了！"

灵儿糊涂了：

"什么？我不懂！"

寄南一把抓住她，把她压在床上，命令地说道：

"听着！我现在有三个命令，请夫人听令！第一，请新娘宽衣解带！第二，新郎要开天辟地了！第三，裘灵儿准备从姑娘或是小厮，变成标准女人吧！"

寄南说完，就不由分说地拉下了她的寝衣，把她推进那锦被里。

再来谈谈皓祯和吟霜的洞房。

新房里挤满了人，雪如、采文、翩翩都看着喜娘把吟霜搀扶到坐榻上。兰馨、灵儿、雅容在房里叽叽喳喳。

吟霜这次的新娘妆不比从前，美丽无比，头发上，像花雨般用各色缨带系着。喜娘朗声说道：

"请新郎行'解缨结发之礼'！"

皓祯急忙过来"解缨"，左解了一条，右解了一条，原来吟霜头上系了十几条缨带，合成一朵花。金色、银色、红色、黄色都有。而且每条都系得特别复杂，穿来穿去的，解得皓祯满头大汗。皓祯说：

"我知道了！吟霜，这个婚礼是在欺负我这个新郎，因为以前让你太委屈！管他呢，就算一百条缨带，我也慢慢地解，仔细地收！"就把一大束缨带都收进怀里。

吟霜悄悄笑着。灵儿、兰馨、雅容和雪如、采文等人，都笑得嘻嘻哈哈。

喜娘再大声喊道：

"请新郎新娘行'洞房合欢之礼'！"

皓祯赶紧驱赶众人，对大家说道：

"各位可以出去了！现在不需要大家帮忙了！"

"我们还要闹洞房！"灵儿喊着。

众人一呼百应：

"闹洞房！闹洞房！闹洞房……"

皓祯大喊：

"寄南，管管你媳妇！汉阳，也管管你媳妇！皓祥，也管管你媳妇！不许闹洞房！你们今天闹够了！现在夜色已深，请大家各归各位，早些休息！"

寄南、汉阳、皓祥冲进房，嘻嘻哈哈地拉走了各自的媳妇。大家退出了房间，房里剩下了皓祯和吟霜。吟霜赶紧透了口气说：

"呼！把我折腾得腰背酸痛，我们总算把拜母猪的习俗给取消了，以后这'解缨结发之礼'也可以取消……"

"那不行！"皓祯就过来拥住吟霜，深情地，"听说这个有'永结同心'的意思，还是不要取消吧！我其实很喜欢帮你解缨，虽然我们已是老夫老妻，看到你这个新娘，我好像也成了第一次当新郎，心里怦怦跳！不只解缨，解衣也很喜欢的！"

"你越来越不正经了,都被寄南带坏了!"吟霜低头羞笑。

"忙了一整天,不就为了此刻吗?灵儿她们故意欺负我,赶了半天才赶走!"悄悄低头看她,轻轻问,"我们可以行'洞房合欢之礼'了吗?"

突然,窗子上敲得喀喀响。皓祯惊愕地走去,打开窗子,正想骂人,猛儿飞了进来。吟霜惊喜地喊:

"猛儿!你也来给我们道喜吗?"

猛儿清亮地叫了两声,就直接飞到喜床上,居中一坐。皓祯惊讶地说道:

"猛儿!你来闹洞房吗?那是我和吟霜的喜床,你占据着,让我们如何行合欢之礼?我好不容易,才把灵儿她们赶走!"

只见猛儿把翅膀张开,几乎占据了整张床,对皓祯眨眨眼,就伸长脖子,枕着枕头,闭着眼睛睡起觉来。这一下,吟霜笑得前俯后仰,不可收拾。

"喂喂!"皓祯继续对猛儿喊话,"你懂不懂?你是一只鸟,不是人!哪有鸟儿这样趴在床上睡的?应该站在树梢上睡!你这样……简直是无法无天,不伦不类,不仁不义,不三不四,不解风情……"

吟霜听了,更是笑得花枝乱颤,完全无法控制。皓祯看着吟霜如此美丽的、灿烂的笑,不禁心为之醉。就走到吟霜身边,轻轻地、爱怜地拥抱着她,在她耳边说道:

"我有个很重要的问题要问你!"

"问吧!"

"你这样蛊惑我,让我离不开你。你,到底是人还是白狐呢?"

"问得好!那是秘密!"吟霜笑着,神秘地说,"天机不可泄露!"

皓祯低头,深深地看她,然后深情地低头吻住她。

又过了三年。本书的主人翁都有一些改变。首先,在皇上做主下,这些"身世成谜"的英雄儿女,都认祖归宗了。其中,寄南的认祖归宗最让朝野震惊。当大臣们看到先皇遗诏,看到"龙凤合璧",证实寄南是"皇子"时,大家对寄南的"礼让"皇位,更是感佩不已。那是争夺皇位的时代,却有一个皇子,潇潇洒洒地将皇位让贤了!寄南这个举动,让他在民间和朝廷上,更加被人津津乐道。皇上因此,把他那"靖威王"的名号,改封为"礼王",并让他和皓祯一左一右共同掌管羽林军。从此再也没有羽林军横行街头,欺压百姓的事。寄南婚后第二年,灵儿生了一个儿子,皇上欣然把这个李氏皇孙,册封为"信王"。一门之中,拥有两个封王,也是特别的殊荣。

袁柏凯封为"明王",继续掌管军权兼左宰相。世廷被封为"廉王",兼右宰相。皓祯被封为"勇王",兼左羽林卫。他和吟霜生了一对龙凤胎,两人仔细商量,让儿子姓方,女儿姓袁。他们有了自己的府邸,却常常住在画梅轩。夫妻始终和方家袁家,有如一家。皓祥婚后,雅容连生两子,袁家再也不是单传。可是,柏凯依旧遗憾着,皓祯的儿子不姓袁。世廷允诺,如果方家人丁兴旺,皓祯再有儿子,可以过继给袁家。皓祥因为平定"伍卢之祸"有功,皇上给予左卫"中郎将"之职,终于成为柏凯的骄傲。

汉阳被封为"智王",官拜大理寺卿,有了一个女儿。"忠、孝、仁"三王依旧,在朝廷各司要职。由于"义王"已经当了皇帝,他特别把佩儿封为"义王",有继承他的意味,更是对已故太子重义的尊崇。佩儿是皓祯、寄南、汉阳三家的宠儿,也是他们个个教导的目标。经过这一番册封,中国传统的美德——"仁义礼智信,忠孝廉明勇"全部到齐。

转眼间,年轻的一代,都成了父母。这日,皓祯、吟霜、寄南、灵儿、汉阳、兰馨六人,把孩子交给祖父母,难得偷闲一天,聚会在一起。他们悠闲地骑着六匹马,缓步于草原上。吟霜的马鞍旁边,还挂着随身的采药篮,时时不忘采药。寄南感慨地说:

"现在国泰民安,风调雨顺,我们虽然个个封王,想起以前种种出生入死,好像英雄无用武之地,有些不习惯了!"

"皇上不立太子,有意不传子而传佩儿,只是要等他长大,看看是否成器?咱们的皇上,有情有义,拥立得好!"皓祯说道,"回忆木鸢的时代,造就今日的时代,各种苦难,都是值得的!"忽然想起什么,问道:"木鸢,你最初让我和寄南去东市,到底为了什么?我至今不解!"

"东市?"汉阳笑了,"只是要你们去探访人才,没料到你们那么厉害,把东市最好的两位人才,都娶来当夫人了!"

"哦?"吟霜笑着,"原来我们这两对的媒人,是汉阳你啊!"

"提起这个……"寄南忽然瞪着汉阳说道,"一直忘了问你,当初我和灵儿去宰相府受管束,你无所不知,那么,知不知道裘儿就是灵儿?"

"当然知道！"汉阳笑了起来，"灵儿诈死，我这大理寺丞就在放水，你们在乱葬岗救人，我还派了天元通宝兄弟，暗中保护，国宴那天，我就认出灵儿了！"

"哎呀！"灵儿大叫，"那么，在宰相府，你一直知道我是女儿身？还要带我去住那个大通铺的小厮房？"

"对呀！"汉阳又笑，"那时天天生活紧张刺激，各种问题层出不穷，要隐藏身份，要救人性命，我在那种生活里，只有看到你们两个假断袖，彼此有情还不知道，只要我稍稍一挑，寄南就毛焦火辣乱吃醋，那真是我生活里唯一的乐趣！"

"什么？"寄南大叫，"那么……她换衣服你也偷看？她进浴池你也跑来，你你你……还说是乐趣？你算兄弟吗？"

"哦？"兰馨瞪大眼睛，"还有这样一段，汉阳你……"

"你是假断袖，我可是真君子，行吧？"汉阳笑看寄南说，"多年前的陈年飞醋，你还吃？我当然没有偷看，只是吓吓你们而已！看到寄南每次紧张的样子，实在让我忍不住要继续捉弄你们！"

寄南和灵儿，同时对汉阳举起拳头，异口同声说：

"我揍你！"

"精彩！精彩！"吟霜回忆着，"找一天，我们再来细数从前，多少的谜还没解开呢！冷烈现在在哪儿？"

"不知道！自从宰了伍震荣，他和九凤就失踪了！"汉阳说，"我和皓祯也去找过、打听过，到处都没他的消息了！或者，就像他说的，他来到世间的目的，就是除掉伍震荣，他目的已达到，可以隐退江湖，海阔天空了！"

"谈起以前各种的谜,我始终有个谜没有解!"皓祯看着吟霜说,"吟霜还是婴儿时,是被放进杏花溪,随波而去的!为什么她后来会被住在山里的白神医收养呢?"

"是呀,"吟霜说,"我也常常想这件事,那杏花溪离我们的普晴山,还有一段路呢!不可能被爹娘捡到!"

大家谈到这儿,猛儿在天空飞舞回旋,忽然低飞,叼起吟霜挂在马鞍边的药篮,就向前面飞去。

吟霜兴奋地喊道:

"猛儿在带路,不知道哪儿有珍奇药草?我们赶紧跟着猛儿去!"

六人就策马,追着猛儿,飞跑而去。

跑着跑着,大家来到一个世外桃源。

只见景色极美,岩石、瀑布、小溪、草地上开满了小花。风微微,云淡淡,天蓝蓝,水盈盈。两岸极目之处,都是绿树浓荫。山花点缀在树梢,更让那绿树浓荫,充满了生气,充满了诗意。这个地方,对六人来说,都似曾相识!

皓祯屏息地说道:

"就是这儿!那次吟霜吃了整瓶假死药丸,猛儿就把我们带到这儿来,就在这溪边,我们从死亡走向重生,从大悲走向大喜!"

吟霜看着四周,惊喜莫名:

"是啊!就是这儿,皓祯没有被砍头,我也没有死,我们在这儿又跳又笑,还在水里打水仗!"

"对啊!"寄南喊,"我们骑马追过来,发现你们两个在笑在跳还在追追跑跑，大家都疯了，我背着裘儿也加入了你们！"

灵儿激动地喊：

"哇！猛儿把我们又带来了！"就脱掉鞋子奔进溪中，喊道，"寄南！来追我！来追我！你追不到我！"

"谁说的！"寄南踢掉鞋子，就向灵儿追去，"你已经成了王府夫人，当了娘，怎么还是这副德行？偏偏本王爷就爱你这德行！"奔进水中追灵儿，水花四溅。

汉阳兴奋起来，说道：

"兰馨，我们也加入这场'世外桃源狂欢日'如何？"

"本公主上次掉头而去，这次故地重游，一定要玩得痛痛快快！"兰馨霸气地回答，"来呀！请了，汉阳王爷！"

顿时，六个人全部在这仙境中奔跑追逐，浑然忘我。此时，猛儿叼着采药篮的把手，飞了回来，在六人间穿梭飞舞。然后，猛儿忽然把篮子低飞，放进溪水中。采药篮顺着流水，向下游漂去，猛儿一声清啸，急忙再低飞过来，叼起漂流的篮子，飞到吟霜和皓祯面前，放下篮子，急促地扇着翅膀，大声地啼叫，又去扑吟霜的脸。刹那间，吟霜什么都明白了！惊喊着说：

"皓祯，我知道了！当初是猛儿发现了我，叼着我的木篮，带去给我的爹娘，让我爹娘救了我……"仔细地想着，"我爹为我娘熬的第一颗神药，大概就为了救我的小命，喂给我吃了！所以我能有内功，都是我爹那神药的效果！"

"是吗？"皓祯不可思议地问，还有点怀疑。

猛儿低飞过来，在吟霜面前，不停地点头扇翅膀，嘴里啊啊啊地大叫，兴奋得不得了。这一下，大家都明白了，个个睁大眼睛,又惊又喜。

"猛儿!"皓祯对猛儿忙不迭地施礼,大喊,"好猛儿!皓祯谢谢你!永远谢谢你!我们的猛儿英雄!猛儿神禽!猛儿了不得,猛儿不得了……"皓祯语无伦次地喊了半天,忘形地又抱着吟霜转,有点不真实感。皓祯边转边问吟霜:

"你认为人世间最美的东西是什么?"

吟霜还没回答,突然间,瀑布下出现六条锦鲤鱼,在水中往上飞蹿跳跃。吟霜挣脱皓祯,跳下地,指着锦鲤喊道:

"你们看!有锦鲤在跳!"

众人看去。有六条分别为金色、银色、纯白、黑白点、红色、黄色的鲤鱼,突然飞跃而起,逆流而上地跳上瀑布,翻越龙门,煞是好看。寄南惊喊:

"皓祯!汉阳!你们还记得先皇那个大吉梦吗?"

"怎么不记得?六条鲤鱼跃龙门!"皓祯说。

汉阳数着:

"一、二、三、四、五、六!这儿正是六条!连颜色也和先皇梦里一样!"

"父皇的大吉梦,怎么会出现在这儿?"兰馨震慑地问。

"我来分析一下……"皓祯看着鲤鱼说,"金色、黄色都是皇室的颜色,应该是寄南和兰馨!纯白是吟霜,红色是我,因为我是热血男儿,差点为本朝送命!"

"这么说,我是黑白色,"汉阳接口,"因为我是大理寺丞,要分辨黑白!灵儿是银色的,银色是帝后之色,她穿梭在皇室和民间,嫁给了一个皇子!"

"难道我们就是先皇梦里的六条锦鲤?"吟霜惊疑地问。

寄南点头,傲然地说:

"没错!像我们这种英雄儿女,才是大吉梦里的六条锦鲤!当初的解梦都错了!我们六个联手,灭掉了伍震荣和卢皇后,建立了今天的国泰民安!"

六个人看着那飞跃的鲤鱼,个个脸上都露出不可思议的神情。猛儿累了,站在树梢,兀自骄傲地昂着头。

皓祯就郑重地说:

"别忘了启望!上次在这儿,我曾经对启望承诺过!"就抬头看天,喊道:"启望!我知道你现在和我们在一起,我的誓言依旧,用我们的一生,建立一个像此刻这样的世外桃源,让所有的百姓,只有笑容,没有眼泪!只有快乐,没有忧愁!只有希望,没有绝望!只有生的喜悦,没有死的威胁!我们三人的座右铭,依旧刻在我们的生命里!"

寄南也抬头看天,喊道:

"启望哥!这个梦想正在实现中,虽然不是一朝一夕能够全面办到,但是,我们会逐渐办到!我向我的亲兄长发誓!"

汉阳也喊道:

"太子!我也以天元通宝发誓,或者,我们的一生都不够,但是我们还有下一代,代代相传,一定会让这个梦成为真实!"

皓祯再喊道:"人世间最美的东西,我的答案是'笑容',启望,帮助我们,让我们继续努力,去辅佐皇上,建立一个没有战争、没有屠杀、没有阴谋、没有仇恨、只有笑容的朝代!"

三个女子依偎着三个男人,个个感动着。

六个人低头商量了一下，就一起抬头，同声大喊：

"启望！我们想你！"

六人喊完，都静静伫立。只见天空中，突然风起云涌，白云飘动聚集，竟然依稀仿佛，汇聚成一张类似人类的面孔。六个人一排，半仰着头，震撼地看着那张脸孔。六人都心意相通。这是太子吗？无论如何，太子都在天上看着他们！

众人静默片刻，皓祯脱口喊道：

"启望启望，你在天上，如云潇洒，似风飞扬！江山社稷，卫我家邦，承你遗志，报我启望！"

皓祯喊完，聚集的白云，就慢慢地散开消失了。

剩下六人，依旧仰头伫立着。久久，久久，久久。

全书完

2013年秋，初次编剧于可园，未完成。
2016年10月小说初稿未完于可园
2016年12月一度续稿未完于可园
2019年6月27日二度改写于可园
2019年8月7日三度修正于可园
2019年9月6日四度修正于可园
2019年10月14日五度修正于可园

（京权）图字：01-2024-1697

图书在版编目（CIP）数据

生死传奇 / 琼瑶著. -- 北京：作家出版社，2024.6
（梅花英雄梦；5）
ISBN 978-7-5212-2807-6

Ⅰ.①生… Ⅱ.①琼… Ⅲ.①长篇小说-中国-当代 Ⅳ.①I247.5

中国国家版本馆 CIP 数据核字（2024）第 088418 号

生死传奇

作　　者：琼　瑶
责任编辑：单文怡　刘潇潇
插画支持：司星落
装帧设计：惟　惟
出版发行：作家出版社有限公司
社　　址：北京农展馆南里10号　邮　编：100125
电话传真：86-10-65067186（发行中心及邮购部）
86-10-65004079（总编室）
E-mail:zuojia@zuojia.net.cn
http://www.zuojiachubanshe.com
印　　刷：河北鹏润印刷有限公司
成品尺寸：142×210
字　　数：241千
印　　张：11.375
版　　次：2024年6月第1版
印　　次：2024年6月第1次印刷
ISBN 978-7-5212-2807-6
定　　价：58.00元

作家版图书，版权所有，侵权必究。
作家版图书，印装错误可随时退换。